穿行在文字的缝隙

陈应松 著

当代中国出版社
Contemporary China Publishing House

图书在版编目(CIP)数据

穿行在文字的缝隙 / 陈应松著. -- 北京：当代中国出版社，2017.1
　　ISBN 978-7-5154-0747-0

Ⅰ. ①穿… Ⅱ. ①陈… Ⅲ. ①随笔—作品集—中国—当代 Ⅳ. ①I267.1

中国版本图书馆 CIP 数据核字(2016)第 260004 号

出 版 人	曹宏举
策 划 人	梅 一
责任编辑	李一梅
责任校对	康 莹
装帧设计	古涧文化
出版发行	当代中国出版社
地　　址	北京市地安门西大街旌勇里 8 号
网　　址	http://www.ddzg.net 邮箱:ddzgcbs@sina.com
邮政编码	100009
编 辑 部	(010)66572264　66572154　66572132　66572180
市 场 部	(010)66572281 或 66572155/56/57/58/59 转
印　　刷	北京宝昌彩色印刷有限公司
开　　本	720 毫米×1020 毫米　1/16
印　　张	16.25 印张　1 插页　218 千字
版　　次	2017 年 1 月第 1 版
印　　次	2017 年 1 月第 1 次印刷
定　　价	46.00 元

版权所有，翻版必究；如有印装质量问题，请拨打(010)66572159 转出版部。

目录

A篇 谈创作

热爱山冈／002
大地／003
山在望着／005
仁者／006
有所交代／006
需要文学吗／008
文学是有光的／009
卑微的愿望／010
沉下去／011
热气腾腾的写作／013
在虚脱中窒息／014
远方的风景／015
归顺感／016
个人经验／017

屈原和我们／019
反讽／020
一旦写作／021
写作的常态／022
复杂的行为／023
千古流传／023
靠作品说话／024
挖掘／024
亲和力／025
赐予／026
厌倦／026
一生的习惯／027
微小即宏大／028
膨胀感／028
鸿沟／028
改变你自己／029
契约／030
失去写作／031

毒素／031

唯一的世界／032

强势介入／032

位置／033

反叛南方／033

虚与实／034

底层叙事／034

意想不到的收获／035

文学的"底层"／036

敬畏的结果／036

开疆拓土／037

血液和歌唱／037

冷眼相看／038

热切关怀／039

新生／039

不能写／040

最舒适／040

平衡的艺术／041

淡定／041

语言的壮举／042

"四丰"／043

自然主义／044

小镇出大家／044

猛药／045

看淡／046

书写乡村／046

鲜活的内容／047

相信生活／048

神秘和荒诞／049

冲动来源心灵／050

"50后"作家／051

强大的内心／052

走向远方／053

文学是永恒／054

小说与诗／055

所有的意义／055

参与／056

变化／057

语言属于作家／059

叙述的魂魄／060

野心／061

词语的现实／062

现实就是立场／062

需要真相／063

寻找／064

写作的恐惧／065

说话的权利／066

悲哀／067

姿势／067

信仰／067

遭遇／068

谚语／069

紧守／069

狼狈为奸／069

无题／070

我·文学／070

写作的缘起／071

因为小说本身／073

诗／074

批评家／074

胡言乱语／076

拇指上耕田／078

拣熟悉的写／079

构筑道德／080

语言是小说的基因／081

为何如此？／081

保持警惕／082

现实主义／083

生存经验／085

冰雪和鸦声／086

关于底层文学／088

基本价值／089

用神奇冲击平庸／090

文学是一种信仰／090

想象性的真理／092

修炼／093

拥有资源／093

精神狂欢／094

如此艰难／095

改变苦难的意义／096

文学与太阳／097

打工文学／097

内心挣扎／098

也许无耻／100

舞台／101

戏迷／103

公安"三袁"／104

诗人的本色／105

不会沉默／106

书房／106

唯一的世界／108

自我疗伤／110

行走的植物／110

情绪／111

生命的周期／111

说话权／112

幸福感／114

文字冒险／116

不断诠释／117

理解他人／117

阅读是一种趣味／120

好书的激励／121

一堆垃圾／122

变与不变／123

文学就是寓言／123

不同的语言／124

文学与科学／124

相互发现／125

回去／126

一盏灯／127

生存空间／128

现场／129

突围／130

文学的存在／131

反击／132

肉搏战／134

自卑与自信／135

天真和成熟／136

感伤与快乐／137

仇恨与大爱／139

远离与拥抱／141

迷茫与笃定／142

瓜分时代／144

谁的暗示／145

语言的编织／146

拒绝／147

重获生机／148

抵抗／149

火焰和悲痛／150

擦拭／151

写作的理由／152

现实的生存／153

"草根"性／154

占山为王／155

封闭／156

致命的弱点／157

死水微澜／158

渐行渐远／159

文学现实／159

一点曙光／161

两种文学／162

最初的冲动／164

另一种回家／165

《亡灵书》／166

热流／168

写作准则／169

乡村的意义／170

圣洁／170

虚构与想象／171

难度／172

最佳模式／172

野生的文学／173

想象力／174

旁观者／175

与自然对话／176

去圣化运动／178

安静的阅读／178

乡土传统／179

热爱山野／180

乡村小说／181

野路子／182

偷渡／182

沉重的词／183

写作是向世界示爱／184

义愤永不过剩／184

阅读与影响／185

小说的核／187

小说的重量／187

伤口和作品／188

抛弃传统／189

为顶尖的人写作／190

奴性／191

机趣／191

创建符号／192

乡土与本土／193

热爱行走／196

心中一片绿意／199

用文字战斗／200

负责任的笔／201

新的生命／202

扎进群山的怀抱／204

承受者是文学的意义／205

远方的气象／206

剥离自己／207

加进自己／208

独往独来／208

壅塞的文字／209

写作需要耐心／210

界限／210

我的世界／211

幸存者／212

闪光／212

不可避免／212

电脑与笔／213

虚构与回忆／213

苦难与真理／214

带来什么／214

书本／214

阐明／215

焚烧／216

历史和书本／216

善良的诗歌／217

铁匠／217

文学是宗教／218

地球的创造／218

抵达／219

小说的城堡／219

最佳的方式／220

揭露／220

同谋／221

论崇高／221

忍耐／222

换个姿势／223

召唤／223

忏悔与救赎／224

风景／224

歌颂苦难／225

失语／225

喂养／227

书／227

自由与不朽／227

不朽／228

书与书／229

立场／230

一代人／230

空白／231

排斥／231

作家／231

贫乏／232

论简洁／232

罪孽／233

亲近／233

谎话与伪造／234

回来的路／235

冲动／235

抛弃／236

引爆／236

诗人／236

秘密／237

聆听者／238

B篇
创作谈

关于《猎人峰》／240

关于《豹子最后的舞蹈》／240

关于《太平狗》／241

谈《猎人峰》／242

关于《狂犬事件》／245

《滚钩》或题外话／246

关于《还魂手记》／248

A篇 谈创作

热爱山冈

我是如此地热爱山冈,神农架不仅是我作品中虚拟的一个场景,也是现实的生存。怀着一颗胆怯的心,悄悄走近山中那些简陋、艰难、惊心动魄的生活,走近那些恍若隔世的黧色面孔、石头与树木一样的人群,并试探性地用自己心中的那只手,去抚摸他们的伤疤、他们的微笑,和他们的哭泣。而欢乐,却是我最沉醉的。人的欢乐、小动物的欢乐、森林与云彩的欢乐、炊烟的欢乐、庄稼的欢乐、峡谷中水与石头的欢乐,让我的心变得柔软,意识变得细微,神经变得敏感。

我爱高峻的群山,深切的河谷,鸟兽、石头、流水,还有那静默中柔肠寸断的景色。

文学怎么能仅仅是文学,它暗含着我们对人生的一种舍取。小说不过是我们心中喜乐的一种表达方式,而精神的栖息才是我们笔触所至的理由。因此,在我变得越来越沉默、胆怯和安静的今天,我更愿意和那些被传媒和时尚抛弃与遗忘的山冈分享它们落后、过时、粗糙的幸福,并且相信这种幸福是永恒的,站得住脚的,优美的,甚至可以达到文学上的壮丽和动人心弦的境界。

我愿意和山冈分享痛苦,分享它的落日。分享鲜嫩的、亘古不变的早晨。

因此,神农架又是我的一种梦想,我是指我小说中的神农架,是一座真能收藏人心的、神秘叵测的、深不见底而又熠熠闪光的山冈。是能存放眼泪,质感强烈,人物奔忙的山冈。是怀着逃叛的渴望为生命探险的山冈。我为自己目前简单的生活而陶醉。在另外的时候,在薄情寡义的城市昏昏欲睡的某些日子里,我在神农架踏着深深的山影,凌晨4时去赶开往武汉的班车——那时候,背着行囊的孤独的我,感到无比清醒。这种与一座山的隐秘联系,让我平庸的心常泛起一种高尚、正派、激昂、干净、果敢的情绪,从而冲洗我即将动笔的每一个作品,让我保持一种精神焕发的心态,决不让我的作品怀着一丝不可告人的目的。

我心系遥远的山冈，因此我知道，我的小说与众不同。

大地

一

大地孕育一切。大地生长一切，大地是生命的源头，是如今一切一切的根，是欢乐，是痛苦，是爱，是犯罪，是疯狂，是杀戮，是绵绵不绝的仇恨的温床，是艺术和文字的母亲，是我们做梦的原乡，是死亡的收藏之所。是我们活着时上蹿下跳的舞台。

是表演的舞台，虚伪、真诚、假模假样地尽情展示。

大地多么美好，它生气勃勃。早晨，大地蒸腾着淡蓝色的雾气，太阳从云层里钻出来，庄稼在风中有模有样地抖擞着，畜禽在那里悠闲地散步和觅食，人声或高或低，流水缓缓向前。大地让视野多么辽阔，让心情多么舒展。大地给我们喷香的饮食、如花似玉的姑娘、婴孩的笑靥和老人苍老的歌吟。大地给我们爱情，给禽兽发情，给弱肉强食的世界奔腾的活力，车轮滚滚，人们的欲望永无止境——大地给了人类太多的遐想，使他们永不能满足。在这个小小的地球上，在这个广阔的大地，人们滋生了多少梦寐以求的愿望。艺术便是其中之一。艺术是作为神话、作为思考世界和掌握世界的方式而出现的，艺术比国家古老，而大地比艺术更古老。福克纳说："人类不但能苟且地生活下去，他们还能蓬勃发展。"这一切得益于大地的供养和容忍。

二

大地供养着人类，而劳动者则索取甚少，他们日夜劳作，耕耘大地，却只能得到一碗洋芋和一支旱烟。而不劳动者却想得到一个国家，想得到更多印制精美的钞票和修饰得无比迷人的女人，想得到真理，得到无数座位（越高越好），得到无数人的沉默来换取自己的喋喋不休。海德格尔说：劳动者只是保管着大地，而窃掠的人却层出不穷。

可是大地依然无比美妙，它通过那些"守园人"——劳动者的劳作，让艺术家描绘大地，作家书写大地。我们看看英国作家刘易斯·格拉西克·吉本是怎样书写大地的：他的章节名称为：平坦的土地，犁地，条播，播种时节，收获。这是"落日下的土地"的歌声，在"云雾山谷"，它们相继出现了：卷云、积云、层云、雨云；在布满岩石的山上，有绿帘石、榍石、磷灰石、锆石……与这位作家同乡的评论家艾弗·布朗称赞道：他（吉本）是人类满怀愤怒和同情的代言人。在他的作品中，你可以听见"大地本身在发言"。

如果——如果能这样，将你的整个身躯化作大地，就像我们民族神话中说的那个盘古，眼为日月，四肢五体为四极五岳，血液为江河，筋脉为地理，肌肉为田土，发髭为星辰，皮毛为草木，齿骨为金石，汗流为雨泽，而雷霆、秋虫的唱吟为其喉咙，那你的作品将是从大地上诞生的又一个神灵——复活的祖先的精魂。

三

万物都在大地上留下了生活的痕迹，大地收藏了它们的脚印，江河的脚印是巨大的刻槽，森林的脚印是煤炭，一只远古的海星的脚印是一块化石，人的脚印是短暂的墓碑和永恒的艺术及语言。"天空中到处是象征；遍地都是备忘录和签名；每一个物体浑身都是暗示，在向理解力高超的人说话。"（爱默生）

大地会暗示我们，让我们尽情地汲取，汲取她的养料和智慧，大地是不会对那些思想者和代言人吝啬的，因为她饱含汁液，就是为了拥抱她饥渴的孩子——那些"理解力高超的人"。我们的祖先化作了大地,而在西方的神话中,那个一触到大地就有了力量的巨人安泰,同样给我们暗示着生命的奥秘。大英雄海格力斯知道把安泰摔倒毫无作用,只有割断他与大地母亲的联系,他就失败了。于是海格力斯将安泰高高地举了起来,使他脱离与大地母亲的联系,然后轻而易举地扼死了他。你想打败一个人就将他高高地抬举,让他割断与大地和人民的血肉联系。

四

人是通过大地在说话,他借助于鲜活的民间语言和生活,真实的场景,梦想和期待,信仰,人生的信条,善良和美,他借助于劳动和丰收,与大地共欢乐。可是高超的作家要让大地发言。他必须忠于真理,唾弃虚伪和权势,他的写作愿望和讲话方式变得分外朴素;他必须倾听大地被踩躏时的呻吟、转侧中的呓语、愤怒中的吼叫和幸福时的呢喃。大地本身就是如此。

感恩大地,这是我们唯一向大地母亲俯首称臣和回馈的途径。一切从很远的地方风尘仆仆、蓬头垢面地走向大地怀抱的人,都将得到从大地上生长的力量。民间的声音和民意的立场,以无比厚重的气息熏陶了我们,让我们的作品具有替大地申诉和替天行道的品质。这全是大地的恩赐。大地仍将以她的无言、柔美、宽厚、坚实和深沉,召唤并支撑我们。走向大地的人是有福的,他啜饮了生命的灵泉,不再迷茫,心跳平缓,灵魂清洁,磨亮了镰刀,开始收割……

山在望着

山在望着,我知道是神农架。她望见了人们所渴望的东西,望见了大地最壮丽的色彩，饱满喧嚷的声音，成熟的季节。然而，这似乎是一句咒语、一个谶言，命运似乎在一个人诞生之初就已经决定了，这不是太残酷了一点吗？好在，我们听见歌德这么说过："真正的幸福不会打动我们，完善我们，我们只获得给我们带来痛苦的东西。"苦难只成全了作家的作品，而苦煞了生活的人们。

仁者

有人说我的作品中充满了愤怒和仇恨，说我是愤世嫉俗的作家。可我要成为仁者，要宽解一切不幸。"仁"字其实是倒下的"山"字，"山"转个身子就成了"仁"，只不过，有一座山峰成了斜坡。这也很对，任何山峰（山脉），只要分南北两坡，绝对南坡平缓，北坡险峻。据说这是地球的自转造成的。

过去我有征服神农架的野心，而如今，我对它有几分畏惧——是一种灵魂深处的敬畏。

我想成为仁者，仁者乐山，翻个身就是一座山。可是，我知道我永不能成为那座山，那座荒凉、僻远、无言、神秘、博大、浩荡、宽容的山。我不再有这种奢望。我只是走近它，我终于迈出了这一步。

有所交代

人是偶尔来到这世上的，每个人都将离开这世界。这种来去匆匆的景象将延续下去。那么文学是在这个世上与人交流的一种东西，它可以准确地探索和表达人的内心隐秘，还可以使语言这种人类流通的玩意儿变得有趣，使语言的不确定性变得更加不可确定，使语言产生无数种可能。既然是偶然到来或匆匆到来并且要注定离开的，那么，不到万不得已，除非被逼到墙角和悬崖，或刀搁在脖子上，就不必要将某种规范弄得太死，就不必要讲虚伪的话，尽管写自己内心想表达的东西。写作是什么？就是一个人对世上有所交代。

宗教也是想对世上有所交代，比方它研究死亡；比方它研究罪恶，比方它研究人从哪里来，到哪里去。但是信徒被这种宗教的游戏规则给绕进去了。文学和语言这个东西有规范人的某种企图的，一直以来，有人都企图让它变成某种学问，更有甚者，想让它变成政治工具和打手。但是，文学注定了本身是不应该有游戏规则的。明代公安"三袁"中的袁宏道讲我手写我心，信腔信口，皆成律度。律度就是游戏规则。但他这里讲没有律度。语言本身是一种自由的象征。当出版社的校对总想把你的小说修改成小学生作文那么规范的用语时，他不懂得文学。文学就是对语言的冲撞，这表明它存在的意义。

人一出生到这个世界就被异化。但是文学的出现恰恰是为了抗拒这种异化，是使人之所以为人的一种显示。古语说：雁过留声，人过留名。与其说著书立说是为了流芳百世，还不如说这不过是抗拒异化和死亡的一种方式，流芳百世是一个生命存在的幻觉。人不在这个世上了，流芳百世又有什么意义呢？著作等身又有什么意义呢？人的意义就在于那么几十年，在他能发声时，能与时代和活着的人交流时。因此，文学是这世上交流发声的产物。动物没有语言，却能发声，发声就是语言，就是文学。它能准确表达它的愤怒、欢乐、厌恶；它用咆哮，用呻吟，用呜咽，用呢喃等来直接地表达。那么语言无论人类把它发展到多么曲折多么复杂的地步，我们的发声也必须紧紧抓住语言的基本作用，强烈地、直接地表达我们的喜欢和厌恶，简洁直观地表达我们的咆哮、呻吟、呜咽、呢喃，使我们在这个世上掌握过语言之后，不枉在世为人一生。

需要文学吗

现在这个时代好像是不需要文学了。因为文学的许多功能被其他东西取代了。精英文学的读者越来越少,人们不再相信文学,文学对社会的推动作用,对心灵的净化,没有人再相信。文学批评家、文学博士、硕士不读文学作品的大有人在,他们的所谓研究是从网上搜集他人的成果,改头换面。文学研究对许多人来说,不过是个饭碗。对文学作品没有根本的兴趣和阅读欲望,更谈不上热爱。在文学中汲取愉悦和精神激励几乎绝迹。但是,我们不必怨天尤人,我不认为不热爱文学就是一个民族的堕落和欣赏水平的下降。诚如博尔赫斯说的:许多年间,几近无限的文学只集中在一个人身上。我说,在一个阶段,文学只集中在一部分且是极少数人身上。许许多多的作家、写家根本就是与文学无缘,写了白写;另一种是读者,文学也是属于他们中的少数人的。这没有什么不对。需要文学的人永远需要,不需要文学的人永远不需要。让文学成为大众生活的想法是荒唐的、原始的。可以看到艺术的起源:一个猎手拿着刀,在石头上刻下了他们狩猎的场景,非常简单,那时的猎人,人人都可以是画家。但后来呢?当绘画进化之后,出现了油画、版画、水墨画和各种画派,绘画就需要极强的技巧了,绘画这门艺术就掌握在极少数人手里了。你今天用刀在石头上刻那些简单的东西,注定无法成为艺术,或者高级艺术、当代艺术和精英艺术。反映猎手生活的不见得是猎手,这与艺术的初创是完全不同的。艺术成为一门越来越精细的学问,文学也是。

需要文学的理由是充分的,因为作为一门艺术,必须有传承人,文学这种复杂的语言活动和思想特征,是人类生活的一部分。因为需要思想,所以需要文学。过去文学的一部分娱乐功能被其他东西取代了,可是文学中的思想和理想任何东西都无法取代。越是在消费和世俗时代,精英们越是需要借助文学或者说躲在文学的城堡中,坚守并显示自己。文学与伟大、崇高与尊严结合得越来越紧，且难解难分。在当今时代，政治精神的角落感和呜咽感，正是文学或者精英文学所发出的，犹如警钟。因而文学借助于这种发声，表达极少部分思想者的忧虑、愤怒和屈辱。文学过去是市民的、消遣的、勾栏瓦舍的，现在不是了。这是社会动荡分化发展淘汰逼出来的。这种角落的和呜咽的写作，表明文学作为珍贵的遗产被少数人保存下来了，文学就像被保存的火种，现在也许不需要，将来某一天我们会需要，并有可能造成地震般的爆发和燎原之势。这是指它对社会改造的功能。

文学是有光的

　　文学照亮了我。我常想，如果我不写作，我将会怎样？我将会成为一个什么样的人？把最好的假设排除——比如我在省某厅待过，我可能会成为处长？厅长？从坏的或正常情况的发展，我也许会成为一个很可怕的人。我也许会成为一个普通的县文化馆馆员，编县里的旅游文化小丛书，收集民间故事。我曾借调到县文化馆；我也许会成为一个老船工，现在可能已经下岗退休。因为我在一个水运公司干过五年；我会成为小镇上的一个老浑蛋。因为我出生在一个凋敝的小镇，那里的人阳气全无，吊儿郎当。总之，以我的这种性格，我极有可能成为小镇上的一个老浑蛋。

　　因为我写作，我获得了非写作者的许多东西，获得了虚荣和尊严。不是因为我的才华受到尊重，当我选择文学，是文学的光芒照亮了我，是文学挽救了我。我这样一个出身的人，父母文盲，学根不深，慧根也浅，六根也不清静，长相平平，手无缚鸡之力，心无宰鱼之胆。我的那些偏锋狠毒的写作，却使我得到了不错的名声和抬举，人们从我的作品中看出我的狠气，算条汉子，可我是一个连走路都喘气的人，没有城府，动辄发怒，性情干瘪，讲话不利索，从人格上来说，没有任何趣味可言。但是人们尊敬我的作品，继而尊敬我这个人——这么一个糟糕的低贱的人。这不是文学镀亮了我吗？文学是有光的，我感谢文学，让我站在领奖台上微笑，人模狗样地高傲，振振有词地发表演讲，可是内心是虚的。如果不是文学壮胆，我在许多场合会发抖、尿裤子。

卑微的愿望

　　网络的兴起，我感到中国文学甚至思想的巨人就到鲁迅为止了。网络会耽误一代、两代以及无数代人，使社会的精神向下沉沦，文学语言向庸俗和低级趣味急遽滑落。我不是一个乐观主义者，在今天，我是一个悲观主义者。文学的复苏可能要五十年甚至一百年之后。现在，我们正处在文学萧条期。没有巨人的时代表明思想正在凋亡，人们处在黑暗中。写作在新一代写手那里已经远离精神层级，成为一种生活时尚。他们把文学创作同喝酒和怪异的生活方式联系在一起，是一种嬉皮士行为，和伟大的道德操守无关，与现实生活的真相和生存的秘密无关。怜悯、同情、愤怒和感世伤怀，是与文学渐行渐远的精神痉挛，写作是舒适和趣味性的事。在丧失文学的同时，一个民族将丧失思想，也将丧失冲动。一个没有冲动的民族，在平庸里挣扎，连宝贵的血质也会流失，这个民族的未来是不容乐观的。最后这个民族可能会连同她优美的语言，一起荒芜末路。

　　那么我们有没有一种可能使写作的潜质继续下去？它必须远离网络，远离各种传媒的假象，向不被人们关注的、最远最远的角落走去。让我们的内心像荒疏的天空和大地，成为少有人的践踏之处，让内心的安静泛上苍苔，要打捞这个社会被遗忘的经验，获得原始的活力，在民间和土地深处寻找激情，使语言露出朴拙的锋芒。文学必须尽快化装离开这个危险的地方，文学必须以陌生的形象在陌生的土地上建立根据地。

只要有一种可能我们都不应放弃，有一种可能它必须是离弃和拒绝，可能是逃亡后喘息后的定神。必须彻底地逃叛，恢复战士的本色，像一只警惕的獾，奔向荆棘丛生的大地深处。保有思想和挑衅的自由，彻底否定时尚生活，否定文学的秩序和正当性。

可以这么想，在二十世纪三十年代，十里洋场包括汉口的租界，也有汹涌的时尚生活、舞会、酒、纸醉金迷与油头粉面的人群。人们以为生活就是这样，将会扩展下去，成为时代的唯一。但同时，在很远的地方，在川藏边地风雪弥漫的山上和险恶的草地沼泽中，有一队人（大部分是农民），饥肠辘辘，衣不蔽体，抗击着死亡的威胁，在那儿行走着。谁也没有在意他们，关于他们只有只言片语的消息，并被主流媒体污为充满血腥和暴力的匪徒。可是，就是这些不入流的人改变了世界。

我想离开庞大、狂卷的时尚和主流生活，我想去遥远的深山，与农民和牛羊为伍，与感动得令人热泪盈眶的事物为伍。我也同样怀有一个卑微的愿望：改变这个世界。

沉下去

李锐在一篇文章中痛斥了京城一些向媒体、评论家和文坛权势献媚的文人，他们得逞于一时，因其作品的先天缺失，不过成了在"鼠壤"上跳窜了一阵的小丑。"所幸者，在一些人自以为的'中心'之外还有广阔的原野和高山。"一个充满了内心定力的安静的作家，必须弃绝城市浮华生活的无聊煎熬，沉下去，用全部的心灵去感知大地的深度与炎凉。他必须放弃琐屑的人际关系，走向熠熠闪光的山川草木。因为，把大量时间花在对庸常生活与关系的处理和内心的斗法,来换取场面上的光耀,他可能将失去更多,一如饮鸩止渴。必须沉溺于礼节性的、言不由衷的簇拥、问候、掌声和宴会,空虚的心灵永远需要这种恶劣的嗜好来补充。

沉下去,其实我们老早就听到过一种召唤,只是我们缺乏对各种侥幸到来的得意的警惕,靠麻木和自欺来掩盖内心的恐慌与不安,陶醉在生活的假象里,或是靠短期效应的押宝来孤注一掷,或是靠收买的吹捧来抬高自己,或是靠权力的赏赐拾人牙慧,或是靠揣摸文坛的风潮朝秦暮楚,或是干脆扒光自己的内衣……我所说的召唤来自于——

马尔克斯走遍世界,在欧洲的某一天,他突然发现了整个世界的闪光点是他的故乡——拉丁美洲一个在泥沼深处的叫马孔多的地方。因此他在这个虚拟的地方细心地构建了"拉丁美洲的缩影":《百年孤独》。

福克纳在写了几部不错的作品之后,发现最令他着迷的还是密西西比州一个叫杰弗生的"邮票大小"的小镇。同样地,这个他心中最好的小镇,出现了最令人难忘的人物:杰生、班吉、凯蒂、昆丁、艾迪、安斯、达尔,等等。

与左拉、龚古尔齐名的自然主义作家吉奥诺,醉心并居住在法国当年最偏僻的普罗旺斯高原的马诺斯克,他一生只去过巴黎几次。他成为龚古尔文学院院士之后亦如此。他关注山川草木的枯荣,写它们的生命,写那些生活于此的乱头粗服人物,他的《牧羊神三部曲》和《人世之歌》是他心中最浪漫、最温暖、最安宁、最有人道情怀的"神曲"。吉奥诺的话与李锐的极其相似,他说:"巴黎一如其他大城市,只不过是一个漂亮、有教养、健壮、迷人而又腐朽的无赖……它庸俗、饕餮、忙忙碌碌……"

沉下去,沉入你心中的神山、灵水、圣土,贴近那感动的源泉、生命的根基,用人性的悲悯来书写那儿经受的所有不幸、苦难与欣悦。高山与大地那种幽淡无华、荆棘丛生的卓绝之处,可能更宜滋养生存的信念、思想和品质,使我们的作品更有力量、更大气,更丰厚、丰沉、丰富、丰满。

热气腾腾的写作

热气腾腾的写作，这些字眼让我感到沉醉。我们的语言在杂乱中显得如此雄浑，像建筑工地，敲打声此起彼伏，有着大厦的征兆。火热的激情，充满力量的构造，砖瓦横飞，铁锤叮当，甚至事故层出不穷，到处是危险和晕眩。但是，我的愿望是亲吻蓝天。

热气腾腾的写作是一次罹患严重激情的爆发，没有任何意图，只有预兆和暗示。我在痛苦的阵地上挥汗如雨。以全新的搏斗面目出现在一群讲述者中间，摈弃神话，蔑视传统，灼人得敏锐，我愿意牺牲漫长的征途，与宗教和伤害辩论，捂着内心的创痛，或者畅快淋漓地俯瞰大地，和街上的人群一起大笑。

我在不可治愈的亢奋中走向圆满，在灼热的煎熬面前升华我的思想——每一行文字都是台阶。我必须笼罩在蒸腾的感情中，倾诉自己，揭露社会乃至人们内心丑恶的隐秘。我在普遍的生存原则中发现大美，用来蒸煮自己寒冷的灵魂。我必用热力迸射的语言的阳光撞开我千奇百怪的想法，纠缠不清的阴影——它来自文学的癫狂和那种成名欲望中古老的阴暗心理。

我在内心肉搏，借以打败自己。

绕开审判者的怪癖，在他们那儿，没有是非标准。我不太在乎岩浆遭到现实冷却和跌撞后的丑陋程度。它们全是激情的儿子。我爱它们，以最后回忆的惶恐心情关闭表达的心灵。

我用自己的体温写作。焚烧我过去的经历。记忆是一把纸钱，而痛苦是祭灯。我看见文字发出的光铿锵有声，那是我内心不安的音符，倾诉，把美丽还给世人。理性是激情苍老的孩子，它更像它的祖先。第一个慷慨悲歌的是智者，最后一个慷慨悲歌的是患者。我在他们中间。

我没有办法不全心全意，我的生命便是如此。

我喜欢寻求片断的火热，高潮中的抽搐。在起哄、叫嚣中表达我的愤怒。我用语言美化了文学的衰老，使它们新如纯银的器皿。我用我的粗糙打磨它的高贵，用我的反讽完成它的歌颂。

我把我自己分成两个人，他们手握着火器互相寻找并攻讦。我故意丢失了密码，让他们极力地回忆，甚至让他们忘记了对方的不仁，在撕打中发现陈旧的伤疤，并认出自己。

我不得不恶狠狠地告诉文学，一切都是虚妄，在我这里，只有不停地写才是靠得住的。唯有自己的热情最真实，它燃烧了我的眼睛，使我视物凶残，突然从大地深处涌出一片红光。连苦难都想说出自己的声音。我看见恢宏的气势是在我微小的喘息中诞生的。因为文字具有扩张的能力。思想具有侵略性。

我看见我张大嘴喊叫的时候，怀着强盗的愿望想吞噬这个时代。

宗教伴随着狂热，写作呢？写作是更狂热的邪教。

在虚脱中窒息

当代作家最大的问题是因为优雅闲适的生活状态使自己丧失了书写的目标，作家们不知道该写什么。他们整日衣食无忧，所谓创作就是穿着睡衣、叼着香烟在自家客厅里踱步，唯一接触社会的途径就是参加各种各样的所谓应酬，在觥筹交错中了解"人间烟火"。这样的生活状态使作家的创作资源极度贫乏，以致有人告诉我不愿意和现在的作家交朋友，因为今天晚上酒桌上的谈资，明天就会出现在作家的小说里，作家"反映现实"的速度比新闻记者都灵敏，但可悲的是他们反映的视野却是极端狭小的。当代的作家多半都处在一种虚脱之中，身为职业作家，却没有东西可写。我选择离开城市去充满原始色彩的神农架，就是去寻找真实可写的东西，不想在虚脱中窒息死亡。

远方的风景

很宽阔的天空，那就是你的梦想。

热爱她吧，远方的风景。

每个人都有接近黄昏倚窗遐想，面对流云的时候。或者登高望远，群山连绵起伏，思绪断于云雾深处。最远的地方，往往是我们心灵的故乡、梦的巢穴。

花在平静地盛开，云彩在虚无地漂流。不可能有一双翅膀。可我憧憬着，渴望着，像一个忧郁的少年。迎着风，背着行囊，去向远方。在长长的铁轨上行走，或者像一个漂泊的舟客，顺流而下。天空无比深邃，情怀无比伤感。可这多么优美！夕阳沉落，群鸟归林。接着繁星出现，黑夜来临。迷茫在路上，迷茫和怅惘使我们的人生更有质感，或者它就是人生。没有尽头的玄想，茫然无措的方向。我把这些更隐秘地贮存，它成为道路，布满壮丽的文字。

热爱她吧，我只能热爱旅行，而不能停在原地。那些画地为牢的人，你们会后悔的。走你自己的路，让别人活腻去吧！

美国女诗人米莱说："没有我不肯坐的火车／也不管它往哪儿开。"诗人曾卓接着写道："也不管它往哪儿开／耳中飞轮在轰响／脸上满是热泪……"

我的心在战栗。读着这样的句子，因温暖而甜蜜地发抖。那些泪水，也许就是他为人的风度。伟大的行者，他的脚下永远是路。陌生的、凶险的、美丽的、冰凉的、坚硬的，像母亲臂弯一样漫长而幸福的路。

我将抛弃许许多多的世俗，将荣辱置于身后，像喷泉一样走向天空，像礼花一样追求瞬间的永恒。我将甩下许许多多的羁绊，许许多多的樊篱。我将带着越轨的冲动，破墙而出。我将冒险，用惊惶的超越鄙视他们。我的路，我的心，我一如既往的爱。我的旅程，我的驿站和黄昏。

让他们去争斗吧。让他们得意吧。让他们咬牙切齿地恨和无聊至极地爱去吧。让他们像狗一样活着。让他们在谄媚的话语里畅泳,一身腥臭。让他们表演,让他们享受酒池肉林,醉话连天,谎话连篇去吧。让他们数麻将的小钱和心尖上的微利去吧。

远离他们,亲近河流与山冈、野草与石头。让我热爱行走的沉默,一路寡言,心中激情澎湃,头顶风起云涌。泰戈尔说:"我和我的世界相濡以沫。"

让他们咒骂我或者遗忘我。让他们在那儿天昏地暗地歌唱。让他们的世界成为白天的噩梦,让我们的噩梦成为辽阔的阳光。被白贼无趣的人忘记是一件人生的幸事,让他们成为会议和酒桌的中心吧。让他们煎熬无数难挨的时日吧。让他们成为不屑和唾弃。让他们成为无聊打发的鼾声,让他们失眠。

叩访大地和异域的人,孤独善良,话语洁净。让他们像狗一样,摇尾乞怜;我像草一样活着,经脉青青。

热爱漫长的、扰人的苦旅,裤腿上的灰尘,热爱被花草熏香的孤途,热爱被山泉冲漱的笔尖。热爱我的心地——它平庸、迟钝,像水洗过的石头一样干净。

要相信自己,即使没有更多的远足,但是,"无论在何处,狮子们仍然踱着阔步,且威风凛凛,不知何为颓丧"(里尔克)。

无论在哪里,星星依然是我的语言,山冈是我的结构。我的文字,我的心,在宽旷的大野上,赤裸跳动。

归顺感

现实主义是有感召力的,并使作家有一种巨大的归顺感。不过我所理解的"现实主义",或者说我的现实主义就是"打破头了往前冲"的强势介入生活和艺术的一种姿态。生活本身是无比惨烈和残酷的,是痛苦的,是坚硬的,也是充满理想的。那么，我所理解的现实主义应该是残酷的、痛苦的、坚硬的、理想主义的。然而它的出发点应是真实，就像高尔基所说"现实主义就是赤裸裸的真实"。在如今相对宽松的社会环境中，现实主义没有任何冒险性，倒是在考验作家的良知。在文学的生存空间越来越狭小时，在光怪陆离的诱惑和浮躁面前，现实主义意味着一种坚守，一种严格意义上的写作。我认为，在当今这个道德崩溃，强者更强、弱者更弱的时代，只有现实主义才能满足历史进程的召唤，她像"深喉"一样，说出了社会真相，让人民在角落里欢呼。现实主义将像细菌和病毒一样伴随生命——与文学生死与共，休戚相关。如果要我给这种现实主义取一个名字的话，我称她为：真实的现实主义。

个人经验

一

法国批评家萨罗特在《怀疑时代》中说："现在小说的主要问题在于从读者那里收回他旧有的贮存，尽一切可能把他吸引到作者的世界中来。"照我看来，连最反对个人化的新批评派，艾略特、庞德、休姆等人，也从来没有说明白个人化的恶害。艾略特说，必须将个人精神上升到本国精神和欧洲精神。他一方面说要消灭个性，一方面又强调个人才能和经验，这种矛盾表述本身就证明个性的不可忽视。他强调历史感，但历史感是通过个人的心灵和笔触来呈现的。《红楼梦》肯定不是清史稿，凯尔泰斯·伊姆雷的小说也不是犹太人的被屠杀史。当然，我也反对作家据隅哀叹，甚而如私小说最后成为变态的尖叫者和梦语狂，作家应该把自己融入时代的激流。然而，在这个时代的激流（而非岸边和凉亭）里挣扎和搏击，如果没有个人的呼喊，又怎么能够显示激流的形态，他的灵魂的战栗、遭遇和命运呢？哪怕是撕心裂肺的呼喊或呻吟，都能显示出激流的存在与氛围。而在岸边踱步——企图以不必费力的时髦写作、惯性写作、跟风写作来分取文学一杯羹的作家们另当别论。亨利·詹姆斯在《小说的艺术》一文中说："一个人必须根据经验写作。"英国的批评家伊丽莎白·鲍温在分析小说家的技巧时，指出了小说家个人经验的重要性。她说：小说一如其他形式的经验，"它必须把自己的某些东西添加给它的人的理解逐渐积累起来。"这句话因翻译的关系可能费解，但联系上下文，我们又能容易读懂。也就是必须加入自己的经验，使小说"能够长期存在，经受住时间的考验"。因为小说是"一种经验形式"，从而能与后来的时代和人们交流、沟通。

有的人离开集体话语就找不着北了，而个人经验的渗入，使得如今的小说呈现出丰盈卓绝，千姿百态，有了成熟的个性化时代来临的端倪。"集体话语写作"作为某个物种的退化，是自然规律。它必须寻找新的父本与其杂交——像袁氏杂交水稻一样，这父本必须是野生的，于是这个物种又重获了优良的品质，越来越强壮，具有抗摧折的力量和自信、野性的异质、自我表现欲，更适合人们的需求，口感、营养、气味、软硬度适中……

二

法国新小说作家罗布·格里耶一再强调作家和作品的谦虚品质，谦虚是指——"企图用小说来为某种政治目的服务，那是不合理的，即使我们认为那是正义的事业，即使我们在政治生活中为它的胜利而进行斗争"。这位老兄还告诫作家：即使读者要求我们去"讲一些事情"，你也千万不要预设某个主题和中心思想。"如何去讲，用什么方式去讲"，这才是作家至关重要的东西，是他构思的起点。他还说："只有上帝可以自认为是客观的，至于在我们的作品中，相反他是'一个人'，是这个人在看、在感觉、在想象，而且是一个置身于一定的空间和时间之中的人，受着他的感情欲望支配，一个和你们、和我一样的，书只是在叙述他的有限不确定的经验。他就是在这里的一个人，在现在的一个人，总之，他就是他自己的叙述者。"伟大的劳伦斯都曾谦虚地说："每个人，包括哲学家在内，都以自己的指尖为界。"维特根斯坦也有类似的话："我的语言的界限就意味着我的世界的界限。"文学如果缺少了起码的真诚，而变成了某些人沽名钓誉的工具，睁眼说瞎话，帮助一些利益集团劝说老百姓忍耐（顶多两边讨好），那么文学被人冷淡则是很自然的事了。如果你想揭露丑恶的现实，莫非你会比新闻媒体揭露出来的东西更耸人听闻？何况人家还有时效性的优势。与其这样，还不如踏踏实实地做一点学问——把小说当作学问来做。其实小说本来就是一种学问。而且小说只能是小说，小说有它自己的使命，企图用小说去做别的，是徒劳的。马尔克斯虽然说过文学是火器，但他的《百年孤独》只是一部小说，小说是需要政治倾向的，可你又不能奢望用小说去选举拉票。过去说利用小说反党是作家们的发明，其实不是，是统治者的发明——欲加之罪，何患无辞。而且过去所说的反党小说，作家们其实都是想用小说去献点小媚的，结果弄巧成拙，人家并不买账。

屈原和我们

屈原首先不是作为一个诗人，而是作为一个真理、美德和正义的辩护者存在的。所谓"唯楚有才"，以才为傲，也正是某种稀缺的品质和超群的责任，一种筚路蓝缕、以启山林的拓荒者和创造者形象。楚人英特峻拔，文采风流，金相玉质，嘤鸣万里。一代又一代文人墨客，自诩屈原后裔，如何没有那种浩浩情怀，铮铮风骨？而写作——文字的存在和累积，是一个人面对大地，面对生活，面对星空和宇宙叩问与倾诉的结果。写作的目的是表达他心中的理想。对于屈原来说，"美政"为其毕生强烈的求索。

屈原如果不是在伸张自己的政治主张中遭人谗谤，如果不是被流放，不是在舛蹇的路途上寒暑漂泊，无家可归，叩地问天，而只是一个躲在书斋，二两酒，三杯茶，面壁而坐，搜尽枯肠，捻断胡须的写作者，会有屈原这个伟大悲怆的人文符号？

作家在社会剧变的种种进程中，置身其间，不做局外人，追求生命的品质，书写人生的大义，怀着忧患的情思，保有浪漫的气质。所谓屈子行吟，愤懑山泽。"亦余心之所善兮，虽九死其犹未悔。"就像苏轼吊屈原句所言，对文学应该也有一种"俯千仞之惊湍"的惶恐敬畏之心。楚地之作，一定能看到激越的江峡，坦荡的平原，能看到青铜、丝绸和漆器的光芒，能听到编钟之声和磬埙之音。走出一列列有着屈子芬芳悱恻、满襟忧虑、兰蕙品质、楚骚精神的作家和作品。

反讽

想一想我们不能再玩世不恭的理由吧。（而另一些评论家正以窥阴癖患者的身份打探着六七十年代出生的作家们作品中的性体验，且津津乐道，并上升为欺诈性的理论）反讽给我力量，我渴望着。我看见鲁迅伸出他青筋暴起的手，用血淋淋的造型呼喊着：救救孩子。这就是反讽在他那儿的力量。

反讽是如此尖锐和犀利，它挑起我们对陈旧事物的仇恨，使我们不得不心尖发寒。

爱默生说，防备良心谴责的盾牌就是普遍的习俗。我讨厌当代文学的油滑和浮华。以不伦不类的讽喻作为寓言，企图逃避批判的责任（批判自己和社会），放弃道德的尊严，放弃泪水，拒绝激情，难道文学的根本已经被怪诞的时代更改了吗？我看见力量正从我们的双腿间被猛然抽走了。

反讽是这个时代教会的智慧，是时代横行的副产品，它想剥夺我们。它看到我们手中，孤零零地拿着一块自己的砖——这就是反讽。

我渴望这样的力量，带着刀子上路，不是为了复仇，而是为了壮胆。那么就拿一块砖吧——它青苔斑驳，被人践踏，它丑化了我们的道路，硌伤了我们的经验。可是，它沉手，对付歹徒很棒。就是这样，我给我壮胆。让恐惧在力量的逃亡中滚开，让黑夜不再孤寂，让风声不再鹤唳，让魔鬼不再附身。

反讽使我志得意满。这是多么美妙的感觉。我是一个握笔的弱者，我阻止了向深渊的下滑。譬如，我想写出像佛教一样安静的文字来——这不是没有可能的。我想挤进人堆里，以言不由衷的操作策略得到互相认识和吹捧，我试验过，可是，只有反讽的力量使我能够站稳，不致晕眩，并且保持内心的强大。还有，只有反讽才能使我对社会和自己说话。

我渴望这样一种力量，它正在剥离我的痛苦，并让痛苦闪闪发光。

一旦写作

文学只有一个世界，对于写作者，它就是唯一的世界，是我们赖以生存的世界，其他都是浮云。作为一个人，我们的生活常常处于虚无状态，特别是一些具有写作者人格的人。这些人有些孤僻，有些古怪，有些固执，有些脆弱，有些恍惚。就像常人评价他们的：他们好像活在另外的世界，与我们不是一个世界的人。其实，具有写作者人格的人往往生活在虚无中。当我不写作的时候，我似乎在这个世界中并不存在。我不研究现实，对现实的一切漠然，甚至躲避、排斥、置身世外，用一道紧闭的门把自己隔绝开来，人有一些迟钝，脑子不太管用，就跟不存在是一回事。自己也会看轻自己，甚至成为泡沫，与我们所处的时代和社会无任何关联，"宅"在家里。说白了就是一个多余的人。

但是，一旦写作，面对一个题材，就与现实世界发生关系，这个社会就与我有关了，甚至是火药味十足的敌对关系，是一种对峙关系。从开始构思、动笔，会把一个人变得实在、有用、有意义。我开始审判、评判，开始思考这个社会。虽然写作是一种带有虚构性的幻想，一种超验，一种梦游。一旦写作，人就会活在尖锐的痛感之中，如同一个人走夜路，精神高度集中紧张且敏感，正视现实的一切，突然找到了爱和恨。排除任何技艺磨炼所造成的痛苦和折磨，这个人会觉得生活有了方向，有了一个明确的目标——虽然是一段一段的。

写作的常态

年轻的不确定性让人有一些清醒的足够的理由拒绝写作过程的到来，远离文学。蓬勃的活力和旺盛的生命可以消耗精神的倦怠和颓靡。但是你依然是在虚无中奔跑，在生活中没有角色感。你什么都不扮演，你只是生命的原生态，是一个自生自灭的符号而已。

用写作面对世界。因为我们许多的时刻就处在一种惶然无措中，惴惴不安。年龄越往上走，越是这样。所谓功成名就的淡定，都是假的，不然的话，怎么解释那些获诺贝尔文学奖的人前仆后继地自杀？一旦拥有，就是过去，一个人要不断地写作才能获得自己，才能肯定自己还生活在这个世界上并担当一定的社会角色，以及由此产生的责任感。生命每一分钟的感觉都是要把自己从惶恐迷茫的深渊里拽出来，让他回到现实。这样，对于我们这种人来说，只有写作是最好的方式。最后，写作成为一种生活，一种常态，然后，你才能叫作家。

复杂的行为

智利诗人聂鲁达说：写作就像呼吸，不呼吸我活不成，同样，不写作我就活不下去。马尔克斯说写作是莫大的享受。葡萄牙作家萨拉马戈（写过《修道院纪事》）说：写作是一种工作。他认为写作与激情和灵感无关，就是一种平常的工作，跟上班、下班一样。他还有一个观点：写作就是做椅子，每个人都想把这把椅子做好。这跟王安忆说的写作就是做木工一样。我其实在很早就说过，写作就是做木匠活。生活也好，工作也罢，木工也好，木匠也罢，就是让你清晰地展示你的存在，然后可能会受到这个社会的善待和尊重。

写过《蜂房》和《为亡灵弹奏》的西班牙作家塞拉有一句很逗的话："那些什么事情也干不了的人才致力于写作。"有些青年作家不懂人情世故，与人打交道常常叫人难受，但是他们的作品却不错。当然，也有一些作家小说写得好，又很会做人，知事明理，八面玲珑，讨人喜欢，善于注重他人的感受。可见写作是一种十分复杂的行为。

千古流传

当我不写作的时候，不仅无法面对现实，我面对的世界也是灰暗无趣的。而写作让我们自己为自己布置的、创造的、构建的那个世界五光十色，充满了鸟语花香，就像我们学习的这个环境，空气清新，景色优美。写作充满了有意义的事情，一些能留下足迹的事物，一些能细细回溯的时光，一些想探索的历史，置身另一时空与古人对话，与不朽的意境和永生的人物对话。因为写作是千古流传的东西，是唯一不被时光摧毁和打败的世界。李白的床前月光依然在照耀着我们，苏轼江边的裂岸惊涛依然在耳边轰响，杜甫脚下的无边落木依然寒意袭人。

靠作品说话

写作没有窍门，没有捷径，只有靠作品说话，靠实力安身立命。但这只能自己走，别人帮不了你。美国作家柏奈斯说写作是靠严格的自我检视锻炼出真正的实力。当有人要求西班牙作家塞拉给准备写作的人以忠告时，他这么说：忠告是令人惧怕的，让每个人自己失误去吧。

写作不是一件简单的事，你明知道他这么写是错误的，你也不要去指责他、提醒他。许多写作的人都是犟骡子，只有撞倒了南墙他才会回头，才长记性。写作其实是在一次次失误中积累经验：不仅仅是技巧，也不仅仅是教训。土耳其作家帕慕克说的是"把内心的自省化为文字"。很多的失误增长他对自己各方面储备不足的认识。

一个作家的成功，无论这个人有多么坏、多么无耻、多么会经营自己，但总是凭实力得到更大范围的认可。靠作品说话，有作品清清楚楚地摆在这里，即使你有一些缺点甚至不地道、不正派也可以被原谅。文坛就有这样一些人。有人说某人的得奖是用钱买的，全靠关系。但这种情况只能得逞一时，不能得逞一世。一两次也许会有这种情况，但不可能次次如此。如果这个人太差劲，只能写点小东西，写点豆腐块，怎么包装也没用。你花很多钱开个作品研讨会，会开完了，人也完了。实力不够，就算你有翻云覆雨的本事，再能闹腾，那也成不了一个很有名的作家，只能是个很有名的文坛混混。

挖掘

一个人要有超强的自我检视能力太难，要放弃自己心灵上的、情绪上的、笔下的写作方式的陈腐习惯，非常之难，说穿了就是要放弃过去的自己，经常否定自己的历史。我就经常嘲笑和揶揄自己的过去，是发自内心的。嘲笑和揶揄自己需要很强的自信，因为我清楚地知道今后我将怎么做。我将怎么做会做得更好，也相信我会更好。我清楚我要超越自己，从哪儿下手就成。要脱胎换骨才能成长。否定自己就意味着创造力的醒来，准备与虚拟的敌人进行搏斗。写作的确要靠天赋，也要靠写作者对自己天赋的再次发现。许多隐蔽的天赋藏在被写作者唤醒的路上。

我相信好记性不如烂笔头。美国作家辛格记得他两岁半的时候所发生的事情。辛格住过一个叫利昂卡茨恩的小村子，搬走的时候不到三岁，后来他跟母亲谈起这个村子里的事，还说出了一串村子里的人名，母亲惊呆且不相信。我想，这一定是他当作家后对记忆力的长久锻炼而被唤醒的。许多儿时的记忆在不写作的人那里是沉睡的、死去的，在写作的人那里却是鲜活的，会突然重现。许多作家在作品中不断地挖掘他们童年的故事，这就是对记忆的强迫锻炼。

亲和力

要把自己从庸常人中挣脱出来："我是一个独特的人，我非常独特。"这种意识应该很自觉，不然你的作品不会独特。当然不是要你一意孤行，神经兮兮，以为头发蓄长一点，裤子穿脏一点，举止怪异一点就是独特。作为写作的独特性，要在作品中表现出的是对世界、对人、对读者的亲和力。这种亲和力就是理解世间万物的谦逊情感，一种谦卑的写作分寸的把握。你要想到，为什么你的作品写出来读者不喜欢，别人的却广受关注、让人喜欢？小说讲述的魅力与题材、现实、语言都没有关系，这些不是好作品的前提。好作品就是亲和力的穿透人心、融化人心。越独特的人对世界就越宽容，越能理解他人；气质越优雅，感情越朴素；作品越刁钻，表达越谦和。

赐予

你什么都没有？不要紧，只要你手头有一部重要的作品，或者有几部，这就行了。比你怎样发宣言，怎样拉关系都有用。有了作品，就可以大气做人，内心也会干净无比，那种内心的静谧，是好作品所赐予的，是幸福的根源。

厌倦

写得太多的确让人厌倦。一个作家连篇累牍地写作，好像主要是想保持出镜率，害怕被人遗忘。但人们对毫无创新能力的文字生厌进而会产生恶心。写得太多并不能证明你是大作家，有的作家的成功恰恰是因为他适可而止，写得很少。突出的例子是陈忠实。现在出了个更大的作家——瑞典诗人托马斯·特朗斯特罗姆。他一生只写了一百六十三首诗，获得了诺贝尔文学奖。他一生的产量可能不足一个中国诗人一年的产量。我最初是写诗的，十年就写了五百多首，基本是半成品，除了大家还记得我的一组诗《中国瓷器》外。还有的在二十多岁就终止写作了，比如海子，以残忍的终止生命的方式告别文坛，以便让历史疼痛地记下他的名字和作品。但写得多的有的不是为了名，而是为了赚取更多的稿费，让生活更好，这无可厚非。

在当下的文坛，写得太多的人往往是重复自己的过去，从语言、形式、结构，到内容、叙述方式，都不再有惊鸿一瞥之感。弄得不好，就会让人生厌，让人产生他是生活和现实的一个低劣的伪造者而不是作家，满嘴陈旧过时的话。有一大批这样的所谓作家名家在文坛进出，令人反感。每一次露面都是抄袭上一次的表情，滥情、夸张，没有思想，故事乏味，表现着并不高明的责任心。而作家本人也被这种循规蹈矩的过度写作弄得鼻青脸肿、精神呆滞、枯黄憔悴。现在的小说已经无法激起人们的阅读欲望，这是巨大的问题。

一生的习惯

要有强烈的陌生感，要变换姿势，要随心所欲。要有一点儿调皮，要有一点儿坏水。小说不坏，读者不爱。坏就是有趣，不坏就是无趣。面对一个无趣之人肯定是无趣和绝望的。对文学一绝望，我们大家的饭碗就没有了。有人跟我说，一进书店，成千上万种文学书籍，感觉太多太多，这些人真能写啊，写疯了。觉得自己多写一本少写一本完全没有意义了，会被书籍淹死，这些人因别人的写多而致绝望，放弃了写作，落荒而逃。

但是没有"量"是个大问题。一个作家出名后被人诟病、指责、说三道四，但指责别人的人没有新作品出现，被指责的人却一篇篇一本本地出版发表，你再怎么贬低诋毁他也没用。因为"量"，使作家站得更稳，知名度更高。不必要为了精而舍弃量，一些青年作家要求精是为自己少写、懒惰找借口，最后消失了——结果只能是这样。没有量，就没有一种写作的常态，你很难将写作作为一种生活习惯和工作。没有大量的制造，你能将写作、将每天的码字当成生活的习惯吗？有的人每天在牌桌上，也会成为一生的习惯，我每天在书桌上，已成了习惯，才有了今天的我。一个作家，没有一件作品是多余的，他会在漫长的写作途中，全面掌握小说的技巧，掌握对语言足够的驱遣能力。就算是打基础的写作，也是有意义的。二十岁为三十岁打基础，三十岁为五十岁打基础，五十岁为七十岁打基础。

微小即宏大

写远的东西还不如写一处风景，写一个村庄从早晨到晚上云彩景物的变化，写一株无名植物。把自己细微的情感带进去，就算小，你把它写透，就是大，天大。没有什么重大题材、宏大叙事。一只蚂蚁搬运一粒米到巢穴的过程，写好了，就是历史性的书写，可以进入文学史。法布尔的《昆虫记》肯定是一部伟大的书。而我们所谓重大题材宏大叙事，很多是失败短命的。

膨胀感

写近不等于写窄。有的作家写一个国家、一个民族（包括少数民族），也显得很窄。有人写一朵花、一只鸟却显得大气磅礴、气象万千。像BBC拍摄的《地球脉动》，虽然它不是文字，是画面，但绝对是文学的。他可以拍蓑羽鹭飞越喜马拉雅山时的壮观场面，也可以拍一朵蘑菇从诞生到死亡的悲怆过程。整个地球的脉动是由一个又一个神奇的小小的生命个体组成的，你的落脚点应该在这儿。近，近到极致；远，远到极致。为什么不能让我们的作品，我们的小说也有一种宇宙的膨胀感，像《地球脉动》那样的感觉？

鸿沟

美国作家米勒说："不管小说中的事件多么贴近他的生活，总还会有某种距离存在。"甚至，你会觉得有跨越不过的鸿沟。有人干脆就舍近求远了，一个出身于农民家庭的女孩子，却喜欢写豪华别墅，写吸毒——也许她见都没见过吸毒,写富婆内心的无聊哀怨。觉得写西藏、宗教是一个时髦的话题。我倒是问问你为何总不写村庄泥泞的小路?不写农民父母身上的衣服?不写他们晚上睡觉的铺盖?不写你的母亲在烟熏火燎的灶膛前添柴的情景?哪一种更具有宗教感?哪一种更美丽?哪一种更动人?哪一种更文学?

改变你自己

写作是一件累人的、枯燥抽象的、令人泄气且大多是毫无回报的工作。

在许多作家那儿,写作是一种痛苦的职业,如果你想干得好一点儿的话。许多作家在作协、在这个行当被文学折磨着、惊扰着,一辈子勤扒苦做,一事无成,灰头土脸,既受不到尊敬,也得不到拥护,不过有时会被人偶尔怜悯一下。

美国一个作家叫莫斯利的说过一句很形象的话:"写作就是收集烟雾。"我的理解是,写作是在迷茫和混沌中,在虚拟的冰凉的世界中捕捉真实生活和人间暖气的一场黑夜马拉松。写作总是被突然降临的灰暗时刻所搅翻。一个写作者一辈子如果能碰到一百次圆满的结果,却会碰到一万次失望和绝望。作家要想在抽象的语言文字里孤苦伶仃地游荡,需要保持旺盛的斗志和激情,恰到好处的倾诉欲望。一个小小的振奋会把写作的喜悦无限放大。有的作家只能靠虚构的成功来安慰自己。作家不是影视明星,文学在当下这个环境中,跟没有是一样的。四十多年前索尔·贝娄就沮丧地说过:"无怪乎社会上真正有权有势的人,不管是政治家还是科学家,对作家和诗人都嗤之以鼻。原因在于他们从现代文学中看不到有人在思索任何重要问题。"不喜欢的原因很复杂,不止贝娄说的这一条,但不喜欢是实实在在的现实。这个世界是轻佻无聊、情趣低下、哗众取宠、娱乐至上等流行文化占上风的世界。这种情形在九十年前

《尤利西斯》诞生之初就是如此。美国作家杜罗曾经披露过,他当时是因为看到了英国诗人艾略特对乔伊斯《尤利西斯》的极端赞美才开始阅读《尤利西斯》并开始写作的。因为《尤利西斯》不仅在英国广为流传,而且在全世界也被炒得火热。艾略特说这部书是那个时代最重要的表述,是一部伟大的作品。《尤利西斯》写的是都柏林一个小市民、广告推销员利奥波德·布卢姆在1904年6月16日一昼夜之内的种种日常经历。现在已经被誉为二十世纪十部最佳英文小说之首,每年的6月16日还有个纪念日:"布卢姆日"。当时杜罗艰难地读完后产生了极大的困惑,因为他是当地图书馆这本书的第一位读者,有很长一段时间,也是唯一一位读者。也就是说,没有人阅读这部"伟大的书"。杜罗质问:这部书究竟有什么作用?为什么让读者厌烦甚至不屑一顾?后来他写作了,明白就算《安娜·卡列尼娜》也会让人厌烦。但是一个作家用他的作品改变了文化的历史——他的作品成为事实,加入这一以文字千古流传的伟大传统中,虽然在自己生活的时代遭受冷遇,也不能改变这个无聊的混乱的世界,但他改变了自己,改变了自己的生活方式,也改变了文化现存的格局。

契约

赫拉巴尔说:"我为《过于喧嚣的孤独》而活着,并为它而推迟了我的死亡。"这句话显示一个伟大作家、一部伟大作品都与神灵和魔鬼达成了某种神秘的契约。伟大作品是受天地的暗示。一个作家生来是完成上苍的某种使命的。他可以烂或坏,悲伤或者幸福,但他最后必定为他的使命悲壮献身。上帝在选择人,把指令和宿命植入他的脑内。那些伟大语言的到来,是生死的必然。

失去写作

失去写作就失去了与现实对话的机会，失去了对生活的一种热情，就像爱一个人，在幻觉中崇拜、尊敬，保持绝对的从不怀疑的神化。有一种误解，认为写作投入较少，试着写写，不成拉倒，也没什么损失。不像开一家店、一个公司，不会弄得人财两空。事实上，一支笔一本纸——现在是在键盘上了——创造的投入比干其他事更大，身心的投入就是巨大的，要超水平发挥你的才智，保持创造的活力，还要背负一定的、正儿八经的角色感和责任感，明确你的身份，清楚地描绘你所处的现实。

毒素

适当地让我们身上带一些毒素，比如焦虑和忧郁。一个完全不懂忧愁的人，固然可以过一种健康正常的生活，但作家不是这样，他要在一种极不确定的虚拟构思中开始一部作品的创造，想得无比美妙，跌得无比悲惨。事与愿违是大多数作家的结局。一部作品的完成充满了精神的颠簸和折磨，有时候是咬牙切齿地完成一部作品。写作就是在自残的过程中自我疗伤。既自残，也自疗，让其慢慢愈合。让自己痛起来有什么不好？有一种较为特别的、崇高和不与庸俗为伍的信念在推动着我们的内心，指挥手上的笔。这种自我赏识的冲动更重要，甚至不要人鼓动和支援，有时恰恰是你越泼冷水，越贬损我，我越有反抗的决心，没有什么能够阻挡得了。

唯一的世界

写作是写作者唯一的世界，是因为，在写作的时候，在虚拟的过程中，你发现这个世界对于自己有着惊人的可操控性，这个世界是属于你一个人的，可以扩展你身体所达不到的疆域，还可以为自己找到最舒适的位置。写作带给我们自我放逐和鞭策的快乐，让记忆把我们内心久已封冻的温情调动起来，从而串起一个真正属于自己需要的、美好的、充满了人道情怀和伦理高度的世界。写作是让你深刻地领受生命和精神的缺憾，而不是尽情挥霍生命的圆满。从这一点来说，写作对于我们认识人类自己，认识我们生活的缺陷，开拓了更加幽深更加迷人的通道。

强势介入

不要指望温文尔雅的文字和态度能成全你。作家站立的位置是多么重要。在这个风起云涌的时代，作家有广阔的天地来说你的话，表达你对这个时代的观点。你应该以强势姿态介入生活和艺术，不要躲在角落里哀叹；生活有思想者的生活，艺术有强者的艺术。强势介入的姿态充满决斗者的豪情，能够激发你的灵感，唤起你的血性，使语言充满了战斗力，使人们一下子就能注意到你说的话。那种呓语和哀吟见鬼去吧，模糊的表态、低姿态、试验性的文字，还有什么新奇的艺术探索，统统见鬼去。我们这个光怪陆离的社会像洪流一样，你要挺身而出。有成千上万的作家——大作家、小作家，陶醉着，炒作着，挣扎着，令人可笑可悲。可你要清醒。如今有令人恶心的作家，也有许多非凡天才的作家，高手如云，你想能唬住谁呢？靠什么唬人？思想和艺术的高下，就是作家的分野。

位置

仅靠回忆写作是不够的。已成名作家仗着他们的名声和批评家起哄式的批评，会占到便宜。像我们这等人，仅仅用回忆、移花接木加才华，想写好乡村是不可能的。我们这个时代，几十年的动荡，使我们的生存方式和生活格局完全改变了，人性时刻遭受着煎熬，变得扭曲，甚至变得残忍，有时也变得分外动人。我们的生活被摧毁和重建，大量的流离失所、迁徙、无家可归，每一个角落都充斥着离别、眼泪、牵挂、思念，充满了失踪、寻找和归来。如果你仅仅是听说，你的身体依然待在城里，你只想通过互联网搜索乡村发生的骇人听闻的故事，我想你依然解决不了问题。你必须身临其境，与劳动者同悲欢、共幽愤才可能找到你的位置。

反叛南方

南方本来是一个很美的词，在许多作家那里都有很好的表现，福克纳写了美国的南方；拉美魔幻现实主义写到的都是南方的特点：溽热、潮湿、毒虫爬行、神秘荒诞、蜃气飘动。可我在世纪之交时，感到南方姿态的写作进入了绝境，不仅南方作家笔下软绵绵的，连北方作家的笔下也软绵绵的。柔软、不痛不痒、琐碎、啰唆、没有力量、要死不活。作家对文坛、对社会发言的姿态是很重要的。我要找到一块地方，用这块地方的象征来书写我心中那种好的小说。或者说好小说必须具有的风貌、质地，那就是粗粝、凶狠、直率、诡异、强烈、干硬、充满力量——具有对现实的追问和对艺术的隐喻力量。为此，我选择了神农架。

神农架是秦岭和巴山余脉，它具有强烈的北方气质，各种文化的碰撞又产生了奇异的火花，极其诱人。大量鲜活、生动、别人没有的生活元素，农村生活的细节，在别的作家笔下没有过的生活场景，都喧腾、翻滚在我的胸中。这种深入的写作，使我了解了当前农村的现状，了解了国情、世情。生活的枯竭终于被丰富的生活内容所替代，精神的颓靡也制止了。这是一种刺激，激活了我的写作状态，使我精神饱满，感情丰沛，语言有光彩，思考有意义。这种小说，作为对时代和社会生活的发言，肯定是有分量的。

虚与实

如果说我的写作方式有什么变化的话，那就是过去写虚的，现在写实了；而过去写实的，现在又写虚了。怎么讲？现在的写实，是基于神农架山川人物一切的真实。我写的任何细节，吃什么，用什么，什么植物，花形花色，都是可以考证的真实。另一种"实"就是对现实的关注不来虚的，直面人生，让一个人、一种生存现状站在你面前，真实得让你颤抖。这是我内心动员他们的结果；现在的写"虚"，是指我终于找到了一个巨大的象征物，其中的万物都可为我的象征。小说没有象征不能称其为小说。我的小说即使真实得让人发抖，但也是象征色彩很浓的真实。没有象征的细节和语言我是不会用的，故事没有象征意味我是不会写的。象征就是有意味的语言、叙述方式和情节，我的小说追求意味。

底层叙事

底层叙事可能是对真实写作的一种偏执实践。这就是：小说必须真实地反映我们的生活，哪怕是角落里的生活。

它是对政治暗流的一种逆反心理的写作活动，它的作品，可能是二十一世纪小说创作收获的一种意外。

它是一种强烈的社会思潮，而不仅仅是一种文学表现方法。

它是当下恶劣的精神活动的一种抵抗、补充和矫正。如今的社会，我们的精神虽然遭受伤害，处于困境，但还没有到崩溃和绝望的地步，我们的灵魂虽然迷失、变态，但还没有到撕裂和疯狂的地步。我们社会的富人越来越多，穷人越来越少，这更加凸显了穷人的悲哀和我们对贫穷与底层的忽略。何况，穷人在如今依然是一个庞大的、触目惊心的群体。

怜悯，仍然是作家的美德。在社会变得越来越轻佻、越来越浮华、越来越麻痹、越来越虚伪、越来越忍耐、越来越不以为然、越来越矫揉造作、越来越顾左右而言他的时候，总会有一些作家，自觉或不自觉地承担起某一部分平衡时代精神走向的责任，并且努力弥合和修复社会的裂痕，唤醒人们的良知和同情心。

之所以说它是二十一世纪小说创作收获的一个意外，是基于每到世纪之交，社会总会弥漫着一股迷茫和彷徨。而二十一世纪之初，思想界、文学界和老百姓却异常清醒。在文学越来越专业化、贵族化的今天，"底层文学"能如此强烈、勇敢、直接地表达人民的心声，是令人震撼的，也是非常难得的，我们应该对这批作家的劳作保持起码的尊重。

意想不到的收获

现实主义跟道德一样，也是被妖魔化了的词语。后来世界上又出现了社会主义现实主义、新现实主义、乡土现实主义、魔幻现实主义、结构现实主义、超现实主义、批判现实主义，等等，等等。其实，怎么看现实，是一个世界观的问题，也是一个政治立场的问题。费舍说："现实主义是为真理服务的。"我觉得我的作品用"现世主义"更贴切。席勒认为现实主义是与理想主义相对立的。其实理想蕴含在现世的生存中。我不想探索灵魂的有无，也不对未来做什么幻想。我瞪大眼睛看现实。至于这个作家怎么写，只是文化环境造成的。马尔克斯从来不承认他是什么魔幻现实主义，他宣称他是地道的现实主义作家。看来现实主义真是无边无际。我碰巧进入神秘的神农架，我听到的故事都很神奇、魔幻，其实我小说中的这些东西很少有想象的成分，全是实实在在听来的故事。有人以为我在故意魔幻，根本不是这样。我想，自觉地成为某种文化的宣扬者和扩张者，会使你有意想不到的收获。

文学的"底层"

文学作品中的"底层"，可能是一个被同情和怜悯的对象，也可能是一种有感情的书写，它代表的是一种价值取向，一种精神向度的关注，接近于文学向何处去这样一个重大的命题。社会现实的底层是我们国家历经改革几十年之后的创伤，是被遗忘的角落，是整个社会资源和财富被少数人掠夺过后最贫瘠、最荒凉、最狼藉的现场，也是我们所说的"现实"最重要、最值得关注的内容，是许多人被无情践踏后的挣扎影像。

敬畏的结果

中国的财富有多少掌握在百姓手里，有多少掌握在权贵手里，一目了然。

贫富差别不是主观臆想,是客观存在。今天底层民众生活的政治意义更多是在中国政体的改革上,他们的贫困无助是这个国家司法不公、分配不公、道德沦丧、价值失范的惨痛标本。

我关注的对象,依然是乡村的生活现实,从不矫饰,我的目光从来是真实的,不会因文坛的风向而变化。盯住人的基本生存现状。我写作的一点成绩,就是对文学真实性敬畏的结果,对文学赤裸裸地表达现实生活严酷的一点心得。

开疆拓土

神农架小说与地域有关,神农架人的生活环境太险恶,是直接与大自然对抗的一种生活,而平原地区人们的生活更多的是直接面对人性的根本问题。我认为作家思考和探索的疆域可以开阔一些,不要停滞在一个地方。虽然需要一块地方展示作家的才华,但这不是束缚作家手脚的理由。作家应该警惕,时刻不忘开疆拓土,千万不可惯性操作,重复自己。

血液和歌唱

一个作家就是地域文化的外化,是他自己文化的化身。作家除了地域,还有许多更重要的问题要解决。千万不要把地域的特征标签化。本土文化对自己的影响是自然的,举手投足、只言片语就显露出来了。要把地域色彩真正突出不是易事,要变成自己的血液和歌唱可能要极端天才的力量。如果没有这个力量,你搞一座山、一条河、一面坡、一个镇又有什么意思呢?还不是注定要被人遗忘。与其如此，不如不做。许多作家在一个地方，可写的风格、题材竟完全不同。这怎么解释？还有一些作家为了表达本土文化，互相模仿，辨不清个人面目。要少想地域的、本土的文化，多想人类共同关注的东西。

冷眼相看

"仁者乐山，智者乐水。"我没有把自己当作一个智者，而是视为一个胸怀宽仁的人，神农架的博大粗犷正好对应了我那时对人生和世界的看法——不像水那样温润流动，而是像山一样干硬坚韧，充满了某种难以言说的顽强定力。

除了新鲜的题材之外，真实地表现生活，这让"神农架系列"体现出浓郁的文学性。二十一世纪初的中国文学，尽管经过了一二十年的转变，但在写实功能上还是有所欠缺。二十世纪八十年代的文学应该是非常解放了，但是依然有大量作品是从概念出发，并没有触及生活的真实。同样，在二十一世纪，文学圈也面临如何去写生活、如何有更多生活的问题。在这个圈子里，一些作家的生活是雷同的、类似的，他们交流的话题、产生的想象都很相近，所以出现了作家之间"繁殖作品"的现象。比如聊天时，这个作家脑子里的一个创意或者一个情节，被另一个作家拿去用在自己的作品里，这种只是在脑子和脑子之间传递的故事，能说与生活有多贴近吗？还有的人可以接触到真实的生活，有第一手的素材，但是未必有勇气、有力量表现出来。

神农架就像一个炼丹炉，炼出了我的"火眼金睛"——我获得了作家看待生活应有的独特视角。一个作家在创作的时候，首先要明白，哪些东西是自己可以写的，哪些东西是自己不能写的。作家需要明白自己在创作中的身份和位置——往往并非置身其中，而是冷眼旁观。这种"冷眼"是非常重要的角度。

就像在神农架，我是充满热情地去拥抱大山的，我觉得大山给予我无穷的力量，它的硬朗和坚韧，直接投射在我的文字当中。但是作为一个写作者，我是站在一旁冷眼相看的——"冷眼"在这里是一个客观状态的词，也只有冷眼相看，才能更全面地看清楚小说所应该表达的现实与人生。

热切关怀

我相信，任何一个具有严肃创作态度的作者，都会怀着一种叙述的热情，甚至生命的热情，全身心地拥抱他书写的对象。但是这种热情并不一定要用与"热情"相近的语言、人物、氛围来表现。不能说讴歌美好事物的作品就是热情的，有些人的热情几近虚假、发烧、谄媚欺骗。美不仅仅是美丽的，那种文字中体现出来的力量、疼痛，同样可以是美的，可以是充满热情的。就像一个外科医生，把你身体弄得血肉横飞，让你疼得死去活来，是在为你热情地动手术，是为你好。一个作家可以用非常真实、严酷的态度去创作作品，但是这种严酷背后，一定有一种更深的热情存在，他的作品有着深层的热度，那就是对这个世界以及身处其中的人本身的热切关怀。

新生

我知道我的脚让我获得了新生，永远有泥巴在脚上，晚上再清洗鞋子，还带回一些过去曾忽略的植物。现在知道了它们的名字，它们的少年、盛年和老年。还知道了一些庄稼。过去我伏在它们中间，但并不十分了解它们。现在我与它们像彬彬有礼的客与主，可以探听一些陈年旧事，细看它们，不再是一个靠它们的产出养活的人。这是很好的事。我已经有了与它们对话而不是被它们奴役的权利。这是年龄赐予我们每个人的恩典。因为我们努力过，所以我们成了田野的散步者，也成了田野的生客、观察者和记录者。当然，我们会成为田野的亡灵，会在故乡游荡。我坚信，我们的作品也将永远在故乡的田野上游荡。

不能写

青年作家现在面临一个怎么认识生活的问题，其中不少人的创作被商业化所绑架。好像他们总有东西要写，而且什么都能写，城市、乡村，官场、商场、职场，唐朝、宋朝，天上、人间，这是件很奇怪的事情。这种"能写"可能会害了他们。

当一个作家感到自己不能写的时候，这可能就是进步的开始，"不能写"是帮助作家反省并提升自己的一个契机，只有认识到自己"不能写"，作家才可能有救。就像点穴一样，只有按起来发痛发酸才算是按到了穴位，专门找舒适的地方按是很可怕的事情。好的作家内心都是有伤口的，但现在好像很多年轻的作家都在为快乐和轻松而写作。写作固然是要获得快感，但是如果只图快乐和轻松，对作家自身的提高是没有什么帮助的。世界上的文学经典都是写痛苦的，没有一部是写欢乐的。

最舒适

我是自愿并且很舒心地去神农架的，我不会为了写作牺牲什么。我没有放弃什么舒适的生活，我认为在神农架才是最舒适的，就是因为过去没有太危险的生活，所以我才想冒一下险，偶尔在行动上越轨对一个作家来说是一次极好的体验。人不能老待在一个地方，我多年前说过一句话：人是一株行走的植物。何况野外生活的营养是极高的。一个地方的贫瘠，是指它的自然面貌和人民的生活水准，但文学恰恰需要这种所谓的贫瘠来浇灌和滋养。神农架给我带来的影响是根本性的，是世界观的改变，是对整个写作的叛变。我后来提笔写东西时总是想象自己站在神农架某座山的山顶上，这就是巨大的转变。视野、高度，真的决定你所写作品的分量。

平衡的艺术

小说是平衡的艺术。刀刀见血是解剖，但好作品也要装饰。就像一个手术室不总是血淋淋的，还会放几盆花。刺痛不是目的，让内心充满美好的愉悦才是小说要达到的境界。比方说一部小说仅仅是让人恶心，那就不是好小说，好小说要有大恶到大美的效果。同是写性，有的人写得很恶心，有的人写得很美好。我以为，一个情趣低下的人才会写得让人难受，肮脏不洁，而内心有高旨趣的作家，一定会把什么都写得让人喜欢，洁净得像在天堂漂流，这种阅读的感觉是最高境界。性情与才情是统一的。我写得很残酷，但我会保证写得很诗意。我知道怎样的写法会成全读者到达那个想进入的境界。写作会升华一个人的心灵，却对另一些人永远不能升华。

淡定

我的文学观在现实的掠夺与挤压下不断地在改变和修正。我是一个生活和做人都十分简单的人。因而写作的想法也十分简单。忠于自己的内心感受，不说半句假话，没有很深的心机。我是个超级宅男，性格内向，不喜欢也不会与人交流（交际），有很小的社交圈子，与文坛几乎没什么往来。拒绝应酬，不烟、不酒、不茶、不牌。这样的一个无趣之人，还能有什么高深的或者吸引人眼球的文学观？但对文学我可以沉浸进去，因为文学是使我逃避现实的最好盔甲，我沉溺于我的文学创作中，不是为了什么，不是想去博得个什么奖唬死天下人。说白了，文学是让我不幽闭、不抑郁、不发疯的致幻剂、安慰剂和兴奋剂。我认为，做人太张扬了，是福是祸很难说。关系太多太累，也不是我能承受得了的。把一个人的色彩调淡一点，让身心更宁静一点。网上流行的词：淡定。

语言的壮举

阿斯图里亚斯说，要使每一部小说成为"一桩语言的壮举"。

一部小说是一次生命的灾变，是对智慧的追求。人的本性使我们对语言如此着迷。先人的语言是一张画着藏宝地点的传说中的地图。因此语言满含神话中我们文化的密码。

首先征服语言的信心必须对社会进行干预。社会是各种语言的垃圾场。在那里，你只能发现一些语言的意图。你必须否定流行的语言。最根本的说法是：我们在语言那里看见了历史与现实生死诀别的惨景；历史是诱人的，而现实是丑陋的。我们以生不逢时的遗憾回忆历史（和它的人物）记录下来的美好的语言，然后，我们怀着冲破现实罗网的雄心，反抗历史的辉煌，从模仿中偷渡，把隐语深处的语言，把我们要说的话，作为对这个社会的宣判词。

每一个人都面临着再次辉煌的尝试，是语言反叛的本质引起作家狂热的骚动。在最凝重的荒野上，语言的冰凌会抽打我们的面颊，留下我们报复的祸根；迎面而来的抚摸又使我们发腻，醺醉的夜晚的词汇使我们保持着对堕落的警觉。语言是喜新厌旧的荡妇，她阴阳不定。她不是依附在我们的作品中，而是依附在我们的人格中。因此，语言的策略是一次精神的起义。一部作品是因为有了语言的魅力才有了交流的可能。而交流是阻止我们灵魂出窍的极好机会。结束我们内心战栗的办法就是让语言不再战栗。扶住你的晕眩就是让语言不再晕眩。除此之外我没有看到任何办法。

每一部作品都有一个语言的词根，由此派生出其他类似的语言。这个词根是由情绪决定的，说得准确一点是由他对这个社会排斥的远近决定的。另一点更不可忽略：你对未来的期望有多高，语言的力量就有多高——像常见的激光音乐喷泉，最低沉的音符在下面，而喷涌到最高处的是心灵的强音。

一部作品的感染力和穿透力就是它的语言的射程。一个民族的历史与他人交流，一块土地的血泪与他人交流，一段心灵的暗伤与他人交流，一个社会的腐败与他人交流。神话成全了历史，控诉成全了土地，抚摸成全了暗伤，而斩钉截铁地否定结束了腐败。语言从狂乱开始，到陶醉结束。

我要战胜那个与构思一起过早到来的灰暗时刻，击中不公社会的痛处，解除时尚强加给我的魔咒，否定特权，只有风云激荡的语言才能拔起我心中的锚，怂恿我抵达凶险的彼岸。这是唯一可以选择的权利，它和我生命中偶然出现的、难以理解的暴虐同祖同宗。

"四丰"

小说应该用充满寓言意味的语言来表现具有强烈现场感的、真实的生活，要使小说充满着力量，小说一定要强烈，对现代麻痹的读者要造成强烈的刺激。一定要复杂，不能单薄，要丰厚、丰富、丰满、丰沉，所谓"四丰"。要真实，令人感动，还要让人疼痛。现在写小说跟过去真的不一样了，现在是一个很难出作家的年代，这个时代不是一个文学的时代。也许，这就是作家和小说的宿命。

自然主义

　　自然主义作家都写得很重，分量很重，他们写一种坚实的生活，像吉奥诺的《庞神三部曲》，卡里埃尔的《马鄂的雀鹰》以及其他的一些作品。他们会告诉你什么叫真实，什么叫现场感，他们写实写得非常精细。比如卡里埃尔写那种山区生活，四季的景色，是十分沉醉地写的，细得不可再细，那种功夫让人折服，可说是纤毫毕现。但这种写实又不像法国的另外一批作家，像巴尔扎克写房子，就写这个房子有些什么东西，一件一件道来，有些啰唆，甚至索然寡味。自然主义不这样写，他们写得很诗意，语言很有质地和味道，很有象征和寓言色彩。比如"秋天紫色的风""放荡、下流的乌鸦""在雨燕的鞭子一样的尖叫声中""在这深邃、清澈的天空中，人们的欲望会越走越远"……总的看来，自然主义文学强调的现场感、真实感以及诗意的语言和有意味的形式对我文学创作的影响很大。我很喜欢左拉、卡里埃尔、吉奥诺等自然主义作家。

小镇出大家

　　许多大作家都出生在小镇，可以举出一大串：沈从文、鲁迅、徐迟、郭沫若、李劼人、茅盾等。因为小镇是文化和风俗的汇聚地、杂交所，因它总是通衢大道，能接纳各路军民人等。小镇繁华热闹，又是有限度的繁华热闹，不像大城市，人们见怪不怪。小镇人保有一种好奇心，能探索一些新奇的东西，而且总能探究到。小镇人因能看到有限的新奇，激发了他的想象力。小镇人的想象力比大城市和深山中的人更活跃，且始终处于活跃状态，却又不声色犬马——小镇人有一种纯朴和丽质，聪明而真诚，他们对人生和他人都有一种温情的宽容，这恰恰是写小说和弄艺术最应具有的情怀，所以小镇人生来就是写小说的。小镇人的心态也适合写小说和弄艺术——没有野心，却有耐心；不狂妄，却有激情；言辞不利索，却心有千秋结；善于观察、揣摩，却绝没有故作的粗放。这样的心态如何不是艺术的敏感。

猛药

不能感动自己，焉能感动他人？小说不疼痛能够让如今麻木不仁的读者有兴趣吗？不仅要疼痛，而且要痛得嗷嗷乱叫，疼得满地打滚，要锥人心窝。尖锐当然是指要写的内容，要表达的思想。艺术当然非常重要，我比较注重艺术的表达，时刻不忘自己是个作家，只是个作家。但想想有时候你还真要振臂一呼，愤世嫉俗，表明你对生活、对世界、对现实的态度，大是大非问题上不能含糊，必须参与社会的正义斗争。是斗争。知识分子是时代和社会的良知，作家更是。当今已不是文学的时代，文学已经被抛弃了，变态了，舒服死了，所以我要对文学下重手，下猛药。不过说到底，还是我自己的喜好，我从来就喜欢重的东西，一直都是这么过来的，喜欢重锤砸石头一样的故事、语言，追求力度，下笔凌厉痛快，图个一泻千里、一舒块垒。

看淡

我的内心确实有一种突围的冲动,这是我成功的原动力,我知道我冲出去很难,这个时代出一个正儿八经的作家——不是炒作的作家很难,我抱定了冲出那些包围圈的野心,因为从神农架回来我有了资本,这就是生活,大量的生活,野得不得了的生活,文坛上、小说里闻所未闻的生活,加上我认为自己有了冲出去的力量,还有一股别人对你没在意的疏忽,你就有可能偷袭和突围成功,结果我真的达到了自己的目的。我是一个表面悲观而内心乐观向上的人,一个内心比较强大的人,外表谦逊,常常被人羞辱且能忍耐,但我骨子里是一个瞧不上谁的人。瞧不上,并不是说我最行、很牛,瞧不上与我自己不相干,我是从一个读者的眼光来看的。我对我自己很清醒,知道自己几斤几两,不会很狂妄。我要努力,我对自己有新的标准。至于获奖,我获了,我就不会对奖用酸葡萄心理说话了,获奖的人很多,写出好东西的不多,被承认的不多。我获奖的是《松鸦为什么鸣叫》,后来我又写出了更有名的《马嘶岭血案》和《太平狗》,这证明我的成名与获奖没有太大的关系。把奖这个东西看淡些,你才会写出好作品。我做梦也没想到我的小说还能获鲁迅文学奖,我认为我与他们没有任何关系。所以我的小说不是为获奖而写,是为我的内心而写,是内心召唤的结果。

书写乡村

乡村是我们的前世今生,是我们永远的痛。我曾是一名知青,三十年前的乡村我是熟悉的。我出生在一个小镇,四十年前的乡村我也是熟悉的。我爱写乡村生活,却对当前乡村的一切有着很大隔膜,这不仅是我,可能也是许多住在城市里的作家写作的窘境。我到了风景绝对美丽的神农架，却看到了生活绝对贫困的农民。许多人还在为生存和温饱而斗争，家徒四壁，远离这个世界，仿佛是另一个荒凉星球上的人。时间在这儿似乎是静止的——我读了当年在这儿剿过匪的老革命的回忆录，他们叙述的当年山民生活的各种场景，现在几乎完全一样地在我面前重现，这种现实确实让我震惊。作为一个小作家，我无力改变它，但可以写它。允许苦难有出声的机会，是一切真理存在的前提。深山农村的现状对我内心产生了强大冲击——她的美好，她的苦难，她的一切一切，都给了我前所未有的震醒。我为数不多的作品表达了我对农民和农村问题的忧虑，并且以某种预言形式，说出了城乡由于巨大差距和隔膜可能会导致的社会危机，对社会孤儿般的农民给予了椎心泣血的同情与理解。同时，我也想用我的作品和深入底层的姿态，对文学界、对作家呼吁：希望大家都来关注我们的精神家园——农村，我们的兄弟姐妹——农民，我们的生命根基——农业。

鲜活的内容

如果没有鲜活的内容，纵然你的作品思想很深刻，那又有什么作用呢？那种以为到处都是生活的人，肯定走入了写作的误区。生活是一种特指，而不是泛指。那种以为待在家里，泡在咖啡馆、茶室里就能写出好作品的人，不是自欺就是欺人。我相信走更远的路，才能有更深的小说意境。我相信好的小说素材蕴藏在民间，你必须用自己的脚当锄头去刨才能刨到。要使你的作品丰富无比，你必须有丰富无比的个人历险生活。委琐无聊的生活必然产生委琐无聊的作品，苍白的人生态度产生苍白的小说。

相信生活

我不相信虚构和想象。我过去很相信想象力这种东西，甚至很崇拜想象力。过去我在一本县志上看到一句话就可以弄出个中篇，现在看来这是很可笑的，就算作品发表了，那也跟没发表一样。很多靠想象力生活的作家正在可怜巴巴地面壁想着、写着，我甚至感觉得到他们的字缝间随时都会有断裂的危险——时常看他们快写不下去了，看得令人揪心。而我总算暂时摆脱了这种悬崖上跑马的危险状态。要有很强的冲动了我才写，而不再用惯性去写。我从神农架回来后，有好些日子都沉浸在对那只豹子的悲伤之中，我知道我要爆发一下，于是就模仿那只最后的豹子的口吻，写下了这个故事。我觉得这只豹子死得真是太惨了。先有这只豹子，而后才是加入我另外得来的素材，再加想象。其实这只豹子的真实故事我还没写完呢。这只豹子的皮后来被神农架群艺馆展览后保存了。保存这张豹皮的人后来疯了，饿死在自己的屋里，等人们发现时，他的鼻子耳朵已被老鼠啃了，豹皮也被啃了，不过豹尾至今还在。但是我写到它被打死就果断地结了尾，一个小说还没能把素材用完。《松鸦为什么鸣叫》《云彩擦过悬崖》当然都是有原型的，为写《松鸦为什么鸣叫》，我去采访小说的原型之一，大雪封山，路上结冰，林区政府为保证我的安全，不给我派车，我只好去街上租了个体户的小轻卡。司机说：你敢坐我就敢开。我说：你敢开我就敢坐。在翻过燕天垭时，我们看到有一辆大货车刚滑掉下崖去，司机跳下车算是捡了条命。《云彩擦过悬崖》中关于神农架云海的描写有一两千字，单提出来是一篇散文。我可没有如此丰富的想象力，为了描写它，我访问了十多个人。《狂犬事件》来源于神农架的一张旧报纸，上面说二十世纪八十年代末某乡出现了十几条疯狗，咬死咬伤了几十人、一百多头牲畜。于是我开始了调查，跑闹过疯狗的村子，找被咬过的人，找防疫站，各种传闻通过采访滚滚而来。可以说，里面耸人听闻的每一个情节都不是我胡编乱造的：一个人把给自己的五针针药分给牛打了，最后人、牛都死了；一个人死前屙出的血块全是狗形；一个人最后死于肚腹爆炸……我的调查就算不写成小说，只写成一个调查报告，我相信也是万分精彩的，小说把它还平淡化了。精彩的东西无论怎么写都精彩，不精彩的东西无论怎么编也乏味。当然，我也相信有想象力出众的高手，但那是非常稀少的。像我们这等想象力贫乏的人，还是相信生活吧。

神秘和荒诞

不要去刻意书写某种文化，也不要对某种文化怀有敌意。偏爱某种文化又是另一回事。我非常喜欢拉美作家的作品，特别是魔幻现实主义的作品。什么样才叫现实主义？这是一个非常巨大而严峻的问题。马尔克斯根本不承认他是什么魔幻现实主义小说家，而说他是真正的、地道的现实主义作家。现在我才真正明白了这个问题。也许他写的真是拉丁美洲的现实——包括一些传说，传说也是现实生活的一部分嘛。而且魔幻现实主义作家的写作是极有分寸的。比如写贝雷卡只要精神紧张，如受到妹妹的惊吓，想念克列斯比时就吮手指、吃土，但并没有写这个怪女子因紧张而吃蝙蝠或别的，没有变成一只鸟或是一个恶魔。魔幻现实主义的鼻祖胡安·鲁尔福的那些作品，难道你敢否认他的现实主义特征和本质吗？在墨西哥高原上严峻的现实生存，像一块块巨石，直击我们的心扉。他的中篇小说《佩德罗·巴拉莫》虽然写的是与一群甚至一个村庄的鬼魂的对话，但我们依然看到了人物的严酷现实性，就算是一群鬼魂，我们读过之后却仍感觉到他们的人间温热，这些音容宛在的鬼魂依然还生活在村庄里，并且让村庄炊烟袅袅。

神农架本来就是一个十分神秘的地方，就算你不想神秘和荒诞，那些神秘的东西也会不自觉地跑到你作品中来，有什么办法呢，只要不胡编就行。比如我写犯狂犬病的一个男人会怀狗崽，我没写他自己变成了一条疯狗去咬村长；我没写整个村的人都发出了疯狗的咆哮；没写镇长、村长等一干领导都疯了，都长出了獠牙，毒汁四溅，它必须有分寸。另外，小说的神秘性是为作品的思想性和现实性服务的，是增加这种小说的诗意。如《松鸦为什么鸣叫》中的"天书""十八拐"，《望粮山》的"天边的麦子"，使叙述更具有自己的风格，更深刻、更能贴近那块土地的氛围。如果把我收集到的神农架的神秘东西写成一本书，至少可以写二十万字，所以，我不必故意神秘，那块土地的本质就是如此。我也根本不需要去写一种什么文化，我认为那太小儿科了。文化只是一种背景。我写出了真实的生活、严峻的现实，就表达了一种文化，这是自然而然、顺理成章的事。

冲动来源心灵

现实主义要加入强烈的个人经验，否则将是类型化和概念化的所谓现实主义。关于个人经验在小说中的重要性，许多人都认识到了。现在是小说的个性化时代，"集体话语写作"的时代在二十世纪末已被无情终结。作家和他的作品相对这个社会来说，应该有一种谦虚的品质。对现实主义，我们遵循的是它的精神，而不是它的形式。高尔基说的现实主义正是它的精神，他说现实主义就是真实地、赤裸裸地描写现实。

大家现在已经看得很明白了，新时期文学玩过各种主义和潮流后，连最先锋的作家也重回了现实主义的写作，有人说这是市场的力量，我可不相信作家们会这么没有立场。我认为这是一种具有自身规律的蜕变。中国百年的白话小说发展到如今，已经趋向成熟，小说家更加智慧。就是现实主义也显然不同于二十世纪八九十年代的现实主义，它显得更有力量、更有气度、更结实、更深刻、更有世界性、更像文学、更具有民意的立场。

　　谈了这么多主义，其实我不关心主义，也对主义不感兴趣，文学的真理不是理论，而是生活，是文学自己。现在有的作家理论高于创作，理论艰深玄奥，作品却单薄肤浅，这样的理论要它何用？有些评论家附庸风雅，以为一个作家有了很怪的理论，他来分析引用，也就显示出了他的高深。不仅在理论上故弄玄虚，在小说中故弄玄虚也可以让没有出息的评论家跟着你转，转得云山雾罩。现在五十年代出生的作家中故弄玄虚的已经不多了，他们大都在结结实实地写小说。理论落后于实践，创作的冲动直接来源于神秘的心灵，来源于你的良知，而非理论。理论不过是为了掩盖自己作品的缺陷，这是我在研究了许多中外作家、诗人的理论后的一个惊人发现。

"50后"作家

　　二十世纪五十年代出生的作家的作品显得特别中气十足、底气十足、自信，视野特别开阔，特别有智慧。我自己的认为是：这个年龄层的作家人生老境的意绪开始深沉地浸润他们了，可生命的活力和创新的冲动还在，且比任何时候都更加强烈；更加珍惜写作的快感，只要抓住了那种感觉，他们会把它发挥到极致。对生活的实感，对生活细部的体验更加小心、细腻，对其哲学的把握更加独到和广博，对世界更具亲和力；常常能将某一点上升到某种高度；不会那么玩世不恭、轻佻，对文学的所谓游戏态度荡然无存；更注重文学的诚实和尊严、叙述的智慧以及处理情节乃至细节的从容自信。五十年代出生的作家到了这个时候，人生的使命该懂的就懂了，不懂的也就不勉强自己，甚至忘掉。剩余的大好年华该干什么很清楚了，不该干的赶快不干了，抛开了。他们甚至打通了生与死的界限——因此，我认为，他们的作品一半是以死者的口气在说话。说到这里，我突然想到为什么那么多作家总是在作品中体验绝望和死亡。海明威的《老人与海》就是一部体验绝望的杰作，而我前面提到的胡安·鲁尔福经常用亡魂的口吻讲述故事，马尔克斯也一样，福克纳也在他的《我弥留之际》用死者的口吻叙述和回忆。"亡灵叙事"在国外作家中是经常使用的，这值得研究。

强大的内心

我过去的确是一稿速成作家，被称为"快手"，而现在……我先打个比方：听说一些屠夫年轻时杀猪白刀子进红刀子出，连眼都不眨，到了五六十岁，手就抖了，见了猪脖子就像见了人脖子，不敢杀了。他对他的对象产生了一种敬畏，是突然的，甚至产生了一种恐惧。我是手写，写完后由我的家人输入电脑。每次写作之前，在第一页页眉上，我都要写下"主保佑我，撒旦我不怕你"这几个字，并打上九个感叹号。然后，我才敢果断地、坚定地、不顾一切地下笔。我并不信这些，难道真有一个魔鬼会阻止破坏这部小说的完成吗？我不知道。这只能说明我下意识地产生了对小说的敬畏。为了驱赶心中的这个"魔鬼"，我必须不顾一切地写下去。我认为写小说是需要勇气的，特别是写我这样的小说。比如我写《松鸦为什么鸣叫》，一个人在荒无人迹的山道上背着一具死尸，不停地同死尸说话，写这样的情节需要有定力。《豹子最后的舞蹈》，模仿一只濒死豹子的漫长内心的回忆，同样要驱赶一种孤独的恐惧。《云彩擦过悬崖》也是在难耐的孤独和寂寞以及哀伤中的回忆，同样要有战胜这些情绪的力量，要有比它们更强大的内心才能完成。《狂犬事件》，你要把这件事情的叙述的弦绷紧，不能有一点点的松弛和游移，也需要一种支撑内心的力量。而且我现在喜欢推倒重来，发现不满意，我不是修改，而是重写，我相信，最好的效果是在第二稿或第三稿完成之时。这样对待你的文字，你一定会有酬报，事实证明如此。

走向远方

态度决定一切。我在写神农架——或者说写大山之前已经意识到了写大路货永远不能写出好小说,要写就写点珍稀的,写山就写到大山腹中,写水就写到水底深处,写天空就写它个黑云翻滚,写大海就写它个巨浪滔天。何必温文尔雅、礼让三先,写作不是开会,不是领导接见,写作是战斗,文学是火器——这话是马尔克斯说的。来一点小幽默,来一点小象征,来一点小哲理,来一点小诗意,来一点油滑,来几分胡话,来几分先锋,你不阴不阳、不明不白地对待文学,文学最终也会不明不白地对待你。

过去我写过平原,写过水上生活,写过小镇。我爱我的故乡平原上肥沃的泥土,然而现在我更爱贫瘠的、干硬的石头。当某一天,我悟到了一点什么的时候,我决定奔往大山。平原对我已没有诱惑,假如我硬写,我也许还是能写,但大山未知的、神秘的东西更诱惑我,让我时时有一种新奇的历险的冲动,除了行为,还有心灵,这对我的写作有一种激发作用。在鄂西北大山的恶劣的生存环境中,我看到了苦难是怎样磨砺着人的。石头上能生长什么呢?坚硬的、被风刮得干干净净的石头一定有什么使我着迷。石头生长着苦难,苦难生长着道德,完成并坚守它。生命就是冒险,深藏,默默地抗争,这一切用文字写出来,用石头垒成的文字写出来,将是十分壮丽的,也是强壮的,有质感的,饱含深情的。

我认为,人是为弥补他生活的缺陷才写作的。我们的生活质量十分糟糕,一日三餐,然后局限在一个大院里,那里面有不少神经质或神经错乱的人。我看着一些曾叱咤文坛的作家怎样从英气勃勃到衰老,到死亡。长期待在这样的地方,待在城市,人不仅丧失了创作的激情,也丧失了生命的激情。那些前辈们每天从我们面前晃过,他们步履蹒跚,满头飞白,不仅让人心生对他们的怜悯,也暗暗为自己的晚年担忧悲哀,并使人产生一种文学的末路感和悲壮感。我为自己不断新增的年龄而恐惧,我想,我肯定欠缺什么。那就是生命中的野性、反叛,对偏远山区、远方生活的向往,另一种生存状态的温暖。我知道了我这个年纪所需要的东西,虽然迟了点儿,但也许刚刚正好。作家为什么要挤在一起?这不是割断了与大地、与人民、与生活的联系吗?一些伟大的作家永远是我们的楷模,比如法国作家吉奥诺,在他成为龚古尔文学院院士之后,他也没去过巴黎几次,长期住在偏僻的普罗旺斯高原的马诺斯克,他认为巴黎庸俗、饕餮、忙忙碌碌,是个迷人而又腐朽的无赖。因此他写高原的作品充满了神圣的魅力,充满了壮阔温馨的生命感。写过《苏格兰人的书》的刘易斯·吉本,评论家布朗在评价他时说:"你可以在他的作品中听见大地的发言。"这是一种多么诱人的写作状态,也是一种多么惬意的写作结果。我们苍白的生活中有诸多缺陷,我不过是正视了,但只走了一小步,远没有达到我理想的距离。

文学是永恒

我读到的一些城市小说大多充满了无聊和无奈的气息,有些是变态的尖叫,有些是模糊的呓语,唯一缺少的是这个时代各个角落里人们生活的逼真气息,像热浪一样扑来的那种劳动的气息。我自知有些作家已经不需要我这种走出去的写作,因为他们已获得了一批读者,他们更有名气。那些养尊处优的读者,喜欢看那些适合他们生活方式的小说,习惯了某些作家的笔法与故事,可我却还要努力地用新的东西刺激、寻找喜欢我这种小说的读者。我希望有一批读者能有另一种被刺激起来的阅读欲,来自另一个世界的故事,另外的语言、感情和氛围,另一个生活的场景,并且能让他们与我一同走进去。我也并不是说非城市小说就是好小说,有一些写农村的、边地的、荒凉的小说依然很平庸、很传统,缺乏冲击力。特别是惯性操作的写手在如今较多。所以,不管写什么题材的小说,作家必须沉下去。忠于真理和现实,用尊严和诚实写作,必须有强烈的悲悯情怀。

我甚至还认为，文学其实并非文学，它可以是人生、命运和历史，但绝不是文学。小说写到如今，我私下感到，文学是一种对生活的经验性的总结，文学表达了你的希望、你的绝望和你的唾弃，文学是一种爱憎分明的东西。文学是对生活概貌的一种认识，它的出现直接表达了我们需要什么、不需要什么。文学不是暧昧的，绝对不是；文学不是休闲的，不是时尚，绝对不是。文学是永恒意义上的东西。文学要把我们的生活说绝了，文学只差喊出来了，虽然从容又理性。文学恰到好处地在怒吼和棒喝的边缘。

小说与诗

小说与诗的不同是：小说需要更开阔的视野、更全面的才华、更深刻的思想，小说反映的是全部的世界；诗歌表现的是内心的一瞬或某个角落，甚至是呓语。小说要相当的技巧，而诗歌的写作在一些人那里几乎不要技巧，因而很多人都写诗，而写小说的却少得多。毫无疑问，小说的难度远远大于诗歌。写小说会让一个人快速地成长，而诗歌可能会让人一辈子在平庸里挣扎，写了一辈子诗歌还不知道文学是何物的大有人在。如今的诗歌百分之九十是垃圾，是分行的废话，是回车键，是无病呻吟，是神经质。而小说是激情与理性极端控制的结果。写小说的人必须有强大的自制力，当然要加上汹涌的才华。

所有的意义

写作对我意味着生活——充实的生活，是生命所有的意义。我因写作而把生命和时间拉长了。每个人都算不得什么，许多相貌平平的女人因为文学而受到人们的尊敬，那是因为文学给她们镀上了光芒。如果没有文学，我是一个一文不值的人，一个头发花白、爱偏头痛的半老头子，一个游手好闲之徒，一个驾船的船工，甚至会成为小镇上一个讨人厌的家伙。写作从一定意义上说，使我获得了一种虚荣和尊严。我重视这种虚荣和尊严，没有它，我就一无所有了。

参与

我经常面对听众和媒体侃侃而谈、声嘶力竭，为了凑足两个小时的讲座或能有在报刊电视上露脸的机会。我现在已不再为自己说过的话后悔，脸皮锤炼得比较厚了。可有时也扪心自问：这是我要说的话吗？是在夜深人静时所想的？它与自己的创作有关吗？是我作品的必要诠释吗？它与文学的现状有关吗？

我不像那种思维逻辑缜密的人，我的思维总是跳跃断续、不太连贯，忽东忽西。也就是说，我属于那种比较不会说话的人。可是，文坛的那些能说会道者，他们的小说究竟怎样？多少与他们的如簧巧舌成正比？他们又是否说出了他们小说创作的真正奥秘？

一个作家已经在他的作品中尽悉表达了他的思想，如果他有思想的话，他的小说会让人一目了然；没有思想，也会一目了然。作家的肤浅和深刻并不在于他能说什么，而在于他能写什么。写作是一个十分微妙也十分神奇的过程。有时候——或者几年后，我重读自己的小说时，里面的那些精彩之处（包括句子），自己都觉得怀疑：这是我写的吗？我能想出这样的句子？写作是充满了神性的一种精神活动，写作是神示。

但是，如果陶醉在这种神示之中，那就很难有所作为了。

小说是一种多么艰难的现实写作。它除了语言（就算还包括情节和细节）有某些神灵的恩赐外，其他的获得几乎全靠对现实的参与，并不是如古代诗人的一次饮酒、一次送别、一次登山或荡舟就能解决的。也不是三言两语几十个字就能把你送上巅峰。

作家对现实的参与是迫不得已的，哪怕这个作家有高蹈人生、超脱尘世的生活趣旨，心中多么想远离现实与现世，可生在这个时代，作为作家，他必须将自己交给与现实有关的一切。就算是写历史题材和科幻作品的小说家，莫非他仅像古代诗人采撷大自然就可以完成全部的写作活动吗？他还是得在现实中大量地收集资料、研究问题，对现实做出他的判断和把握，表达他的看法：抨击或者赞美。历史和科幻作品同样是现实的投影。

作家正在参与着时代的进程，这种参与的深度与广度，就是作家作品的深度与厚度。所谓参与，除了亲身的体验，也有思想的体验。就像钻头，有的钻进去了几千公尺，有的只是打了口小井；有的钻头十分钝锈，在浮尘中转动，看起来很有阵势，却是唬一般平头百姓的。

参与和投身有区别。二十世纪三十年代的左翼作家也有许多并没有投身（身赴延安的或是地下党另当别论）。参与更多的是精神与思想的投入。

作家在无可奈何的仇恨和欲望中，在身不由己的职业活动中，与现实拥抱在一起。

变化

小说正在急遽地变化。小说已经没有了二十世纪八九十年代的那种优雅（有时是故作的）气质。人们捧着作家，仰望作家，仿佛作家就是他们的律师，或是第二政府，或是上天派来评判人世是非善恶的天神。现在的小说像一个从野外归来裹着泥水的莽汉，带着不讨人喜欢的异味，像一个（或者说应该像一群）个体户、难民、打群架的游侠。人们已经不爱搭理他，不再信任他，也无暇顾及他。可他如今才真正具有了小说必须具备的全方位素质。他十分强壮（尽管有些污脏），有了充分的条件来证明他是小说，而非其他。他带着强烈的生活气息，没有谎言，几乎也没有了矫饰，而且十分俗气。但作为真实的生命，他长大成人了。

尽管小说目前还在体制内，可基本上能够独立于体制之外了。小说是一个独立生存的生命体，充满了生命的汗味和魅力，而且十分真诚地微笑，带着底层的呼吸，出现在二十一世纪的早晨。

小说不再只靠回忆过日子，对过去时代的诅咒、怨怼和思考，不再是小说的主流。作家们希望携着他们的小说，走过中国深刻变革的每一个过程，包括痛苦、迷惘和愤怒的过程。

生活在变化着，它不仅占领了作家的写作空间，也在强迫更改作家的思维，这是非常好的事情。再也没有哪个国家、哪个朝代像当今中国这样进行着如此翻天覆地的激荡与变革：官僚资本主义，穷人，掠夺，贪腐，文化的侵略与占领，压抑的情绪，骇人听闻的阴暗面，巨大的成就，欢呼与呻吟，呐喊与低泣，拐卖，奴役，新农村建设，西部大开发，南方的残指与北方的黑窑，群体事件，时尚大潮与精神守旧，左派与右派，中产阶级与帝国主义，民族资本家与新买办，经济汉奸与政治流氓。

作家是一次烟花怒放，没有了统一的方向却璀璨夺目、四处跌落。

巨大的变化也来自作家的内心，他们变得异常强大，同时也变得异常虚弱；他们唯我自尊，也自卑万分；他们神闲气定，也惶恐仓皇；他们追求印数，也追求艺术；他们要钱，也要脸——并且强装一张静若处子的脸。

因为这个时代是飞速发展的，三十年来我们的生存方式和生活格局被完全推翻。虽然不是战争年代，但社会的变革是一次比战争更加惨烈的行动，是一场感情、精神包括经济的浩劫（这是个中性词）。同样有大量的流离失所、迁徙、无家可归。官商勾结的强制拆迁和失地的农民；从繁重的苛捐杂税压得抬不起头来到突然戏剧性地结束几千年农业税的收取；从严管外来人员到取消暂住证。人们抛家别土，离乡背井，每一个角落都充斥着离别、眼泪、牵挂、思念，充满了失踪、寻找和归来。

——这是一个多么令人揪心的时代！这是一个多么活跃的时代！这对作家是多么好的前所未有的机遇、前所未有的题材，简直俯拾即是。随便舀一瓢眼泪浇灌你的作品，都会让其茁壮，都是沉甸甸的。人性变得如此残忍，也变得如此隐忍、如此坚韧。同时，也因这样的失踪、寻找、等待和归来，让我们的人性变得如此动人。没有任何时代能像今天这样，使我们的人民和人性经受着如此剧烈的煎熬和考验。生存变成了一个个的奇迹。建立在混乱、无耻和残忍之上的人性，成为民族精神又一次涅槃的焚火，催生了新的文学，新的小说。

语言属于作家

小说中的人物对于批评家也许更管用，因此人物是属于别人的。但语言，却永远是属于作家自己的。如果你真的充满追求和幻想的话，你的语言所能到达的地方，别人一定无法企及——你一个人在那儿恣肆欢喜，放浪形骸，享受着持久的愉悦。作家总是在寻求自己语言的边界，远离他人，开拓自己驰骋的疆土——这个世界将从此是属于他的。作家因语言而存在，因语言而永生。在无语相对的哑人似的写作途中，语言却铿锵有声，如天外仙乐。语言是他唯一的陪伴、唯一的恋人，是他疯狂追逐的对象。在如沙漠荒野似的书桌前，作家啜饮语言的甘泉——那里鸟语花香，柔美多汁。语言是作家的后花园，在这片秘不示人的地方，他想方设法地栽种着他的奇花异草。假如他对语言有着不可遏制的占有欲，有着强烈的自信和原创能力，假如他确实是上帝派来的语言的信使，他必须忍受小说对自己掠夺性的开采和滥权。他在那神示的煎熬和翻滚中意荡情迷，精骛八荒，纵欲无度。可是他丰姿卓然，美目盼兮，风流盖世——语言让他具有如此优良的品性、高蹈的才情。

语言与其说是小说的重要元素，不如说是小说的全部尊严。

叙述的魂魄

语言并非是一种叙述的材料，它是叙述的魂魄。语言行进的方式就是小说的风格。米兰·昆德拉说："小说应该像音乐。"这是西方人的观点，这么说，难道语言就是一个个可以拆解的音符？中国有抑扬顿挫之说，那也是音乐或者旋律的意思。汉语的四声更适合这种说法。但仅仅是音乐还是不够的，因为小说不是一种倾听，小说是以无声呈现的方式来让你内心默诵的。这种默诵也不是为了倾听，是为了寻找小说中那令你神思摇荡的东西，那字里行间掩藏的神秘的魅力和玄机，指示出那更为宽阔、更为苍茫、更为诱人的方向。海明威为什么要这么说呢？——"作家应当把自己要说的话写下来，而不是讲出来。"讲出来和写出来究竟有什么不同？语言不是声音，语言是语言本身的美。富恩特斯在评价那个叫胡安·鲁尔富——魔幻现实主义鼻祖的小说时用了一句话："金色的语言。"鲁尔福的语言果真是金色的吗？那么有光芒？那么高贵？——他的那些看起来无头无尾的短篇，那唯一的一个中篇。这位批评家又这么评价他："他的作品注定要成为一种积累和典范：用语言来体现一个典型，全部的梦幻和集体的愿望。"说得有点费解，却又再明白不过了。写过《弗兰德公路》和《农事诗》的西蒙才有资格宣称:"写作是一种文字探险。"而《玉米人》的作者阿斯图里亚斯更有感触地说:"一部小说就是一桩语言的壮举。"躲在故事背后的是语言,躲在语言背后的是小说的秘密。

在我们的作家中,为了把事情急于说明白,更看重他讲的故事、故事的发展、衔接,很难顾及语言世界的营造,或者说顾此失彼,无法让自己在自己语言的梦乡中充满快感地游荡和沉醉,从而拒绝其他世界的侵入。故事、人物,和他们表演的那个现场、那个时代,都是因为语言而发生的。作家为了寻找到一种语言的世界,已经拒绝了好多个世界,甚至不屑于——或者省略了——那个世界的原始真相,只在语言所布置的真相中寻找生活和文学的逻辑。

野心

一部小说要对语言有一股野心。就像富恩特斯所说,要"体现一个典型,全部的梦幻和集体的愿望"。语言可以做到一切。

天才性的作家,他们的语言并非人间俗物、父母所赐,是上天赐给他们的,好像与锤炼哪、积累呀也没什么关系。天才就是天才,我们必须承认。

在小说中,我甚至怀疑人物的塑造、故事的呼应都是无关紧要、无足轻重的,创造的全部意义,就在于文字带给我们的陌生冲击。语言在当今,作为纸媒文学的重要特征,已经越来越显示出它对文学拯救的最后力量,它可以与任何传媒抗衡的伟大、古老、优良的品质。语言是小说的精神,是小说存在的唯一的理由。故事、人物可以用其他来讲述、饰演,可以用计算机合成,语言是无法饰演和合成的。

词语的现实

词语的现实才是小说真正的现实。这个现实是由语言组成的,也是作家心中唯一的现实,它比现实更丰腴、更丰富、更丰厚。或者说,在小说里,压根儿就没有一种所谓的真正的生活中的现实。——当我写出这句话来的时候,我连自己也吓了一跳——你不是宣称要在作品中写真实的吗?你不是将文学的真实视为生命吗?对……对呀,可真实并不等于现实。真实是那种更富有意义,特别是象征意义的真实。这样的真实是要进行严格挑选的。作家使用什么样的词语,生活所呈现的就是什么样子。因此,现在我可以这么说:作家所追求的真实,是由他对词语的那种矢志不渝追寻的真诚度所决定的,真诚度越高,那样的真实也就越令人信服。一个作家的虚伪,是从词语的选择开始的。谎言是从对词语撒谎开始的,而真实,同样是从对词语忠贞开始的。

海因里希·曼说过,世界对我来说只不过是拈词造句的材料。这个老外还说过类似的话:女人的肉体会给他创造优美语言提供灵感,他会对语言更精细地选择,怀着激情驱使那些词句,从而对语言的分辨能力变得越来越敏捷,并有神来之笔。那么,这个女人就是他的语言,也是那个他接触过的真实的女人,这两者之间有什么不同吗?

现实就是立场

现实只是一种材料,或者只是一种手段。有人利用鲜活的现实,有人利用发霉的历史,来满足他书写的野心。为了打鬼,借助钟馗。这样说,并非现实是可以任意捏塑的一团软泥,现实不仅是坚硬的存在,也有着它不可篡改的属性。

在以语言为至高无上写作圭臬的人那里,认为现实既不是真的,也不是假的，是词语的。这种说法有着它的合法性。而我说，现实既不是真的，也不是假的，是有立场的。什么样的现实才是现实？富有的乡村是现实，贫困的农民也是现实。对文学的真理有不同的认知，对社会进程的评估有天壤之别，于是现实就是不同的。假如一个作家突然成了官员，他以官员的身份讲话，大家知道他怎么说文学与现实的关系了，这也许就是文坛的一个有趣现实。

  对于反映现实的炎凉、明暗，不能要求作家的笔像化学分析仪器一样精确，以及配置一个百分比。作家写作的某种偏执造就了作家的风格。作家像一个山体，以残缺和破碎为美。没有十分公允的作家，只有十分公允的政客、裁判和骗子。作家的世界观或许与众不同，《水浒传》的现实是官逼民反，《红楼梦》的现实（世界）就是亦幻亦真。如今，有些作家将现实的写作当作某种敲门砖和按摩器，对另一部分作家来说，是把对现实参与的写作当作寻找社会正义和理想的荆棘之途，来给现实留下文学的声音。现实的加入，让现实成了精神分析的案例或者就是一个解剖的病体。当然也有一部分作家在现实的表象中纠缠不休地蹒跚，把生活的琐屑当作沉醉书写的源泉，让精彩严峻的现实平庸化和温柔化，使文学成为无聊的游戏和消遣，成为社会角落的呜咽和哀鸣。

需要真相

  现实需要真相，这也是一个健全社会的起码标准与渴望，也是不可阻挡的民意。如果一个作家反映的现实离开了民意的基础，一切全在人造的强光之下、移花接木、张冠李戴、以偏概全，或者被无穷拔高，典型化、理想化，这样的文学中的现实与生活中的现实会越来越远。

  现实的真相以真实作为出发点。所谓的现实，一个作家在起码的判断和把握上，不与民意相去甚远或违逆。我还要加一句：现实既不是网民的也不是报纸的，是作家亲手所得的、亲眼所见的。任何道听途说、捕风捉影的现实都不是现实。

一个有自己专车从不挤公共汽车的官员，他不知道公共汽车里的现实；一个有公费医疗的人不知道农民因病返贫的现实；一个在城市在校园在酒池肉林安适生活的人，他根本不知道农村的现实，特别是那些乡村深处的现实。一个知道却劝别人不要写这种现实的人，是不可原谅的；一个不知道却偏要指责别人歪曲现实的人，可以饶恕他的无理和无知。那些走进生活深处的作家，写出一二真相，我天真地认为，是可以容忍的。既然亢奋的网络都能够容忍，有点痛苦的作家我们为什么不能睁只眼闭只眼？

寻找

作家最好不要大谈什么现实与文学的关系，这样会让理论家找到口实，等于是伸出头来让他们剁。理论家可能想当然地认为你书写了现实就会不顾艺术的精致。年轻的小说家也以为小说与现实无关，越抽象、越寓言、越象征、越艺术、越高端。横斤山木，谬及文学，不从作品本身出发，不去体悟作家的孤诣苦心，对文学不抱有起码的敬意，全盘否定，惯性否定，已成为批评时尚；年轻的作家躲避现实的广阔性和民间性，一隅独乐或向隅而泣，向同类人群倾吐，已成为写作的时尚。文学是对所有人、所有时间、所有历史和现实的倾诉，是对生者也是对死者的倾诉，是对过去也是对未来的倾诉。

文学对现实的企及需要有一支铁笔。毛泽东诗云：屈子当年赋楚骚，手中握有杀人刀。形神枯槁，已被遗弃的流放者几如乞丐，其笔依然是杀人刀。唯有楚人毛氏理解楚人屈氏！

没有力量的写作无法面对坚硬的现实，无法切开社会的麻木，无法让人触到作家的脉搏与心率。要强势介入我们的生活。现实包括一切，不仅仅是社会的现实，是方方面面的当下现实，是作家需要撷取的一切材料，是鲜活的、带着汗味和炙热气息的生活现场，是每个角落里不可遗忘和抛弃的、值得记取的故事和细节，是人们被压抑的痉挛和战栗、呼号和喘息。

被表现的现实因为个人的艺术触痛点不同而不同，对现实不同的定义，不同的诠释方法，不同的讲诉情感，甚至会出现严重的对立。但这种艺术的占山为王、一意孤行，会让通往现实的路更加广阔和丰富。作家有更多对现实挑战的机会。

现实是一种价值体系的总和，现实是被破坏和重建的工地，现实是一个人瞄准后即将扣动的扳机。作家无法不对现实肃然起敬，首先他要感谢现实给予他的滋养，给他敲起警钟和表现出的云蒸霞蔚、风雨如晦；其次要对现实谦卑，还要完成现实对作家对文学的嘱托。

现实是需要寻找的，没有现成的现实端上你的写字桌。现实同样不在网络搜索的范围，现实在山野中，在人们的口头中，在泥土里，在民间恣肆泛滥。文学想要得到现实非常艰难，需要有放逐自己的勇气，舍弃另一种现实的缠绵耳语，奔向你心中渴望的现实，成为山野的调查员、事件真相的知情者。

让现实变成艺术和思想的一部分，穿越喧嚣和杂芜到达我们的内心深处，变成强有力的语言表达。

写作的恐惧

我承认我的生活充满恐惧。它来自这个不安全的时代和社会，来自一些似是而非的蛊惑。从童年的恐惧开始，我变得越来越敏锐，是思想使我变得敏锐——而这种敏锐是痛苦带来的。他在噩梦中翻滚——我是指我。在噩梦中按照神示的情节写作（我真的往往这样，我的小说至少一半来自梦境的煎熬、暗示和醒悟），我一半在书桌前，一半在噩梦里；我内心强大，外表虚弱；我老是打着呵欠，但精力旺盛。我在充分认识到我的身体之后，可是啊，我在我源源不断的文字面前为什么如此恐惧和惶惑？我的灵魂与肉体是一回事吗？我的肉体有时候冬眠，灵魂却在现实的炙热中游走；我的思想已经深寐，而我的肉体却无比狂暴：它愤怒、焦躁，不停地写着，在半夜走来走去，惊扰家人与邻居。我有时候窥视星星，我一个人，在半夜的风中，我看着星星，我多想流泪。我这个不眠人，可我的思想与灵魂呢？它正在臣服于哪一家主人，做着最下贱的事情？它游荡在哪一颗星星之上，让我遥不可及？它已经害上了老年痴呆症，在街头傻笑，让人掷屎蛋。我的思想与德行，我的信仰与良知，它正在哪里？……

说话的权利

罪恶知道人们不会开口说话。这就是罪恶的高妙之处。

我们在适时的时候说话，那是我们的灵魂无法安静，罪恶和谣言使我们不知所措。但是罪恶的辎重碾过大路，我们的喃喃微不足道。它使大地的战栗久远。罪恶在缄默——它用它的强音蔑视我们。

我们遭到了罪恶的蔑视。

罪恶是大气的，而我们却是狭隘的吗？

不。我们说话的权利是因为我们自己。他要平衡惊悸，抚摸我们内心的伤痛。他要抗拒那种随时到来的精神错乱，他还要随时听听那个清晰的回声，以免另一个我在风中走失。他要时常呼唤自己，呵斥自己。说，喂，走吧，走吧。作家不是你想象的那种懦夫，他的强大足以抵御这个世界，并要向历史说清这个时代对我们的克扣。

说吧，诉苦吧，亲爱的朋友。我时常这么劝自己，并且提醒自己，在语言打盹儿的时候，我说——说吧，兄弟，我不是站在社会的边缘；如果你认为你身处边缘，你即将成为社会的累赘。可我们试图想放弃那么一种语言：蔑视，而不是感激。如果我们的躯体已经被时尚废黜了，我们的语言却在扩散。这就是写作的真理。

悲哀

如果我的作品达到了宗教的高度，神也依然只在我的歌声里。

为了揭露生活中的阴暗，我们将绕过千山万水。

我发现我越来越对报刊上文字的叙述失去了信心。我漠视它们。我过去曾写过这么两句话："沙是石头疲惫的极致，漠视是人疲惫的极致。"

姿势

维特根斯坦有一个比喻：不要久站一个姿势，老用一条腿站着，你得换个姿势，不至于使全身僵直。我喜欢随时改变我的姿势，为了使语言不至于疲倦。只要我的渴望并未改变，我的姿势永远都是眺望的，哪怕倒下。我变换姿势是因为辗转反侧时我想尽快接近梦境。

信仰

《圣经》中的"诗篇"让我爱不释手。它们虽然冠以大卫、摩西、所罗门、可拉后裔、亚萨和以探的名字,但他们的风格几乎完全一样,连口气也是一样。那是信仰的力量,使他们怀着同一种虔敬与仇恨瞩望着同一个地方,他们的境界是一样的,他们达到了那样的境界,他们的诗就像一个炉子里炼出的黄金,成色相同。

诅咒,这是多么可怕的阴暗的字眼。可是,"诗篇"中对摧毁了他们的城池、奸杀了他们的姐妹并将他们掳到异国去的外邦人的诅咒是多么干净啊!它是在一种近乎蓝色的衬景下诅咒的,它的恨一尘不染。多么纯美的仇恨,多么华丽的仇恨。你尽情表达你所厌恶的东西,不留情面,你为什么要躲避你的恶心呢?因为你爱良知和正义。记住,信仰使仇恨变得伟大,并使我们的文字获得祈祷和暗示的魔力。

遭遇

作家是一种悲惨的遭遇。他在唤醒陈旧文字的同时,要用自己的血重新洗一遍社会的罪恶。更痛苦的是,他要洗刷社会的平庸,他要掰开社会的口,让它发出稀有的声音。

作家是铤而走险的观念里那个忐忑的句号。他解释它们,并且成为古老信仰中的维持会长。

作家为了那种很难达到的虚荣,走进神话和传说的储藏室,在里面翻寻有用的破烂。

作家是一种巫婆的咒语,他有可能让社会四肢瘫软,而给某人以魔力,这个人必定是最需要的人——他自己。

然后他将旋转不停,他的力量被别人左右了。

谚语

让作品有所作为的时代并不是一个堕落的时代。在堕落的时代里，文学必成为呓语。

如果隐私成为潮流，这个时代必是堕落的。

我要用文字抒写我的内心，我却不能用文字公开我的内心。

在臭烘烘的垃圾堆里，一个人想翻晒他（她）的内裤，这人必是文学的败类。

借文学以售其奸的，有社会上的妓女，还有朝廷的宦官。

紧守

我对我的作品中保持着失语的贞德感到满意，我总会在最危急的关头紧守我行动中的秘密。我就像神农架的野人，一闪而过，一言不发，只让无数的传说作为存在的依据。当我不想发言的时候，我知道我的语言已经趋向完美。就像我的心灵的土已经捏成了一块砖，我要把它放到适当的位置，以防人说我行凶。

狼狈为奸

攀附在社会权力（有人叫文化权力，这是不对的）上的写作，犹如鸣锣开道的衙役，要别人肃静和回避，最后呢，他的文学变成恭立一旁的棍棒，随时准备一声令下，击打那些冤屈者。

他的"语言"正好让权力下手。

无题

在昏昏欲睡的文学和言不由衷的高谈阔论那里，真实的文学已经成为绝密文件。你无法打动文学。文学在躲避我们。

文学是因为妓女的名片和宦官的吵夜使它远离现实的真相的。

我们还蒙在鼓里。

文学似乎不太在乎知识分子与它几千年的交情。在漫长的岁月中，文学显现出了以敌为友的不良嗜好。文学不再成为传播正义的特权，知识分子的各种恶行纷纷出笼，搔首弄姿从街头走进文学的殿堂，并与文学勾肩搭背。在文学的世纪梦想中，权力抢占到中心的位置，假装不再吭声。

真正与文学发生争执、不共戴天的作家他的内心没有什么不安。一个独创性的作家，他的骨子里从来不承认传统文学的合法性。

我·文学

我十分荣幸和冷静地走上神所默示给我的位置。我说话，那是因为我孤独。我在纸上滔滔不绝那是因为我对尘世的欲望保持着节俭。我的言语变成了对践踏的控诉，我的义愤与神保持一致。既不可太满，又不可亏缺。我知道作家是苦难的代言人，他对真理怀有恻隐之心。他独特的说话方式是因为他热爱哲学和寓言。他活着，而屈辱已经死亡。作家是旧事重提的那类好心人，他的诅咒和同情与常人一模一样。

如果他不能，他就编造神话，将坏人打入地狱；他活生生的语言亲眼所见遭烙刑、煎油锅的惨状，听见了不义在地底深处的惨叫；他把最美好的东西插上翅膀，叫它飞去，免受尘世的伤害，他称它为"神"；他看见思想是怎样被悲愤凝结，劳动怎样变得温馨而感人；他时常大声疾呼，通通地表示对罪恶的不满，他把自己从梦中唤醒，给自己打强心针。

我对文学太客气了，它是我的衣食父母。可是，我为什么不能对它呵斥，我给它和许多人留下情面，我不想把它弄得十分难堪；我下手的时候我磨得锋利的笔踟蹰不前。如果我不下手我就会被它掐死，那种幽暗的生死攸关的时辰我真的接二连三地碰到过。面对文学的媚笑我只能借故走开。唔，我这个人，我知道了许多灾难的发源地，却不能阻止它从我们社会的腐疮中流出来。

我一步一步地变得大胆起来，用文字试探。我如履薄冰的样子是为了奋力一跃，寻找到喘气的实处。

我一步一步地接近我的敌人：虚拟的和实在的，文学和文学外的。我开始算计他们的时日。思想在我这儿变得越来越清晰，它不允许我昏聩。我洞悉我自己的绝望。我不能老是凝视脚下的深渊。

我所理解的文学变得越来越果断，越来越严峻。我不能总是安慰自己，力量在你撒手的那一刻哗啦啦地扑打着，羽毛纷飞，天堂的路由此缩短了。一个影子不再代表着游走，它是坚毅、勇敢、批判和嘲笑的化身。

我所理解的永恒也由此诞生了。谁能冲破他精神的困境，从怀疑和犹豫中走来，从狂迷中走来，找到那个灵魂迷散的路口，在烟瘴和仇恨中脱颖而出，他将永生。

写作的缘起

我为写作带来的孤独和富有心存感激。生命不可以独行，而写作完成了这样的奇迹。我以个体的最简单的生存方式揭开了人的灵魂丰富的秘密。我现在回忆，写作缘起于我们生命的缺陷。太多的奢望是罪魁祸首。而行动的迟缓使我们拿起了笔，在社会生活的末页，找到了签名的空白处。它已经非常狭小了。

但是历史总是从后往前翻的，我们戏剧性地站在首席，斟满了苦难的酒。写作是一次误会。就是这样，它是一次误会。它所有的佳肴都是社会各种权力与野蛮搏斗后留下的血肉横飞的残羹，正义和不义在信仰的城堡里厮杀，作家端起了酒杯，唱着幸灾乐祸的哀歌——犹如《圣经》中的"耶利米哀歌"一样，以泪作酒。作家和耶利米一样，也是流泪的先知？

我常常为我写作时虚弱的程度汗颜，除了语言的财富我简直一无所有。而语言又是生活经历的证明，没有梦魇的疼痛我们不会以静坐的方式向太阳示威。

我写作的执着是我理解灵魂、信仰、痛苦、理想和宗教这些虚幻的字眼对我意味着什么的漫长疑问。我说服我相信它们，可我的天性又是不信。我时常问自己，灵魂是什么，谁见过灵魂？它真的存在吗？我能进入什么样的境界，宗教真能救我？谁知道生和死究竟意味着什么？……我自己制造神话，相信它，对它顶礼膜拜。我终于用内心的谎言编织出精神的历史，对它怀有小心翼翼的敬畏，因为我知道，它不堪一击。

我的兜里总是空空如也，满脑子的语言在血管中奔流。我念念有词，这样，社会抛弃了我。我被祖先的语言（和诉说方式）挖掘出来，延续他们清寒中若有若无的说话。

过去用笔，现在用电脑；过去用刻刀与竹简，现在依然用刻刀（入木三分）和竹简（减少发言的次数）；过去用诗，现在用小说和随笔；过去用白纸黑字，现在依然用白纸黑字（爱憎分明）。

因为小说本身

  小说是为灵魂的倾吐而存在的。失去了这种倾吐，小说暗淡无光。我通过小说这种载体，找到了一种倾吐的方式。而散文和诗歌也许有可作为精神和灵魂倾吐的可能，但对它们我都是浅尝辄止。我没有发现能通过它们自如地舒畅那条通往灵魂的渠道。在对小说的理解与挖掘中，它慢慢地贴近了我的灵魂，或者说附在我的灵魂上，与我相识，我终于找到了那样一种亲和力，像一根藤，终于攀缘在小说的大树上，在它的顶端开花。

  读者感动，是因为小说而感动。我一直以为我对好小说有自己的标准，与其说是故事的美吸引了读者，不如说是小说本身的美折服了读者。我慢慢地发现了小说本身的美丽，在不停的书写和思考中，我只想看到小说本身的光芒，它的潜值，它的多种可能性，它奇异的内蕴和焕然一新的外表……这一切，都是小说本身所展示的魅力——我渐渐地看到了这样一种魅力，不是我，不是我的作品，而是小说。我的作品只不过托小说的福，染上了它的一点反光，小说深深藏匿的光彩，它的五光十色，它的灿烂身姿，才仅仅露出了冰山一角。

  有些人以为他们的作品得到了喝彩，是他们自己的功劳：有着过人的想象啦，有生活和文字的驱遣能力啦，等等。其实不然，一朵花之所以美是因为造物主的恩赐，一篇小说之所以美是因为其所具有的优秀基因。发明小说的人做梦也不会想道，小说像一些病毒乃至病毒的变异株一样迅猛地发展，将会变得越来越异于它的祖先，越来越有着几近于完美的轮廓，更具侵略性、毁灭性，更像能抗御岁月侵蚀的一件器物，显示着它永恒的风采。

  小说就是这样，它使我们对小说的理解更接近于小说，从一开始就揳入小说的本质中去了，抓住了核。在探险小说的旅途中，我们只是看到了它的冷酷，没有热力，拒人于千里之外的样子——这只是某时的一种排异反应，慢慢地，你看见了它真实的面目后，它就接纳了你。这是一个互相吸引的过程。小说是一个百变美女,我们每个人在这一辈子能看到其中之一二就不错了。好在经过几代作家对汉语写作的努力(还应包括那些优秀的翻译家),我们这一代中的许多人,终于知道小说是怎么一回事了。

诗

诗歌是生命的激流。诗歌是在哭过之后写的。养尊处优的诗不叫诗。那是轻佻。

诗离本源越来越远。诗歌与灵魂的呼号和控诉有关。诗歌是穷人的佛,不是富人的珠。不是逛过商场之后用文字填写的空虚。诗歌真的与咖啡的气味无关。它的回味不是咖啡和酱猪蹄。

诗歌是在旷野里呼喊,一个人低泣。

批评家

批评家也分三六九等。大约在文化和话语中心的批评家日子好过一些,身边的人也多一些。远离"中心"之外的,可就惨了,费力地写了一篇文章,还得交版面费。就几个刊物,争得死去活来。要是我,这也是伤自尊的……天下还有这等"发表"的荒唐事?肯定不干的。难怪文学批评就这么式微了,许多人不干了。我认识一个有名的教授,当年的批评是叱咤风云的,却听说他跟他现在的一群硕士、博士说,不要搞文学批评了,现在谁还搞那玩意儿,现在你们读书就是弄个饭碗,文学已经没了。

一个作家说文学没了,顶多自己没了;一个批评家说文学没了,要影响一大批人。可悲啊可悲，文学真的没了吗？

这些年也有不少硕士、博士、本科生写我的毕业论文的，看到他们的文章，许多有似曾相识之感。一想大多是从网上搜罗再综合了一下，论文就成了。把我硬栽赃成一个专写苦难的作家，这是天大的冤枉。我写了那么多小说，有几个是写苦难的？动不动就是"陈应松的苦难叙事"。我的小说的丰富性他们视而不见，或是只会人云亦云？

作家有作家的难处，批评家有批评家的难处。

批评家虽然嘴边常说作家是他们的饭碗，但内心并不一定这么想。还有一句没出口的话是：没有我们，你们成个屁名！事实确实如此。没有了作家，批评家依然是教授；离开了批评家，作家什么也不是。批评家说你是作家，你才是作家。至少在当今如此，在主流文学、精英文学、纯文学上如此。因此，作家与批评家很容易弄到一起，一见如故。作家与作家，纵然开十次笔会，十次同住一室，也还多是见面了形同路人。

好的批评家不是那么容易做的。有的才华横溢，三句话顶你一本书。这样的批评家我最尊敬。作家要悟根，批评家一样要。作家要感性，批评家更要。理论固然重要，但不抵人的感觉。三言两语，让人豁然开朗，醍醐灌顶，我佩服此类批评家，也多次得到过这种批评家的点拨与鼓励，真是要感谢他们。古人评书品诗论人，寥寥数字，点到筋骨，这种事在古代文论中太多太多。没有批评家对文学的厚爱而后梳理，哪有什么文学史！

不过再怎么狠的批评家，我看第一要义是要从文本出发，才能直击一部作品的要害。我在一些会上常听有教授毫不遮掩地说，我教学工作太忙，基本没读现在的小说，然后却又对当今文学侃侃而谈，有当教练指挥的冲动。但我也听行内人士赞扬某某人，他的阅读量大。阅读量大，才对文学有发言权吧。以我的视野看，年轻批评家们的阅读量可能大些，他们往往在第一时间阅读新发表的小说，写出他们的文章。本人汗颜，也读得少，总是在他们的博客上知道现在又有了什么好看的小说。现在的阅读疲倦已蔓延到作家中来了，而这些批评家才是对当代文学兴趣不减且有热情而不麻木的真正读者。没有他们的阅读和推介，好多小说真的发表之日即是死亡之时。

当代文学让人提不起兴趣，我们的批评家还强打起精神鼓吹，也是勉为其难。但我以为，当代文学还是有许多好作品的，只是如今的大环境不如从前，让许多人失望，渐而呵欠连连。要振奋批评，先得振奋文学。

一个伟大的时代，需要伟大的作品。这个谁都知道。但也需要伟大的批评家。

批评是一次发现，是一次对文本的再创作，而且是极为重要的创作。好的作品真的需要一双好的眼光来发现，来提升。

好的批评要站得很高，比作家的视野更宽广。

你的作品出来，如一颗原始蚌珠，需要一双手来擦拭，然后出现光芒。好的批评就是那双擦拭的手，化腐朽为神奇的手。

明代的徐文长在袁宏道未到来之前是一个死去了二十年的疯子、神经病，他的文章没谁知道。后袁宏道（我公安老乡）在一友人处发现了徐的诗文，看后大呼叫好，按捺不住，激动万分地写了《徐文长传》，说他的诗文"一扫近代芜秽之气"，此文收入《古文观止》，徐文长、徐青藤、徐渭就从灰尘和故纸堆里出现了。袁宏道满腔热情的手多么神奇。好的批评家其实是一个奇异的识货人、鉴赏家。往深处说，就是心有灵犀、惺惺相惜，发现他人就是发现自己。也是张扬自己的艺术境界、生命品格与高旷人格的一次壮举。

胡言乱语

每一个写作者都渴望有一种境界，都渴望把文学弄通。可文学是一门浩瀚的技艺，且对每一个人来说又都是独门绝技。除了自己开悟外，他人几乎帮不了你。用我的话说："你悟出来了，成了精；悟不出来，成了鬼。"有许多文学的孤魂野鬼在四处游荡。说白了，文学是不可传授的。但文学又是可以传授的，比方技巧，一说就通。问题是，文学又不是技巧，文学是人的灵智的超级运转和爆发。这样就可以理解为什么一些年轻作家仿佛天生就会写作，而作家的孩子却不写作。一辈子混迹文坛，依然手艺平平者不在少数。

讲文学，明白人生事理，为文学正名，呼吁人们读好书，引导大家做好人，这本来是一个作家应该有的义务与责任，没什么好说的。只是如今，因为传媒的发达，因为你出了点名，让你胡言乱语的机会就多了。像我等笨口木讷之人，固然被人当作念经的"和尚"，到处去讲经传法，讲通过文学之一二没有，我看有疑问得紧。满嘴高雅言辞，慷慨激昂，对一些人起到了一些作用吗？但有网上言之凿凿说听了我的课有"醍醐灌顶、当头棒喝"之功效的，八成是哄我开心。

一个人要整理自己的内心，要准确地阐释自己的作品并不是一件易事。作家的工作本来带有半隐蔽性质，不喜欢抛头露面的是大多数，再者作家大多长相怪异，言谈举止不入流，词不达意，忸忸怩怩，蠢头笨脑，在光天化日之下总会丑态窘态百出。以文字炫美的，不可以脸蛋示人。听说某粉丝去见某大作家，失望至极，说你是某某某吗？你不应该是某某某。他以为他心中的作家跟作家的作品一样，风流倜傥，唇红齿白，看山是山，看水是水，跟明星一样一样的。可作家形容委琐，言辞謇拙，鬼鬼祟祟，缩头缩脑，心不在焉，人情世故也不懂，有时还不说真话，染上吹嘘、夸张、亢奋、口吐白沫等诸多坏毛病。再者好多作家并不想公布自己的写作经验，就好比让老中医公布自己安身立命养活全家的秘方。也像美国作家安·柏奈斯形容的一样，被人问起如何写作，如何建立角色，有什么写作动机，你就好比一只蜈蚣，问你是先动哪一只脚？你就连走路都不会走了。

文学其实就是对有意味的故事的构思，一个好奇思妙想的人，大约就有了当作家的天分。但一个作家不是写作品的烦恼，而是后面接踵而至的——这故事是怎么来的？你为什么要写这个故事？作家被人审判的时候太多，仿佛你写了这个作品犯了罪似的，你不说清楚你就是有鬼，于是乎，只好挖空心思去狡辩，去解释，去编造。好在，作家文字功夫还是有的，答多了，谎言说圆了，假设说真了。

一个内心翻滚的作家，定是有深层思考的作家。不是说这人嘴皮子利索就会写小说，会说与会写是相辅相成的，但也不一定。不过好的作家对文学的发言，有时候会比专业的批评家更令人信服，因为他知道一个作品是怎么出来的，他讲述的是自己的经验，带有自己的体温，所以，一般来说，一些优秀作家谈文学，有一种特别通透的感觉，他们的说法会更生动，更跳跃，更有火光，更可靠。而且总是个性德行鲜明，有的狡黠，有的幽默；有的实在，有的机智；有的假话连篇，有的文不对题；有的天马行空，乱石铺街；有的条理分明，严丝合缝……

拇指上耕田

有明确的是非标准和强烈的道德评判，这当然是年龄的胜利，或者说是年龄的力量。但散文和随笔的写作有时候会成为与无聊的对话。这要保持警惕。它是跟真理辩论的英雄，是正义和激情。你的好恶除了对社会发言，也要保持那种灵魂虚静时沉思的状态。这非但有用，而且是可行的。我没有很狂妄的打算，我的随笔只是我身边一些痛苦和欢乐的短章，它同样可以针对许多终极问题。它的美感是我内心沉醉的一种生活方式。它不是所有的内涵，但它是一棵树的影子，有风，有流泉的声响，有愤怒的低吟。它的出现并不仅仅因为它自己，与周围的景色有关。

《悲华经》说：如果我们每人都在拇指上耕田，佛和僧就可以得到很好的供奉。殉道的基督徒伊格那丢说：我只是上帝的麦子，是让野兽嚼碎后献给上帝的祭物。对信仰的供奉不仅要献出汗水，还要献出生命。那么，先让我们在自己的拇指上耕田吧！

拣熟悉的写

一直以来，我的小说很少甚至完全没有触及城市生活和知识分子，虽然我在城市生活了许多年，我大小也算个知识人。原因在于我对城市多有隔膜，对知识分子也谈不上了解。

记得刚到武汉大学时，就发现有些朋友转向去弄校园生活的小说，我暗暗吃惊。我深知校园对我们不过是一次偶然的邂逅，它并不是我们这些土不拉叽的人的安身立命之所。我们大多来自乡下，承认过去那个养育我们并使我们认识了世界的环境，承认自己的土气和缺乏教养，也许更自然一些。

想一想，对于一个大学教授与一个船工，一个惯于卖伪劣商品的商人或者一个田间的荷锄者，我更熟悉谁呢？当然，我熟悉船工，我熟悉农民。我写他们，我的爱与恨就会变得十分真实，没有任何虚伪和矫饰的成分。我的感情更易与他们贴近，而不必去揣摩或者猜想。我过去是写诗的，写诗可以抒发情绪而写小说靠得是对环境的描写，对人物、对事件的叙述，需要有大量的语言。语言从哪儿来？只能从你特别熟悉的生活中来。写一条河，一只船，一个撑篙人，写烧窑，写榨油，等等这一切，当然会使我得心应手，而不必去搜肠刮肚地寻找词汇。

写熟悉的东西也不会使你误入歧途去胡编乱造，往往写熟悉的东西都有真实感，也会使艺术的表现更结实、更丰满。

感情投注对于我的写作是十分重要的，不知别人是否也这样。我从来不喜欢用淡墨，也不喜欢在作品中冷静地分析，只要我对一种往事的回忆突然动情,我就开始了写作。当然,有时候这种炽烈的感情灼伤了理智,使作品中的人物显得过于沉重,也显得有些匆忙,这是无可奈何的。

  对于江汉平原,对于长江,我有着难以割舍的眷念,身处城市,精神还乡,似乎是所有乡土作家的"情结"。我离开了那块土地,可我的精神与他们同在。在城市,我只能是一个为生活而行走奔忙的人,而在故乡,我却是一个在河堤草坡上晒太阳的人,一个可以在祖先的坟头跪磕的人。我写熟悉的人和事,写故土,其实是我对生命意义的一种追溯,对人生的一次叩问,它充满了回忆的乐趣,使我对养育我的一方水土有了更深的认识。拣熟悉的写,就是先挖自身的富矿,抽自己的血。至于以后怎么办,那是以后的事,你何必着急。

构筑道德

  如果说我有一个梦想的话,那就是用我的作品重新构筑道德。尤内斯库认为真正的创作动机"是要大家分享存在的惊栗和迷惘,是向上帝和其他人呼喊出自己的愤怒"。那么在这种状态下诞生的作品,肯定是道德品质纯正的作品。

  这个世纪工业和科技的进步当然是前所未有的,我们每时每刻都在享受这种进步带来的方便,但这个世纪道德的沦丧也是前所未有的,两次世界大战、环境污染、艾滋病、吸毒等均与道德的沦丧有关。作家不能无视这种恶行,它摧毁的是人类的未来。用作品重新构筑道德,首先应该是文学的道德品质。作家应该用自己的声音,表达他的独立意志。

  我希望我的作品能重新唤起当年的激情。激情的写作是恰到好处的感觉,是作家对文坛颓靡之风保持高度警惕的一种防御姿态,最后它变成悲壮的抵抗与搏杀——有时也与另一个内心卑琐、准备弃城的自己决斗。

  延续我们的文学,还要靠作家人格的力量,靠艺术魅力本身,而不是靠数量、时尚和文化权利的异化。一个明显的例子是，乾隆的四万多首诗并没有延续我们真正的文学。

语言是小说的基因

文学的魅力应该等同于文学的品质。重视艺术的格调应该重视语言。小说是一种书面语言。它是文学，而不是特写和新闻稿。我承认我非常注重小说的语言，但我从来不敢发宣言，因为这会成为口实，被斥之为形式主义和技巧主义而大加挞伐。但小说的生命基因恰恰是语言。因此汪曾祺说，写小说就是写语言。在小说语言越来越白的时代，听听这句话也许大有益处。我们总是陶醉于像屈原这样的大师所给我们用语言构筑的精神世界里，那纯净的哀怨和倾诉，那悲怆的祭拜与赞颂……这就是文学的道德力量。你只有敬畏。

为何如此？

我喜爱柔软的事物，容易感动，但喜欢上了大山，喜欢上了神农架。我喜欢看农村和小人物的电影，常常为电视上衣衫褴褛的农民故事热泪盈眶，如果加几分诗意则更能勾出我的眼泪。我讨厌城市、富人、有着华丽居所的电影与小说，我认为他们的所有表演都是矫情的。他们的痛苦极不真实，他们神经质、变态、令人恶心。只有农民和小人物的感情才是真实的，他们的痛苦优美无比，幸福催人泪下。他们代表了生活和活着的真理，在这个越来越迷茫和堕落的年代，我只有抓住他们才能有信心活下去。他们的存在是这个社会尖锐的疼痛，是对我们的警示，是为了开启我们的良知。他们延续着我们几千年那根坚韧的绳子——这根绳子可是不能断的啊！

我在想，我之所以如此，可能与我的生活、我出生在乡下有极大的关系。这也许是一种写作的宿命吧。人不可能超越他的生活，任何人"都以自己的指尖为界"。这是劳伦斯的话。我虽然走了很远，但没有走出我的内心，没有走出我坚持的东西，我依然一如既往地热爱农民和下等人，也就是说，热爱我童年接触到的一切，热爱我的阶级。

保持警惕

对文学我一直矢志不渝地追求，尽管遭受过误解和冷落。可我一直想拥抱文学的最高境界。我在黑暗中摸索，人到中年时从大梦中醒来，去了湖北最僻远、最神秘的神农架深山。是神农架挽救了我，是神农架赐给了我力量，是神农架给了我浩然之气，为我打开了一扇生活和思考的大门，让我豁然开朗。

作家永远是在黑暗中摸索的人，他对自己的作品没有绝对的把握。一旦他提起笔，他就进入了黑暗，去小心翼翼地摸索，战战兢兢，如履薄冰。因此，写作的人对他所书写的对象必须十分谦卑，懂得尊重他的故事和人物。

文学是一次突围，即从文学的过度自恋突围到民间和人民群众中；从空手套白狼的粗制滥造的暴富心理突围到扎扎实实的文学状态中；从客厅写作突围到面向社会面向大地的写作中。如今有些青年作家，也有一部分沉不住气的中年作家，日思夜想干一次空手套白狼的写作暴富，在没多少感情投注、没多少生活投注、没多少艺术投注的情况下，企图靠炒作和包装一夜红遍天下。这是一股传染性很强的文学逆流，也是一种文学的集体癔症。那些严肃的作家、有使命感的作家必须保持警惕，同时要用你结实的、有分量的作品来同这股逆流抗衡。因为文学有它永恒的标准。

我一再强调，一再感谢生活，这是我发自肺腑的话。如果你不向鲜活的生活索取灵感，不进入生活的角落，你的作品就不能保持文学最宝贵的品质——真诚，就无法达到文学追求的最高目标——真理。我永远相信生活，生活不仅给了我故事，给了我灵感，给了我思想，给了我感情，给了我才华展示的舞台，更重要的是给了我一种写作者的自信。

现实主义

　　我常常不愿谈主义，也不愿想主义。我写作的出发点是要感动、疼痛和尖锐——它包括所写的题材和艺术方面的特质。文学的本质是真实，文学追求的最高目标是真理。费舍说："现实主义是为真理服务的。"还有一位老外说：让苦难有出声的机会，是一切真理存在的前提。让苦难发声，这是不是现实主义作为真理存在的某些特征呢？不谈主义，却被主义网络进去了，都说我是现实主义，我也就认了，并且有一种自豪感。现实主义是有感召力的，并使作家有一种巨大的归顺感。这验证了某外国学者的观点：现实主义是无边无际的。现实主义有无穷的包容性，凡是写得好的小说，都应是现实主义的。因此，现实主义是一种苛求，是对作家写作才智和能力的一种考验。难怪马尔克斯死活不承认他的作品是什么魔幻现实主义，他宣称他是地地道道的现实主义作家。

　　要我说，我所理解的现实主义，或者说我的现实主义就是"打破头了往前冲"的强势介入生活和艺术的一种姿态。

　　生活本身是无比惨烈和残酷的，是痛苦的，是坚硬的，也是充满了理想的。那么，我所理解的现实主义应是残酷的、痛苦的、坚硬的、理想主义的。然而，它的出发点应是真实的，就像高尔基所说："现实主义就是赤裸裸的真实。"

现实主义被无数次阉割。当我们把现实生活恶意地想象成一片美好时,现实主义是不痛不痒的,充满了塑料花的芬芳。当我们把它全盘理想化之后,我们的人物只是一个概念,被无穷地拔高、典型化,却与现实生活的真谛无关。

现实主义经过漫长的自我剥蚀和认知后,现在才有点儿像现实主义了,才现出了它真实的面目。

在如今相对宽松的社会环境中,现实主义没有任何冒险性,倒是在强烈地考验着一个作家脆弱的良知。在文学对作家的生存空间越来越狭小时,现实主义的美妙和它所承载的精神重量与指引的宽度,可能会让文学更加自重,并有可能使文学更加精粹、更加经典,它的强有力的触须将向社会的深处蔓延。也不排除有人借所谓"现实主义"向权力话语谄媚,不过这些人注定会被读者暗暗嘲笑并遭到历史的无情唾弃。在光怪陆离的诱惑和浮躁面前,现实主义意味着一种坚守,一种严格意义上的写作。

现实主义不是现实。这一点尤其重要。有些作家将这二者等同,不注重其技巧的更新和探究,使轻视者们抓住了口实。现实主义是一种文学的主义而不是其他。现实主义因为其技巧的太过成熟和优秀作家众多,使得后人难以超越而遭到妖魔化。这是人们畏惧它的结果。现实主义在摧枯拉朽的进程中,具有强大的更新力量,这主要是指它的艺术品格十分兼容,并不排斥其他。每个人因个体的经验和特殊的艺术嗅觉,为了使现实主义更具说服力和征服性,加入了许多新的时代的因素。为了达到真实,我就加入了自然主义的技法;因强调理想,加入了浪漫主义;因写作地域和时代审美的迫切需要,加入了魔幻和荒诞,使其更具神秘感和反讽性。文学就是寓言,所以寓言的成分也是必不可少的。因这种"杂交",作品就有了抵御文学界歪风邪气的优秀品质,以强悍的形象继续冲锋陷阵,为文学在这个时代的多舛命运做悲壮的个体抗争。

我认为,在当今这个道德崩溃,强者更强、弱者更弱的时代,只有现实主义才能满足历史进程的召唤,它像"深喉"一样,说出了社会的真相,让人民在角落里欢呼。

如果要我给这种现实主义取一个名的话,我称它为真实的现实主义。

生存经验

在城市里,一个人被车撞死了,一个人病死了,一个人老死了,一个人因脑血管病而意外口眼歪斜,这没有啥稀奇的,见怪不怪。

而在神农架呢?

一个人绊上了垫枪,死了;一个人耕地时,摔下悬崖死了——因为地全挂在悬崖上面,称为挂坡地;一个人上老林里打猎,被熊抓死了;一个人采药,没有回来,神秘地失踪了;一个人夏天去山上伐木,遇冰雹,冻死了;一个人吃了毒蘑菇,死了……

在城里我们听到的生存故事是:

你怎样识别假钞和假货,你怎样防止上当受骗,怎样搞好与上司的关系,怎样去"撮"钱。

而神农架的生存经验是:

你应该穿什么样的鞋走山路,在山里你怎样识别路线不致迷路,你怎样过一条河而不被山洪卷走,怎样找蛇药治毒蛇咬伤,怎样止血,怎样接骨,怎样防止野兽的袭击和狗的进攻,怎样行远路……

他们的生存经验和死亡方式是如此新鲜和惊心动魄,是否他们的生命注定了在死亡后也是默默无闻的?这些石头一样的生命,就像一只蕈,太阳一晒,它们就萎化了,消灭了。不,那是些美丽的生灵,一个扛着犁的农人,一只被赶得走投无路的豹子。我将怀着对生命扼杀的义愤,一种对山的崇敬来歌颂它们：死亡和生存的艰难；遥远边地混乱、神秘、贫困、乡里乡气的冲动、神奇、宽大无边、厚重、在被榨干后的沉默；女人的沉默，男人的气度。

生命的尊严不是岁月和历史可以任意踩躏的。

我甩脱了城市生活的不良笼罩，走向了熠熠闪光的远山。

冰雪和鸦声

某一天，我决定投宿神农顶的瞭望塔。在这海拔三千多米的高山上，虽然白天有一些游人，一到傍晚和入夜，几十里渺无人烟。住在瞭望塔里，可以感受群山森林那种鬼哭狼嚎的恐怖。塔里有两个人，一个守塔的小王，他老婆送女儿下山去了，另一个是在风景垭打扫卫生的女孩。那女孩住的房间曾死过一个人。某年春节，守塔人要回家，请了个农民来守塔。山里农民没有住水泥房的生活经验，门窗紧闭，结果被白炭火熏得缺氧窒息而死，手上还端着一杯酒。我睡在沙发上，上帝保佑，那天在塔里我遇见了被称为中国第五野人迷的黎国华，他二十年来在神农架山野追踪野人，自己也活得跟荒野一样了，动作迟缓，不善言语，目光孤寒。背上的旅行包（日本人送的）里应有尽有，腰带上挂着几把长刀（美国人送的）。那夜的长谈和半夜起来看满天繁星的事就不赘言了。第二天早晨，一宿未睡的黎要去拍日出的照片，我与他一起去了箭竹林深处，见到了野兽活动的痕迹，又去了野人出没的白水漂。就是在那里，我听见了一阵一阵松鸦的叫声。松鸦们主要是在巴山冷杉的树林中，它们并不让人讨厌。比起寒鸦、秃鼻乌鸦来，它们显得小巧，一身的黑，可飞翔的姿势也不可怕，不像巫婆，虽然叫声还是老鸦的叫声。那时候，太阳出来了，整个山岭一片明亮，风吹在树端和高山草甸上，有一种明晃晃的、荡漾着明亮和温暖的感觉。在那种四野无人的寂静里，松鸦的叫声真的给了我明亮和温暖。它们怎么会成为灾难的预言者呢？它们的叫声就预示着不祥？而我听到的故事是：当年神农架修公路时，工人们早晨最怕松鸦老鸹叫，一叫这天便会有事。如果炸死了人，本来很难见到的松鸦，会成百上千只地突然出现在峡谷中，鸣叫飞舞，啄食炸飞的人肉。也许——我想——它们因在这山中的松杉林中，对周围的植物和动物的气味已经熟悉了，如果出现点异味（如血腥味），它们就会惊起。可是，它们怎么能预测到血腥味必在某一天出现呢？

世上的怪事儿真的太多了。

那天吃过早饭我就被保护区的车接下山了，去了另一个保护站九冲。过了几天，也是早晨，也是白水漂，十堰几个游客（摄影爱好者）因想拍神农顶日出的照片，在白水漂与两个"野人"相遇，一夜之间全国都知道了。而我却与"野人"擦肩而过！

这不遗憾。还是说那天早晨，我坐在白水漂的石头上，露水打湿了裤腿，我突然想写一篇关于松鸦的小说。它当然要与死亡相连。于是我听到了一个多年来专门在神农架最险的公路处施救的残疾人的故事，他一共救过十一条人命，人们称他为活菩萨，他把人从摔进峡谷的破车里拖出来，背上公路，使他们死而复生。

在大雪封山的12月的某一天，我想去采访这个人，林区政府却不给我派车，说是要对我的生命负责。可我一意孤行，找了一辆个体户的小"轻卡"，我说你敢不敢开啊？他说，只要你敢坐我就敢开，我说只要你敢开我就敢坐。翻过燕天垭，在积雪和油光凌的道路上，走了四个多小时才赶到"活菩萨"家里，我想他会保佑我的。途中，我看到一辆大货车翻下数百米的公路，所幸的是，司机跳了下来，捡了条命。

采访中我得知他小孩上学困难，给了他一百元钱，而上车离开时，他却塞给我一袋子核桃和一包自己炒制的上好茶叶。那个人的双手被炸得没有了。

我在冰雪皑皑的神农架公路上，突然悟出了这么一点：我要写出人性中最明亮、温暖的那部分。

这是最寒冷的冰雪和松鸦的叫声告诉我的。

关于底层文学

底层叙事的兴起和繁盛是抵挡不住的，在这个浪潮之下，肯定还会有更好的小说出现。因为，我认为它的出现有深层次的原因。我自己是这么想的：一、它可能是对真实写作的一种偏执实践。这就是：小说必须真实地反映我们的生活，哪怕是角落里的生活。二、底层叙事是对政治暗流的一种逆反心理的写作活动，底层文学作品可能是二十一世纪小说创作收获的一个意外。三、它是一种强烈的社会思潮，而不仅仅是一种文学表现方法。四、它是当下恶劣的精神活动的一种抵抗、补充和矫正。如今，我们的精神虽然遭受到伤害、困境，但还没有到崩溃和绝望的地步，我们灵魂虽然迷失、变态，但还没有到撕裂和疯狂的地步。社会的富人越来越多，穷人越来越少，这更加凸显了穷人的悲哀和我们对贫穷与底层的忽略。何况，穷人在如今依然是一个庞大的、触目惊心的群体。我认为，怜悯，仍然是作家的美德之一。在社会变得越来越轻佻，越来越浮华，越来越麻痹，越来越虚伪，越来越忍耐，越来越不以为然，越来越矫揉造作，越来越顾左右而言他的时候，总会有一些作家，自觉或不自觉地承担着某一部分平衡时代精神走向的责任，并且努力弥合和修复社会的裂痕，唤醒人们的良知和同情心。

作家不可能超越当下的生活感召和刺激，许多清醒的作家在进行着这种可能是徒劳的、呕心沥血的挣扎，他们的内心并不是那么平坦、短视和轻松。我们的社会，包括批评家们，应该理解和宽容他们，并且对他们的劳作给予起码的正视和肯定。

基本价值

文学必须树立人类和民族正面价值的形象，并且要大力鼓吹社会美好的价值观念。这是一个民族得以万世繁衍的活力根源。作家所倾其一生追求的，正是人类的基本价值。

在经济巨轮的裹挟和辗压下，一切精神和非物质的东西，如道德、人性都在战战兢兢、扭曲变形、全面溃滑，价值体系已经紊乱，指鹿为马的事层出不穷。过去被我们坚持的东西正逐渐失去固有的地盘，人们的意识正在被一些在阴暗处生长的歪理邪说撩拨、误导、强奸、规范，因为传统的东西总是恒定的、朴素的、一成不变的、没有化妆的，没有任何惊世骇俗的表演特征，如礼义廉耻、善良坚贞、信誉良心、悲悯同情等成了不合时宜的被遗忘和嘲笑的对象。文学商品化后，出版社和报纸杂志特别是电影电视，为了吸引读者、观众眼球，不惜迎合低级趣味，将道德的反叛误认为就是艺术的反叛或创新，这正表现了作家和文学的迷茫。不讲信誉，不守诺言，坑蒙拐骗，醉生梦死，贪赃枉法，卖官鬻爵，笑贫不笑娼，不以为耻，反以为荣。在电视电影中我们常常可以看到这些展示，婚外情似乎成了艺术最佳的点缀。

农民和农村正是文学需要满怀深情拥抱的一块充满阳光的土地。只有土地、劳动、人民才是最伟大的、熠熠生辉的，她不会让我们的文学走歪门邪道、旁门左道。理直气壮、胸有成竹、心无旁骛地去讴歌民族和人民美好的品德，不需要阴暗，不需要变态，不需要哗众取宠，不需要玩噱头，不需要顾影自怜、喃喃自语、搔首弄姿。这个社会需要正确的艺术来引导，作家必须有自己明确的、坚定不移的是非观。我相信有些东西是恒久的，它首先照亮了作家的内心，然后照亮这个世界。

用神奇冲击平庸

森林使我们拉近与神灵、与自然的距离，并使我们融为一体。森林文化的特质一旦与巫楚文化相撞，就会发生剧烈的异变，使它更加风情万种，奇诡动人，也为文学开拓了一片璀璨的圣地。森林中的山川草木、烟云雾瘴、珍禽异兽和它诡谲残败的地质地貌，参差的峰峦峡谷，多有人迹罕至之境，无数不解之谜，这些在巫楚文化的晕染下，更显出一片深厚的神鬼氛围，加之生存的艰难，路途的遥迢，森林更成了这种文化的聚集地、肆虐场。为什么是屈原写出了《九歌》和《天问》《离骚》等篇章——他正是神农架人，是大神农架地区人，秭归正在神农架的南坡。只有他在神农架这种森林文化的熏陶下，才会有如此神奇的想象力和飞扬灵动的语言驱遣能力。这证明，神农架的文化是能哺育大作家大诗人的一种文化，它对中国文学做出了巨大的贡献。这是一口深深的古井，我们应在其中汲取它无穷无尽的、源源不断的养分，浇灌饥渴的现代人，饥渴的文学！

文学是一种信仰

我们这一代人，才华比我高的，在我学写作的时候他们已经名满天下，为什么他们最后没有坚持到底呢？过去他们参加各种笔会，我们还没有资格。他们的半途而废给了我许多感慨。我越来越感到文学它可能是一种信仰。如果说文学不是一种信仰，你就很难坚持下去。你要把文学当作一种信仰，你就必须有一种行远路和为此牺牲的准备。我在四川甘孜藏区看到那些磕等身长头到拉萨的朝圣者，他们非常单纯、非常安静，他们没有很多想法。每天就磕那么两三里路，要磕一年或者更长时间才能到达心中的圣地拉萨。他们心中只有一个强烈的念头——到拉萨去！我们的写作也是这样，就是一种很简单的想法，做好远行的准备，哪怕千辛万苦也要走到你心中的圣地的那么一种决心。你如果还没有做好准备，那么文学就是世俗的，你所有的操作就是功利化的、技术性的。比如你在故事的编造，与现实对应上的投机取巧，写作表达的短视，等等，也就是说，你还没有在文学的精神现场出现，你与整个世俗生活所要求的那种文学期待，采取了一种毫无警觉的合作态度。你也就无法品尝到真正写作的那种愉悦，那种欢喜——欢喜是一个宗教的形容词，在佛教和基督教中都有。你也无法享受到在精神遭受打击后某种补偿和修复的愉悦。比如帕慕克反复提到的一种挫败感、屈辱、羞耻感。他还讲到一种堕落感。他在一篇文章中说我们当代人都在一种堕落感里面煎熬。那么你也无法领悟、体验这种煎熬中的宗教心理，比方一种忏悔心理、一种救赎渴望。比方悲悯、宽容、同情，你都无法达到那么一种境界。而这些，我们心中最孤独和最阴暗的部分、需要拯救的部分正是文学所需要的，也是只有文学才能解决的，它统统属于信仰的范畴。

文学是一种信仰，我越来越觉得文学无真理可言。文学是一个"五没有"的东西：没有真理，没有主义，没有理论，没有门派，没有法则。其中最重要的是没有真理。我说的是文学本身没有真理，不是说我们每个写作者不去追求真理。比方，你说是真理的，有些人说是狗屁。有为艺术而艺术的，有为人生写作的，有为排遣孤独寂寞写作的，有为欲望写作的。作家与作家之间的写作是非常对立的，从来没有哪一个行当像这样对立过，简直在写作上是生死的冤家，汉贼不两立，有我无他，有他无我。

真理是理性的，它符合天地间的法则，而信仰是愚妄的，它以内心的狂热作为先导。你信的东西我不信。一个作家必须有内心的狂热，没有这种狂热你怎么去写作？不信仰文学的说文学死了，这个观点大有人在，这表明文学几千年的根基开始动摇了。

想象性的真理

文学现在成了"想象性的真理",这是美国批评家米勒的观点。但是想象性的真理也不是真理,它的前面是针对传统的"虚构的现实"说的。小说过去的确是"虚构的现实",小说就是虚构,大家都承认这个观点。这是博尔赫斯的一个命题。据说最早下此定义的人是十五世纪的一个法国神甫于埃:他认为凡小说均为虚构的情节和曲折的故事。但我认为这是一个很令人费解的伪命题和伪真理。米勒是这么说的:文学从虚拟现实的主位上退下来,成为想象性真理的许多供应商中的一个。虚构是可疑的,在全球化浪潮越来越迅猛的今天,在资讯越来越发达的今天,米勒的观点越来越被人们所接受。虚构将越来越边缘化。这个社会不再是过去封闭的社会了,人们要靠传说和传闻来传播消息。现在真实的事情在一夕间可以传遍世界。甚至在同一秒钟可以直播世界上正在发生的事,电视、照片、视频……什么都有,铁证如山。真实的事件已够耸人听闻,你无论怎么虚构,也比真实发生的差远了,虚构失去了市场。米勒认为虚构就是欺骗。他认为普鲁斯特基本上是骗子,他说普鲁斯特常常对谎言和文学说同样的事情。虚构的现实已经远远落后于现实,而想象性的真理根本也是文学的一个乌托邦。现在的艺术变成一种想象性的真理,也是一个歧途。比方说,我们现在的影视,凡是大片,人都会在天上飞来飞去。这有可能吗?不可能的,这只是想象性的真理,我们所有的东西都成了这样的。艺术变成这样一种东西真是奇怪了。我们以 2008 年奥运会的点火仪式为例,这就是张艺谋式的想象性的真理。从奥林匹斯山上取来的天火,难道一个运动员可以飞上天把它点燃吗?它用的是威亚——就是我们说的钢丝绳。它感动不了我们,我们只能说它是一种技术性的壮观,仅此而已。但是,真正的真实是有的,比方亚特兰大奥运会上拳王阿里用他颤抖的、患了严重帕金森病的手点燃火炬,感动了世界,这才叫真理。比如它告诉了我们竞技体育的残酷,对人身体的摧残;当然也可以说是一种永不放弃、永不言败之类的精神,你怎么感慨都行。这就是真理。

修炼

写作这个工作是非常疲倦、非常孤独的。你不把它当作信仰你就无法持久坚持。因为信仰需要内心永不衰竭的激情,需要一种冲动和动力、一种精神的支撑。其实我们每个人,都生活在一种十分卑下和庸常的环境中,无论你的心灵有多么高洁,你的灵魂有多么干净,你都会被你周遭的环境所消磨。没有一种坚忍的耐力,想众人皆醉我独醒,众人皆浊我独清,这可能只有大诗人屈原才能做到。许多过去写过一两篇好作品的人,之所以不能坚持到底,就在于他们缺乏那种简单、持久的精神力量作为支撑。多年以后再见到他们的时候,我发现他们的眼神散了,整个精神是松弛的,连身体都是松弛的。他们不像那些坚持者,有一种凝聚的力量从身体里透出来,坚持者连眼神都不同。那些没有坚持的人,他们已经在庸常的生活中投降了,变成了顶顶世俗的人,眼中的那种光已经黯淡了。而那些能坚持下去的,他们的言谈举止,他们的做派,都与那些不能坚持到底的人是完全不同的。一个人是跟他的作品不断地升华和成长的,他的灵魂的境界也在不断地升华,通过作品艰难地修炼,在不停的写作中,修正自己、紧逼自己、催促自己,他才能加固和修正心中的那个信仰,在漫长的热爱和表达中,倾吐他的忠贞。

拥有资源

我们必须手上掌握丰富的资源。这本来就是一个争夺资源的时代,我们的资源就是我们的底气。俄罗斯现在为什么敢发飙?普京竟敢宣称欧洲离开他们就无法生存。因为俄罗斯是资源大国，而天然气、石油、森林资源正是欧洲的命脉。我们的文学资源包括社会资源、精神资源和生活资源。你有了社会资源，你才有担当的勇气，你就有了政治立场和写作立场。一个缺乏立场的作家很难说他有什么大出息。我们还是以帕慕克为例，在他的写作和生活中，他花了许多时间去调查土耳其人怎样屠杀库尔德人和亚美尼亚人。很多诺贝尔奖获奖作家都是这样，在政治上是非常有立场的。大江健三郎曾调查并揭露日军在"二战"时强迫冲绳人集体自杀的事件，被右翼分子告上法庭并受到死亡威胁。更不要说索尔仁尼琴和艾赫玛托娃了。他们比政治家对社会更关注，而且更真诚、更无畏。同样，一个作家需要有精神资源，把文学当作一种信仰也是占有一种精神资源。没有精神资源，你的视野就不开阔，你的信念就不坚定，你也就没有更大、更高的宽容心、悲悯心，以及更深沉的爱和更高境界的对世界的理解，对他人的理解。如果没有更多的生活资源，你的书写是单薄的，既不丰富也不丰厚，总会感到捉襟见肘、力不从心。写作有断裂感，无法做到游刃有余。你没有生活的资源，你就没有对生活敏锐的捕捉能力，你就没有揭示生活真相和还原生存现场的能力。我们这个时代是一个资源匮乏的时代，也是一个资源浪费的时代，完全要靠自己去寻找和取得，去挖掘和争夺。毛主席说过：手中有粮，心中不慌。你有了资源，你心中就有底了，你就不会焦虑，就不会去哗众取宠，扮鬼脸、玩噱头、玩堕落。你拥有了更多的资源，你的写作就同时有了更高一级的保障，就能在现实与虚构、想象与真理中找到一个撬动文学的支点，你的写作才会呈喷发状。一个好的小说，是这三种资源的最佳复合体，缺一不可。

精神狂欢

　　文学在我们这个时代的角色的确是非常尴尬和落寞的，但对于一个执着于文学的人，文学依然是演绎生命的最好方法。文学是最形象、最绚烂的一种精神表达。文学是寂寞者的一种精神狂欢。时代不管怎么发展，科技和传媒无论如何发达，文学的存在依然是必需的。文学是一种最洁净、最简单、最令人沉醉的劳动。这种劳动是一种手工的、个体的，最原始、最传统的劳动，它什么也不借助。虽然有了电脑，但许多作家还是手写。它也是人的内心与世界发生关系最短的一种东西，不像其他艺术门类需要大量人、物、器具、声光电、后期制作、先进科技，等等。而且它永远是艺术之母。它还是表现人类才华最直接、最直观的标尺。因此，文学也是最考验人的。

如此艰难

写作在如今变得如此艰难，特别是小说家。他不像古代的诗人，只是采撷大自然，吟一吟风花雪月就可以成名。也不可能像他们，很早就能成名；或者用几句诗几十个字，就被历史送上巅峰。初唐四杰之一的骆宾王，七岁就写出了千古名篇《咏鹅》："鹅鹅鹅，曲项向天歌，白毛浮绿水，红掌拨清波。"另一个唐代诗人白居易，相传十六岁就写出了《古原草》："离离原上草，一岁一枯荣，野火烧不尽，春风吹又生……"魏晋时期的曹植有一首《七步诗》："煮豆燃豆萁，豆在釜中泣，本是同根生，相煎何太急。"七步之内，二十个字，他就在文学史上永久留下了自己的名字，可以什么都不写了。这首诗当然是他的哥哥曹丕逼出来的，因为不写出就有掉脑袋的危险。但现在无论怎么逼，一个诗人仅靠一首诗进入文学史，已经是不可能了。一个作家想让自己的作品在历史中站住，他要付出比古代文人一百倍、一千倍的努力。他除了要不停地书写外，更重要的是要参与整个社会的进程，在现实生活中汲取灵感，也汲取营养，还要汲取激情、思想。

你不投身进去，你怎么知道？你不身临其境，你没有感情投入，没有过关注，没有过那种揪心的忧虑和思索，你依然不能在当今找到自己的位置和扮演的角色。就算你能通过互联网和报纸找到一些骇人听闻的故事，比如乡村的故事，但你还是很难写出具有较高艺术价值的小说。

我们面临的是这样一个现实：一方面我们在充分享受社会进步带来的舒适，另一方面我们却又远离社会，失去了与人民的血肉联系、对未来的思考，以及我们所应承担的良知和责任。我们的作品自然而然就失去了震撼人心的力量，缺少了鲜活的人物形象，让人思索的空间，变得轻飘，没有重量。我们的文学也就失去了读者，失去了社会的关注，被边缘化。文学在二十世纪八十年代的那种轰动效应一去不复返了，这是十分悲凉的事。其实，你不关注社会，有什么资格要求社会来关注你呢？这是一种双向选择。当然，另一个让我们颇感悲哀的是：正是因为社会的进步，互联网和电子媒体的兴起，将曾独霸传媒几千年的纸质文学无情地挤到了角落，它的传统优势不再，人们的生活丰富多彩，不会仅仅靠书籍来打发时光，来获得知识和快乐。但我要说，我们遇到的根本问题还不在这里，根本的问题是我们的作家没有与他的人民同呼吸、共命运，丧失了一个优秀作家应有的写作立场。作家写什么、坚持什么是非常重要的。当一个社会不再需要你，她的人民也不再需要你时，这个作家或者这个行当就被无情地抛弃了。

社会生活的变化，不仅要占领作家们的写作空间，还在强迫更改作家的思维。作家应该携着他的作品，时刻与国家和民族前进的每一个过程相伴，这样，他的作品才能在历史中站住。说到底，小说是现实的投影，是政治的回声。

改变苦难的意义

在制造生活的苦难方面，每个人可能都是刽子手。然而使苦难变成一种魅力，一种对后人的警示，并且激活我们内心深处的良知，从而改变苦难的意义，这就是作家的天职，这就是小说的精髓——是它吐纳的巨大能量，是它的意志。

文学与太阳

我想到的最高的文学境界，一如在故乡的草坡上仰卧着看太阳。

写出这样一种作品来，这么一种感觉的作品来，那就更加心无百碍，一碧如洗的境界了。

沈从文就是这么写的，看他的作品，就像是周身都有青草和阳光的气息，身旁是故乡老人的墓群，而太阳是彻底地好，彻底地慢慢悠悠，清风蹚过鼻扇，耳旁只有细碎的蜂鸣。他的另一类作品，犹如坐在石头上看流水，也是深远平淡得不行，而村野的气息、山峰的气息和缆绳的气息蒸腾而来，让人百骨皆酥，如入乡垄，满脑都是少年情怀的涤荡。

我想写出这样一些作品来，它需要的是宽容，是对许多世事的放逐与静观，是丢了私利的真性皈依、本性皈依，是大智大勇。

作品中一地阳光的醇厚应该是没有阴影的，它亲切，不带偏见，作品中到处都是在水中岸上走来走去的、没有威胁的乡人与漂客，无穷烦恼，生死亲情，人去楼空的景象，成全了又一个老屋叹息的往事，加深檐阶的磨痕。让作品被年年相似的阳光摊晒，晒出几许乡愁来。

打工文学

增加打工文学内涵的丰富性要从哪几方面着手呢？那就是：第一要从城

市返回乡村。乡村是打工文学或者是打工者真正的梦乡，我们有一个长长的脐带和它相连。第二要从个人返回民族。从一个民族的悲欢和命运来看，而不是从你个人的悲欢和命运来看。第三要从车间返回世界。你反映你的车间，反映你的工厂的生活，但是要与整个世界相关照。第四要从哀伤返回觉醒。我看到一些打工文学充满伤感、伤心、哀伤，但缺少觉醒的震撼。第五要从激愤返回冷静。你的心中充满愤恨，但是你的写作必须冷静。你的笔下要有热度，这是毫无疑问的，但是你要冷静地思考一些问题，愤怒没有很大的作用。

内心挣扎

谁能理解一个写作者的难处？谁在乎或谁能慰藉一个作家为一部作品里面表达的观点而做的内心挣扎？有时候我看到一只蚂蚁在路边无缘无故地挣扎，一只毛毛虫在树下翻滚，它们一定是受到了什么伤害。可谁又在乎它们的死与活呢？它们算个什么，它们有内心吗？一个作家的内心都遭受蔑视和轻辱，这个时代还有什么值得尊重的？

真想文学能为今天的社会做点什么，在众神喧哗的这个可怕的社会，众鬼的叫声更嘈杂。我弄了几十年的文学，现在越来越沮丧，几至绝望。我之所以还在继续写作，不是因为我对文学怀有信心，而是——仅仅是因为我要吃饭，我有写字的惯性。文学在世纪之初就现颓丧之势，可是少有的景象吧。

一个人又能说什么呢？现在，文学和欣赏文学的注意力好像已经转移，时刻让我困扰的问题，耿耿于怀的问题，别人并不关心。别人以为你是个精神亢奋、有些偏激、需要吃点降压药和镇静剂的家伙。"您还这么激动？"仿佛人老了连激动的资格也没有了。文坛充斥着互相吹捧之风，这种吹捧全在于被吹捧者资源占有的多寡。聪明的作家不是在写作上，而是在投靠上，下的功夫可谓深矣。

投靠还有情绪的投靠，即你使用何种语气写作？语言用到哪种地步？你写什么题材？你把光明和黑暗调制到多少比例？你使用写实？浪漫主义的写实？现实主义的写实？主旋律的现实主义？半主旋律的现实主义？温情的现实主义，还是严峻的现实主义，官方的现实主义，民间的现实主义？激愤？理智？微笑？或冷眼？

投靠还有商业的投靠……

几年前，我的《马嘶岭血案》和《太平狗》出来，终于看到有人能理解一个微不足道的作家在角落里的忧愤和喃喃自语，发现作家终有不那么孤独的时刻。社会有许多呼应——那些人大多是普通人，这是我最高兴的。那时我想我不是一个心胸太狭窄的人，我不是一个偏执狂和阴暗者。一个作家有声援，他的写作是温暖和安心的。

谈什么无谓的淡定和定力，一些年轻的作家也在学着大人物的淡定。现在，淡定是一种时尚。而作家的内心总是惶惶然如丧家之犬。当然，除了几个装得特淡定的大作家外。

现在，我不再有什么指望，好像连读者都被收买了。也可能，你陈某人的小说越写越孬吧，你的喝唤已让大家厌倦了吧。鲁迅先生说过，一个万难打破的铁屋子里的人，大家注定都要窒息而死的，你把他们唤醒，只能徒增他们死前的痛苦，你又何必呢？（大意）

也是的，一个人不能太高估了自己。问题是，我从来没有高估过自己，一辈子生活在自卑和对虚荣的想象之中。我唯一能称为"人"的，就是一点顽固，和在想象中虚构的力量。我靠这种虚构的"激素"生活和写作，心力交瘁也偶得其乐。

也许无耻

其实我们每个人都生活在不幸中。这个世界的许多莫名冤屈，说不定哪天就会降临在某人的头上，就像走着走着，遇上高空坠物。我们对此可能不太察觉。因为作家的生活大抵是稳定的，社会地位决定了我们多少过得小有滋润。作为一种职业，我们每天写字，极有规律，什么时间用餐，什么时间如厕，什么时间上床，已经成为我们这类人的习惯。我们谈话的内容无非是网上的消息和身边的人事以及作品的发表、出版。我们会议论时政，发点牢骚。我们谈话的方式却很轻松和优雅，地点选择也有了某一类人的特点和优越。比如会议室、餐馆、酒店、咖啡厅、茶室和度假村。

在乡下挂职时，我扮演过几次信访接待员角色，那些上访者的生活与我们相去甚远。他们面对陌生人诉说的固执和内心的坚定、目光的破碎，都是我们无法想象的。我多次被善意地阻止与他们深谈。但我悄悄地给他们留下了我的电话。在以后他们找到我秘密对谈的过程中，寒冷、枯燥的上访史和对事件的陈述会持续很长时间。我无法改变他们的遭遇，无法更改某些部门给他们的结果，我真正感受到这个世界的许多不幸是根本无助和绝望的，神仙也没办法帮你，同情一点作用也没有。

我觉得面对他们需要勇气。这是一群特殊的人。无奈的悲痛和屈辱已经不是一个时代、一个政府的事，而是生活真的太没有道理了。而许多人生活和挣扎在这漫长的没有道理的现实之中。他们不甘屈服，不管有无希望，一如既往地陈述和反映，犹如祥林嫂。这是他们生活和存在的唯一方式。在一个寒冷的冬夜，我面前的一位上访者，面对我倒给他的茶水一口未喝，向我讲述了三个小时，说："我不渴。"我的四肢寒冷已经麻木，我穿着棉鞋，而他穿着单鞋，依然侃侃而谈，似乎面对墙壁。我知道他的人生，除了找人说话、把一切说完，已经没有别的了，如能找到一个倾诉的对象，就是他的一次机会和胜利。

那时候，我看着他憔悴和令人心寒齿冷的坚毅面孔，我真的认为人生是没有意义的，我很伤心，我想哭。我为什么要记录别人的这些痛苦？我是什么人？小说以及小说家是极其无聊的。我甚至觉得我就是一个不怎么光彩的骗子，非常卑鄙，我不能解决他的问题，还假模假样地询问，我不就是个无耻的窥探者吗？我突然希望谈话能赶快结束，他赶快离开，结束我的无耻，回到我真实的生活里去，给朋友发个短信，给家人打个电话，看书，看电视，服"安定"，然后让自己短暂地"死"去，明天按上帝安排我的程序生活。获得什么或不获得什么，吃什么或者不吃什么，爱上谁或者不爱上谁，发表什么或者不发表什么。享受属于我的简单的安宁、知足和幸福。

唉，每个人的遭遇不同，才让人觉得这个世界的不公平。我们能做什么呢？虽然，我一直想我们能为这个世界做点什么，其实是一厢情愿的。私下里我对文学是绝望的。这种绝望感和挫败感是各种生活的经验明白无误地告诉我的。我写下了，我结束了，我只能如此。

舞台

世界大舞台，舞台小世界。"顶冠束带俨然君臣父子，停锣住鼓谁是儿女夫妻？"这一副旧时舞台上的楹联，是否告诉我们，所有演出的故事都是假的？

不，对于舞台来说，真实的世界并没有远去，它只是浓缩了；舞台上的布景，的确是一种假设的虚拟。假设这一对恋人或者一对仇人在这儿偶然碰见。那么故事呢，假设他们因太久的分离而在此互诉衷肠；假设他们因往日的宿怨在此拔剑相向，分外眼红，剩下来的将会是什么呢？人心中的深仇大恨，苦恋爱歌，则全是真实的了，任何一点虚假都将使观众去耻笑，耻笑无能的编剧、导演和演员。

一切都要像真正发生的一样，在舞台上，感情是现实的，人物的命运是现实的，而打、杀、爱、睡觉、吃饭喝酒，全都是假的——是艺术的虚拟。

舞台的灯光将把人间的一切都照射得透明，使你无处躲藏。在夜晚，这里却发生着白天的故事；在今天，却发生着古代的故事。小小舞台，铺着的地毯是绝对平面的，却使一个国家、一个民族、一个人经历着可怕的坎坷，风云气短，儿女情长，当你在下面偷偷拭泪的时候，你无论怎样也不相信这是假的。虽然在他的蟒袍玉带里面，穿着T恤，可你偏要说：他就是那个玩弄权术的皇帝，他就是那个铁面无私的包拯。

环境会制造出使我们身临其境的感觉，对于舞台来说，没有环境也可以创造出这种感觉。而演员，就是操纵时空的圣手。他用唱腔、用眼神、用动作，把你带向古今中外、四面八方。

舞台屹立在那里，勾引你的视线，是因为每个人都想以局外人或旁观者的身份，去审视这世界上曾发生的一切。"看戏不怕台高"，这句俗话讲的就是此种心理。

然而舞台并不是欢迎所有的人，它无声地进行着严格的挑选，许多不适宜走上舞台的人，就是我们常说的观众，舞台上总是出现一些稀奇古怪的事，它只能让稀奇古怪的人来表演：会玩刀弄拳的、会奸诈的、气量狭小的、先当乞丐后当状元驸马的、能上天入地的、丑态百出的、痴情无报的、负心杀人的，等等。所以，舞台乐于接受生活中的奇人奇事，而真正的杀人犯、神经病、花柳病患者，舞台为什么又排斥他们呢？这就是舞台的妙处，舞台昭示给人们的是：真真假假是世界，假假真真为舞台。

在舞台上杀人的人，也许在生活中不敢杀鸡；在舞台上妙语连珠的人，也许在生活中笨口木讷。舞台上的少男少女，也许是现实中的老大姐和须眉男儿；舞台上的小丑，也许是现实中的先进工作者、共产党员。但是反过来，一个正气堂堂的舞台形象，极少是一个现实生活中的卑琐小人。假作真时真亦假，真作假时假亦真，此等玄机，诚如人生社会，大有看头，让一代代观众趋之若鹜，绵绵不绝，亲睹为快。

历史几千年，舞台却重演激动人间的一瞬间。

戏迷

我们在时间的面前常常沉溺于缅怀。甚至有人说，排斥疏远会使我们清醒地找到自己在历史和生活中的位置。回忆是一种美好的感情，犹如一个浪子，在风尘中寻找着失落的家园。

戏迷就是这样：在拥挤的城市，在嘈杂的剧场的条椅上，在胡琴声中，他心驰于高旷的天空与馥郁的田野，听到了故乡小河淙淙的歌吟——那曾经洗濯过他的童年，那有无数遐想的已逝的岁月，都给他极大的温馨与慰抚。

戏迷就是这样，他在戏中召唤着失去的魂魄，重新唤起他对生活的信心和热情，并将在两个小时的演出中，融化掉他无所依托的孤寂和无处诉说的忧伤；在茫茫的尘世中，在人生的苦斗中，他们看到了那一双永远亲切的祖先的眼睛，正透过烟霭，深情地注视着他们。

另一种戏迷是在剧情中唤回一种生存的经验，同样，他将在演员如泣如诉的表演中，寻找过去自己的影子。面对着假、丑、恶和真、善、美无休无止的较量，他焦虑、愤懑、同情、诅咒、欢呼，或者哭泣，都似乎在重演着他的一生或他家庭人物、周围人物的一生，那些难忘的世事使他再一次感叹生活的严峻、悲惨，或者滑稽、荒唐、可笑。那些浩叹般的道白，那些悲凉的唱腔，终将会紧叩他人生履历的一隅，正像生活的摔打与磨难教会他勇敢和智慧一样，他关注剧情的发展和剧中人物的命运，正像他一辈子耿耿于怀的一样：坏人必将受到惩罚，好人则要有好的结局——虽然这等美事生活中并不多见。然而，戏剧千百年来必须顺应戏迷的要求：大悲大喜大团圆、绝处逢生、峰回路转、千古沉冤人间不平天必平，万年奇耻今朝不雪明朝雪。

戏迷就是这样：他在体验和回味那走过的辛酸，使过去的一切都变成甜蜜，他看到另一个自己在舞台上怎样升华着被生活蹂躏过的情操，那没入谎言、骗局、传统桎梏以及强权中的真理，怎样磨砺成珍珠，警示后人，重放光华。

戏迷在舞台上寻找他们的代言人，寻找公正、伦理和为人的准则，在另一个世界——戏剧所昭示的世界里，他们发泄被压抑的感情，挺直被扭曲的脊梁，喊出他们一辈子也不敢喊出的话——

戏迷就是这样，他们全身心地参与其间，他们与演员共同创造着一种境界。

公安"三袁"

"三袁"之于公安，是一个文化历史，也是一个文化现实；是一种文化现象，也是一种文化结果。什么样的文化诞生什么样的人物，什么样的土壤生长什么样的果实。历史虽然是大开大合的、粗心大意的，但它也十分挑剔，往往精挑细选那些最有价值、最有生命力的人物，记下他们的名字。"三袁"即是历史选择和苛求的结果。每一个时代都有千千万万的文人，汗牛充栋的作品，为什么晚明只记住了"三袁"兄弟的名字？

历史其实是保存真理的，只有真理才是值得留存的火种。文学的真理就是真性情、真文字。也就是袁宏道所说的：童心、真心、真人。文学从来是讲人话的，不是讲鬼话的，不是讲假话的，不是讲谎话的。做人亦是。那么，让袁氏三兄弟的文字成为我们的文化遗产与珍藏，就是情理之事，物竞天择。说得好听一点，就是历史的呼唤。因为人性在物欲横流的岁月中出现了基因缺陷，必须召唤一些品质更纯正、精神更健康的基因以填充我们的灵魂，联结我们的断层，完成我们生生不息的繁衍。文化是我们的精神之魂。在今天，它的意义更加重要。因为"三袁"的品质，正是我们这个时代稀缺的营养。"三袁"的人文精神和人文品质却是以领风气之先的叛逆形象出现在历史舞台的。所谓"信腔信口"，不是一种嬉皮士的态度，而是巨大的领异标新的非凡勇气。逆流俗而行，破古习而动。在文学上，历史追求的真理，是那些具有高超艺术才华和经典能力的作品才能够匹配的。"三袁"兄弟的文章正是这样一种令一代代读者陶醉和惊异的经典。它才能够进入《古文观止》，进入我们的教科书，进入我们的文学史，也才能得以流传，历久弥新。

文化是能够留得下来的东西，其他皆是沙滩城堡、浮云海市。今天，或者明天，及至永远，"三袁"以他们持久的魅力，将"公安"二字推举到世人面前，我们还有什么理由拒绝这份珍贵的文化大礼？所谓赠人玫瑰，手有余香。文化的玫瑰是要让大家共同分享。今天，我们宣传"三袁"，会让我们公安芳名远播，大地上芳香萦绕，人们的精神裹挟着祥瑞之气。创造出诚如袁宏道诗中所说的"轻刀沾水去，独鸟会风斜"的那样一种精神面貌，"稻熟村村酒，鱼肥处处家"的那样一种生活美景，也正是我们今天研究"三袁"作品、传承"三袁"文脉的目的和意义所在。

诗人的本色

黑塞说："只有诗人才是诗人，而不可能学着当诗人。"这里说的是：诗人是与生俱来的，他的本质、他的身心都是诗的。一个不是诗人的人，想在其他，如模仿和技巧上的学习而成为诗人，或者靠才华弥补缺陷，那可能并不是真正的诗人，是一种伪诗人，他们的作品可能只是形式上的诗歌而已，是伪诗，是诗的赝品。

诗歌（和任何艺术）恰恰是站立和紧守的结果。多面善变，跟风逐浪，文学从来不垂青这种人。在漫长的热爱和坚守中，表达他的写作立场、艺术倾向和生命哲学的人，定会大有斩获。可以这么说，诗歌的本色就是，诗人在不断提升自己的能力中，让自己和诗闪光。

不会沉默

有人阻止你对真相的探究，就是阻止你在政治生态中的话语权。不让你明白，就是不让你有话可说。这种情形我在乡下采访时会经常遭遇。那些对我们彬彬有礼的人其实避我们如避瘟疫。但也从反面证明我们这些耍笔头的人是有用的，是会让人害怕的。明白这一点，就不会退缩、不会弃权，而且应该用各种办法表达你的声音。虽然你对某事无法弄清真相，你可以把这种无法弄清真相的事实端出来。不能到达也是一种到达，不能明白也是一种明白。人们对我们越走越偏离初衷的体制见怪不怪，除了适应，就是保持沉默。应该发声。至少我是不会沉默的。

书房

在书房，这是一件美妙的事情。无须红袖添香，只爱夜雨秋灯。这是一种嗜好，一种心境。一本书，一个夜晚。春夜冬夜都行，我的书房四季如春。各种各样的书都想翻一翻，各种质地，是一种旧癖。书房可能是我们的另一个枕头，另一种休憩的卧榻。我自己，我是将书房当作我的乡土的。我的灵魂长期在求食生涯中游荡，不得安宁。电话、短信、邮件……躲进书房，就躲进了故乡。再俗一点说，就躲进了母亲的子宫。徜徉，栽种，都行。

我是这个房子的主人。要拥有一间这样的房子，我梦寐以求的，就是要拥有这么一间以书籍隔绝世界的城堡。这些四处收集来的"砖头"，砌猪圈的，砌皇宫的，砌虚荣的、遮羞的、掩罪的、化妆的、卖笑的、献媚的、说谎的"砖头"——书，词语，跟随我颠沛流离，千里迁徙，不离不弃，称得上伟大爱情的典范。是的，这些书。这些疲倦的、陈旧的、进入历史的书，这些文字，这些思想，这些过时迂腐的说辞，这些古人的智慧和经验，经过我摆放，很漂亮了，装饰了最为亮丽的柜子，打上灯，再配之以世界各地收集来的饰物、纪念品、宗教的器物，非常有形了，像一个人，一个帅哥，一个有档次和身份的人。我们这些人，这些所谓的读书人，要像保存江湖秘籍和传世家谱一样，精心地保护它们，穿过千山万水，越过荆棘荒原。这些书，是我们的命根子。

　　我的书房里当然是好书。至少有三十本以及三百本是我特别喜欢的书。也可能只有三本是我至爱的书。有时候，常常，非常安静，非常快速地安静下来。因为那些书，那些高人写的文字，就像他们亲自陪伴着你，看着你。要跟他们一样调整呼吸。要学他们的做派。这是无声的榜样。这些有好文字也有好为人的高手，就是在教你怎么生活和写作，写什么样的？有什么招式？有什么追求？你认为是最好的文字，你就要写最好的文字，不降低标准，不投降，不屈服。学着他们。师傅就在书柜里，我是放在桌子上的。每天让自己受折磨。让他嘲笑你的文字，鄙视你的笔力。"你不配！"他们说。伟大的文字，我是要乞求的，请你们再等一下我，我行。请让我学着你们的笔，进入你们的云端。有的书沉，有的书轻，有的竖着寒光闪闪的刃口，不小心会划伤我们，包括心。但被我摩挲多年的书，残了页，封面也软弱无力，皱皱巴巴的像个老人。我会时常翻开它变黄变脆的书页。它里面的思想和智慧越来越深邃，越来越亮堂，越来越亲切，也越来越苍老。他知道我："你也想写一本这样的书？"是的，我是这么想的。我渴望，我发誓，我攒着劲。因为，我几十年与你们为伍，我拜你们为师，我琢磨着你们，与你们同呼吸共命运。那一柜子我写的书都不过是垃圾,我只想写一本,靠近你们的书。模样儿有点像,说话的口气,方式,架势,狠狠地倾泻,幽默,大度,结构,小文章,大体积。不狂,不躁,随意,心口一致,本色,高不可攀的微笑和优雅……

在书房。我知道我要敬业,要吃苦耐劳,要忘掉一切。没有那么容易的事情。一本穿越历史、时间和国界的书,到达一个你喜欢的人的手中,会要一百年,或者五百年、一千年。还要让别人珍藏,更是太难太难了。不要理会那些不喜欢你的人。全心全意地为你喜欢的人写作。或者,这个人还没出生也不要紧。在很远很远的地方,一个人珍藏着你的书,你要爱她。是的,你只爱她。

唯一的世界

文学只有一个世界,对于写作者,它就是唯一的世界,是我们赖以生存的世界,还有一个现实世界。一旦写作,面对一个题材,就与现实世界发生关系,这个社会就与我有关了,甚至是火药味十足的敌对关系,是一种对峙关系。从开始构思,动笔,会把一个人变得实在,有用,有意义。我开始审判、评判,开始思考这个社会。虽然写作是一种带有虚构性的幻想,一种超验,一种梦游。一旦写作,人会活在尖锐的痛感之中,就像一个人走夜路,精神高度集中紧张且敏感,正视现实的一切,突然找到了爱和恨。排除掉任何技艺磨炼所造成的痛苦和折磨,这个人会觉得生活有了方向,有了一个明确的目标——虽然是一段一段的。

用写作面对世界,一个人要不断地写作才能获得自己,才能肯定自己还生活在这个世界上并担当一定的社会角色。生命每一分钟的感觉都是要把自己从惶恐迷茫的深渊里拽出来,让他回到现实。这样,对于我们这种人来说,只有写作是最好的方式。最后，写作成为一种生活、一种常态。

智利诗人聂鲁达说：写作就像呼吸，不呼吸我活不成，同样，不写作我就活不下去。马尔克斯说写作是莫大的享受。葡萄牙作家萨拉马戈说：写作是一种工作。他认为写作与激情和灵感无关，就是一种平常的工作，跟上班、下班一样。他还有一个观点：写作就是做椅子，每个人都想把这把椅子做好。这跟王安忆说的写作就是做木工一样。我其实在很早就说过，写作就是做木匠活。生活也好，工作也罢，木工也好，木匠也罢，就是让你清晰地展示你的存在，然后才可能会受到这个社会的善待和尊重。

写作是一个人内心的选择。当我不写作的时候，我不仅无法面对现实，我面对的世界也是灰暗无趣的。而写作让我们自己为自己布置的、创造的、构建的那个世界五光十色，充满了鸟语花香，充满了有意义的事情，一些能留下足迹的事物，一些能细细回溯的时光，一些想探索的历史，置身另一时空与古人对话，与不朽的意境和永生的人物对话。

完美的叙述形成完美的世界。作家陶醉在自己编织的世界里，以绝对的安全感和自恋保证身心的愉悦，让心灵有了一个私密的花园。所以美国作家霍夫曼说："即使我的眼睛合上，即使我只是身处于一个阴暗的房间，为了寻找美好和方向，为了了解爱的可能、永久与真实，为了看见萱草和泳池，忠诚与奉献，我写作。我写作，因为这就是存在核心的真我。"只有在这里，你才是真实的，真实的自我。霍夫曼后来发现自己患了癌症，于是更加拼命地写作，她相信写作有治疗作用，用写作克服患绝症的恐惧感，后来她成了畅销书作家。

写作是我们唯一的世界，失去它就失去了与现实对话的机会，失去了对生活的热情。不花气力的写作不具有阅读乐趣和存在价值，它不能提供一些经验性的东西回馈给读者，比如在语言使用上的经验，在结构、故事上的经验，以及生活本身所呈现的面貌。找到写作的内在自由就是要找到某种叙述的规律。

所谓灵感，就是发现某种文字出现的内在规律，试图让语言飞起来，让文字驱遣有一种飞起来的感觉，让自我消失，化为田野中上的光和雾。

写作是写作者唯一的世界，是因为，在你写作的时候，在虚拟的过程中，你发现这个世界对于我，有着惊人的可操控性，这个世界是属于你一个人的，可以扩展我身体所达不到的疆域，还可以为自己找到最舒适的位置。写作带给我们自我放逐和鞭策的快乐，让记忆把我们内心久已封冻的温情调动起来，从而串起一个真正属于自己需要的、美好的、充满了人道情怀和伦理高度的世界。写作是让你深刻地领受生命和精神的缺憾，而不是尽情地挥霍生命的圆满。从这一点来说，写作对于我们认识人类自己、认识生活的缺陷，开拓了更加幽深更加迷人的通道。

自我疗伤

作家要在一种极不确定的虚拟构思中开始一部作品的创造，想得无比美妙，跌得无比悲惨。事与愿违是大多数作家的结局。一部作品的完成充满了精神的颠簸和折磨，有时候是咬牙切齿地完成一部作品。写作就是在自残的过程中自我疗伤。既自残，也自疗，让其慢慢愈合。让自己痛起来是非常好的事情。

行走的植物

就是因为过去没有太危险的生活，所以我才想冒险一下，偶尔在行动上越轨对一个作家是一次极好的体验。人不能老待在一个地方，我多年前说过一句话：人是一株行走的植物。何况野外生活的营养是极高的。一个地方的贫瘠，是指它的自然面貌和人民的生活水准，但文学恰恰需要这种所谓的贫瘠来浇灌和滋养。神农架给我带来的影响是根本性的，是世界观的改变，是对整个写作的叛变。我后来提笔写东西时总是想象自己站在神农架某座山的山顶上，这就是巨大的转变。视野，高度，真的决定你所写作品的分量。

情绪

我写作时内心是很平静的。如果焦虑你肯定不能全神贯注地、精雕细镂地写小说。写小说是必须屏息静气的。有点忧虑，似乎可以这么说。我的作品的沉重不是故意的，同样是因为生活本身的实感，我经历的一切，现实中那些惨不忍睹的事情，比我的作品中的故事更为沉重。许多人的生存几乎没有喘息的余地。同贫穷与苦难抗争，依然是中国农民一个漫长的、令人沮丧的过程。城市化的进程、城乡的不平等导致的乡村不可挽回的衰败，让人伤感。我有时候真的不愿到乡下去，除了自然风景，乡村剩下的是凭吊。真的很伤心。这种情绪左右着我。寻求出路对我的写作不是主要的，我的小说不想成为这种无意义的探索，我只想表达我的情绪，因而我的小说弥漫的是一种情绪。

生命的周期

生活不是一件容易的事，只要在中国，哪儿都一样，人人活得艰难。在中国做一世人，真的是悲剧和苦刑，苦难也没有到头的征兆。人们隐忍地活着，麻木地活着，尽量活下去。没有见过乡村活得很恬淡的，很悠然的，很欢乐的。依然是古老的农耕社会，依然是自生自灭的存活方式，乡村依然是一蓬草，农人依然是一棵草。他们无法受惠于时代和社会的进步，以几千年几万年活着的生命韧性，来应付生命的周期。

说话权

我们生活在一个信仰崩溃的时代，一个所有的生活方式都是教人及时行乐的时代，我们的灵魂在迷失中流浪、哭泣、受难，无家可归。互联网摧毁了人们的阅读，而经济崛起的疯狂引诱着人们对金钱追逐的冒险和热衷。让一种世代被尊敬和推崇的读书人的写作——也叫"著书立说"成为破落的职业。说到底，这是由我们社会快速衰败和信仰消失所造成的。所谓感动、信仰所培养的坚定与爱心、细腻地对他人的同情和理解、对假丑恶的极度憎恨、对心灵良久的熏陶和感染、在理想主义中的浸润，都是不需要的。在追求经济效益、利益最大化的前提下，人们只需要一副铁石心肠。欲望的恶性膨胀带动了整个社会向下沉沦，使得我们尊崇的做人准则沾染上流氓性质，我们的社会与下流的生活方式靠得很近，在物质世界的各个方面极大化地突出了欲望的不可战胜和必不可少，我们以前所未有的忍耐与宽容对这些黑暗腐败的生活表示了顺从，并且相信一种谬论：船到桥头自然直，车到山前必有路。在无尽的喧嚣和嘈杂中，在醉生梦死中，让所有的价值观都成为漫漫黄沙。一觉醒来，世界已经面目全非。回到过去已无可能，幻想未来又没有依据，活在现代更令人窒息。

对于更多的人，只能用温水煮青蛙的办法去慢慢适应这个社会，让自己在金钱和权力的奴役中"安乐死"。这种生活无可厚非，而且充满响亮的、理直气壮的声音，五光十色，满街都是。但是也有一小部分人，因为人类历史平衡的需要，保有理想主义的浪漫气质，将信仰当作一种虚构性的倾诉，在喃喃自语中，在孤独平静中，保存一些信仰的亮光，一些信仰的火种。这些人有许多种职业，其中一种叫作家。

也有一些作家不争气，把自己混同于商人、掮客、骗子、妓女、流氓。另一些所谓作家是因为体制原因，滥竽充数地当着作家，也没什么作品，误入了这个圈子，别人看着别扭，自己也难受，不过是为了混口饭吃。我今天不是说这些人。我说的是真正的作家，他们之所以写作，一个重要的原因，是要为自己争得说话权。

我们每个人都在"沉默的大多数"中隐藏，活在温柔乡中，或是因为去干了别的职业，放弃了自己说话的权利。每个人尘埃化——就像德国作家威廉·格纳齐诺在他的小说《一把雨伞给这天用》中说的那样，就是不说话，绝对沉默。但是这时候，不能沉默的历史往往会召唤一些人出来说话。就像一个人长了脓包，一定要有个人来挑破，这个人就是作家。墨西哥作家富恩特斯说过一句伟大的话："如果我们不开口说话，沉默的黑暗统治就会降临。"他的话就是作家行动的指南。我以为，这句话应该刻在作家协会的门口，成为我们的座右铭。社会之所以需要作家，正是基于这个沉重而又严峻的原因。

我们常常把某部文学作品称作一声叹息，或一声惊雷，或一颗炸弹，或一泓清泉，这种种的评价都是在说说话所表现出来的分量和质量。好的文学作品或者惊天地泣鬼神，或者镇妖魔暖人心。如果这个社会没有了文学的发声，没有了作家的发言，会有更黑暗的东西不断降临在我们头顶，降临在我们内心。沉默变得更加深重，我们将失去思考的权利。放弃说话的权利等于放弃思考的权利，放弃思考的权利等于放弃了做人的权利。托尔斯泰在那个时代，被称为"精神导师"和"指路人"。他一个普通的作家，甚至他自谦说他只是一个农民，既不是呼风唤雨的政客，也不是叱咤风云的将军，他为何成了人民的精神导师？为何成了整个俄罗斯民族和国家的指路人？答案是他用他的道义和良知，他深邃的思想，用艺术形象表现出的俄罗斯民族的深重苦难和思索、憎恨和热爱,深深打动并震醒了他的国家和人民。这样的说话权是不能够放弃的,它是属于作家的,仅仅属于作家的。

  一个作家的写作,通常要面对比他强大一万倍的敌人,这种说话权的争取有时候是抢夺,是要冒着生命危险的一种选择。明知道别人要掐断你的喉咙,你也要发出那一声。这种情况在过去的年代屡见不鲜。闻一多《一句话》的诗有两句是这样:"有一句话说出就是祸,有一句话能点得着火。"一个有正义感和良知的作家和诗人,他就是要说出那句是祸的话,他就是冲着那句话来的。写作作为一种独特的职业,一种独特的生活方式,就是发声,他永怀理想,敬畏信仰,有时候,并不是像鲁迅先生说的,要唤醒铁屋子里的人,完全是一种个人行为,是一种倾诉欲望的驱使,很难说他带有多么伟大的企图,想做一个决斗者,有些东西是旁人强加给他的。一个人之所以喜欢写作,在写作中用笔说话,是因为他拥有思想、年龄、经历、平静的心态,还因为他觉得有了说话的魅力,相信有人倾听。一个倾诉者面对虚空中的无数倾听者,这种神秘的交流与呼应,是每个人都渴望的。所谓"莫愁前路无知己,天下谁人不识君",从这一点来说,写作者并不孤独,他拥有同时代许许多多陌生面孔的拥戴和赞美。一部好的作品的出现,一个好的句子的产生,都会引起人们由衷的赞叹和欢呼。他在角落里的写作会引来阳光下的回声。这种回声携着他的名字穿越历史,长久地留在一代一代读者的记忆中。

幸福感

  文学写作有着无数的不确定性,写作者往往在绝处逢生,找到新的风景。他时常被绝望与希望笼罩,也时常被惊喜跟随。因此,他的生活充满了许多遽然而至的幸福,这种幸福将通过他孜孜不倦的追求和思索获得,靠他的控制力获得，外人是不会知道的。写作是一个人独立完成的职业。正因为是一个人的事情，自恋就是很正常的事了。

写作是充满善意和同情的一种认知世界的方式，一个写作者只有通过善意与同情进入他的写作世界，他获得的世界才会越来越宽阔，获得的愉悦和幸福才会越多。仇恨只是它的外壳，在骨子里，作家只有同情和理解他人，他的作品才有意义。

幸福感的获得并不仅仅是通过物质的享受，精神需要的空间更为广大，获得幸福的来源多种多样。有一些是直接幸福感的冲击，但确切地说，身体的幸福只能叫快感，是形而下的。比如性，比如美食，比如吸毒，等等。这种快感来得很快，消失得也迅速。但写作的幸福感是持久的，长年不断的。我常常给人讲我写作获得的幸福感，许多读过我作品的人相信，因为他们在我的作品里，字里行间，看到了我的纵身沉醉，那些语言的出现，一定是自己非常得意的。我在另外的场合说到写作是一种"精神狂欢"，这是真实不虚的。有人的写作没有得到幸福感，那是他还没有进入到创造的深处，还没有专心致志，还在写作的外围游移，还没有开窍，还没有找到写作成功的钥匙。怎么样将写作变成一种驾驭和征服，还要找到一种英雄主义的胆识，与天地同气相求的胸襟。

写作有无数的技巧需要攻破，每一个小小的进步，每一个技巧的突破，总是伴随着无边的喜悦和幸福，经年累月地将自己控制在某一种创造的氛围中，这本身就组成了一个独特的世界，同时，他又在创造一个幸福的世界。

我一直认为，写作是这个世界上最高雅有趣的一种精神活动，是充满了真正生命意义的工作。我倒是不理解那些商人赚那么多钱究竟是为了什么？那些当官的抓那么多权干什么？我不相信一个商人，一个官员，会比这些写作者更幸福。罗马尼亚作家齐奥朗说："仅仅依靠语言与上帝抗衡，甚至要胜过上帝，这便是作家。"你看，作家的幸福指数竟在上帝之上。作家的确胜过上帝，他的创造无所不能。美国作家布考斯基说："写作是最终的精神病医生，是所有上帝中最慈善的上帝。"写作者用作品最终鉴定人类现存的精神状况,充满仁慈善良的创造,他的确是一个慈善的造物主,在解脱人们精神的苦难和救赎世界信仰的迷失上,在消弭仇恨、安抚人心上,在拯救灵魂和召唤仁爱上,它具有绝对的神性,这一点毋庸置疑。

文字冒险

  写作就像漂流一样,就是文字和艺术的冒险。在艺术上循规蹈矩,不敢逾越,无法惊艳世人;文字上平庸无趣的,得不到喝彩。文字的冒险跟如今人们在商业上的冒险有异曲同工之妙,从本质上来说,文字的冒险更适合人类对未知精神世界的探幽洞微。文字充满着奇妙的组合和表达的技巧,一个好句子一个好情节的出现如闪电划过夜空,可遇不可求。一个驾驭新的语言风格的作家出现在文坛,往往会给文坛带来一片惊呼和光芒。在古代,一个诗人的一首好诗会一夜之间通过手抄传遍全城。这种风光李白、杜甫、南唐后主李煜、宋代词人柳永都经历过。只是如今信息的爆炸和技术主义的泛滥使人们对文字的新奇不再敏感,连批评家们也不是注意一个作家出现的语言价值,而放在其他作家共有的东西,比如作品的社会意义之类的分析上。文字是直接关联作家情怀和趣味的。一个好的作家其实连他自己也不是很在意他的作品究竟有多少了不起的意义——一种批评界界定的"意义",而是他自己在文字的冒险上走了多远,他有没有一两句成为经典,打动过读他作品的人没有?如果打动,语言自然有意义和分量。

  "我自狂歌空度日,飞扬跋扈为谁雄?"这是杜甫为李白抱不平,但我尽情尽性放歌,恣纵不羁,心存高远,管它谁来赏惜,我不是为别人活着的。幸福是自己的事。

  语言文字或者言说方式的多种可能性,引导、引诱着作家,一个人做人的深度就是他文字的深度。一个浅薄之人,他的文字亦浅薄;一个内心苍白的人,他的文字必苍白;一个深沉的人,他的文字比海还深;一个宽厚的人,他的文字像天空一样宽阔,像大山一样厚重。一个狡诈的人,他的文字毫无真诚可言;一个阴险的人,他的文字冒着地狱彻骨森冷的凉气。

不断诠释

　　文字是在不断诠释中获得最佳表现力的。使用文字是一种避免重复的艺术,绕开以往的文字,不走老路、旧路,每天要把文字擦亮,要找到响亮的声音,敲击读者,让他们对文字、文学保持住兴趣,对你保持住兴趣,这是一件难事,也是一种幸福的期待。对文字小心精微的侍弄是作家的本领,他要谙熟文字的每一个细小的差别,寻找它的缝隙,扩大它的边界和张力,激活它的美艳,掂量它的轻重。优美文字的出现是神灵的燧石,你会在很久后重读自己的旧作时想:这是我写的吗?我能写出如此漂亮的文章?这些句子是怎么想出的?了无痕迹,句子出现了,成为事实。

　　我们的写作有一种私密性质,在一部作品的讲述背后,在文字背后,藏有我们许多的未解之谜,有许多的隐秘让我们猜想。往往这些东西是读者最有兴趣的。一部《红楼梦》有了红学,让几百年人们争论不休,对它的解释可能有比《红楼梦》多几千几万倍的文字。大家寻找的就是作品背后的隐语。

理解他人

　　写作能使我们去理解他人。写作的过程,就是一个理解他人的过程。如果你发誓要做一个写作的人的话，在那种极其心平气和的环境里，在字句的斟酌中，你会像一个最懂道理的人，最能够设身处地替人着想的人，最公正无私的人，来理解某一件事和某一个人。特别是那些处于弱势群体中的不幸的人们，他们的苦难，他们的悲情，你会特别敏感、多情。常常会因一件小事让你泪流满面。在许多关于作家的逸事中都有过这种记载。在作家们夜深人静的书房，会听到他们的痛哭声，那是他们正在为他笔下一个人物的命运而号哭悲痛，而捶胸顿足。

一个写作者善于理解他人，洞悉人性的所有弱点，这是因为他把自己放得很低，他写作的时候从不认为他是一个何等伟大的有身份的人，可以对一个人物、对整个故事颐指气使。他小心翼翼地服侍着他的人物，就像一个奴仆服侍一个主人。

对人探索真的是美妙无限的，这个写作者不管他在日后的写作中有否成就与建树，但他会变得通情达理、善解人意。从这一点来说，写作对完善一个人的品质和性格，是非常有帮助的。那些生活中不讲道理的、薄情寡义的、冷酷变态的人，肯定不懂文学也没有学习过写作。反之，一个有情有义的、一个温润待人的、一个感情丰富的、一个替人着想的、一个尊重生命的、一个正义凛然的人，往往懂得一点文学也写过一些东西。

理解他人还出于一种好奇心。南美作家略萨这么说过："如果一个人投身于一种创造性的活动，那他就是在用某种方式保护自己，抵制与社会脱节、颓废和好奇心的丧失。"写作正是如此。一个人总有些好奇心，对于某一件事，这个人到底是怎么想的？他为什么要这样做？他为什么这么悲伤？他为什么要残忍地对待一个他所爱的人？他为什么要杀死那个人？等等。这些疑问，变成了追问，最后总是变成理解，甚至对杀人犯也可能同情。雨果在《巴黎圣母院》里对又老又丑、"两个肩膀当中隆起一个驼背"的敲钟人加西莫多是同情甚至是赞美的。当卫队长法比斯在与爱斯梅拉尔德幽会时，巴黎圣母院副主教克洛德扮作神秘黑衣人刺死了法比斯，而法庭却咬定黑衣人就是"邪恶"的爱斯梅拉尔德。在赴刑的路上，爱斯梅拉尔德被加西莫多救走，藏在巴黎圣母院悉心照顾……雨果为什么要歌颂这样的人呢？这就是对人物的理解和同情，加西莫多是个弱者，他站在弱者一边。加西莫多的丑恰恰代表了人性的美。托尔斯泰曾为杀死了亚历山大三世父亲的五个首犯求情。他写信给亚历山大三世，他说，如果你把这五名首犯判处绞刑，那么马上就会有三十个、四十个、五十个、五百个人替补他们的位置，因为罪恶繁殖罪恶、仇恨繁殖仇恨，如果你这样做的话，你就是在历史的关头选择了恶，放弃了善，俄国就将陷入血泊中。他说，陛下如果以善报恶，把他们放了，而且给他们钱，把他们请到克里姆林宫，用《圣经》的话来说，爱你们的敌人。托尔斯泰说，我不知道其他人怎么想，但是我托尔斯泰会号啕痛哭，我会俯在地上亲吻你的脚，慈悲和爱会像泉流一样流向俄罗斯。他这是要冒着风险的，亚历山大三世当然会拒绝他。但是托尔斯泰是正确的。因为他代表着人类的善与同情。俄罗斯不幸被托尔斯泰言中，亚历山大三世被以列宁为首的革命者推翻，全家处死，后来整个俄罗斯陷入八十年的血腥之中，斯大林究竟杀了多少人，只有天知道。一个杀人犯在作家的笔下也是有血有肉的，不会面目狰狞。以我的小说《马嘶岭血案》为例，我毫不掩饰我是站在杀人犯一边的，罪有应得那只是法律的一种说法，作家同样要细腻地理解一个杀人犯的内心。为什么会出现这样的结局？为什么把一个弱者逼上悬崖？我并不是煽动杀人，不是纵容犯罪，我所做的是理解，探讨的是关于人的尊严的问题，关于怎么打破人心壁垒的问题。

危地马拉作家阿斯图里亚斯说："我们的小说完整地保留了人的价值，使人更加完美，而绝不包含任何使人道德沦丧的东西。也许这正是我们的小说能够征服人、使人激动不安的原因。"这里说的，我们的写作就是要使我们作为"人"更加完美，我们的文学作品完整地保留、保存了人类的所有价值。一个作家，应是这一切美好东西的保管员和收藏者。他不会亵渎它们，只会爱惜它们、研究它们、照顾它们，使它们增值。

写作者的爱怜之心，有时候会泛滥成灾，所谓怜香惜玉、爱屋及乌，他的作品中对所有人的命运都会一视同仁地同情和哭泣。当一个作家与他所创造的人物一同悲欢的时候，他获得了世界，拥有了人间最为宝贵的真理，最宝贵的爱、悲悯和自尊。

阅读是一种趣味

时代的畸形发展正在摧毁人们的阅读。全球的情况完全一样，不分东西方，不分社会制度。有资料说，在美国，一个成年人每年只花 99 小时读书，而看电视的时间是 1460 个小时。于是有识之士惊呼：美国将会成为一个白痴充斥的国家。那么中国呢？前几年有过一个统计，在中国识字者图书阅读总体中，每人每年平均读书不足 5 本。这是否还包括通俗杂志和一些考试教科书？我们可以想想我们自己，究竟花了多少时间捧起书本阅读？我们年轻的一代每天又有多少时间是浪费在电脑上、网吧里？只要统计一下，这将是一个悲惨的、令人绝望的数字。

英国诗人汤玛斯在一首叫《时代》的诗中这么写道："这样的时代，智者并不沉默 / 只是被无尽的嘈杂声 / 窒息了。于是退避于 / 那些无人阅读的书。"书籍是何等重要，在这里我不多说。但读书和写作是一对连体婴儿，它们是紧密联系在一起的。有些人喜欢嘈杂和喧嚣，这是一种选择。如果稍微放低一点人生的标准，一个人很容易投入到嘈杂和喧嚣中，用今朝有酒今朝醉的生活态度放纵自己。而读书和写作，却是一种人生的收敛，是要把心猿意马收回到那个比较规矩、比较智慧、比较健康、比较向上、比较向善的模子里去，同时，也是一种避免这个时代伤害自己的保护措施。

阅读是一种趣味，高雅的趣味是通过高雅的书培养的；低俗的趣味正在影响和改变着我们的阅读。那些取悦人的、没有思想和内涵的文字，正在一个商品社会成为主流。好的书是阅读者并不多的书，而且往往是不合时宜的书。我对流行的东西抱有天生的抵触，这是一个读书人的直觉教会我的。人到中年后，已经有了分辨好坏书籍的能力，有了自己的阅读标准，基本不会受书商们的蛊惑。但是，年轻人可能会中他们的圈套，由此三番五次，一个人的阅读胃口就败坏了，阅读习惯就形成了。我们必须选择好书去读。

好书的激励

一个好作家的成长离不开大量的阅读，没有好书的激励，一个人基本成不了作家。我时常就是在那些让我沉醉的、百读不厌的好书中寻找写作激情的刺激，把动笔之前的自己，强行拉到那些伟人的面前，幻想和乞求只要下笔，就与他们有同等的分量，与他们比肩而立，语言同样有他们的摇曳多姿，思想同样有他们的厚重深邃，叙述同样有他们的奔流跌宕。我在读那些大师们的作品时，常常揣摩他们书写时的心态，我发现，这些人无一不是以极度的责任心为后世立文。这些人就是写一封信，也要把它当作传世之作写。他们写作的那种投入状态，仿佛要在一篇作品中集中所有的才华，耗掉所有的心血似的，倾其所有，献给读者。卡尔维诺在评论狄德罗的作品时称赞他的《宿命论者雅克》这部书说："这个文本的丰富性和创新动力，永不会完全耗尽。"正因为好书有它的丰富性，它就像一部永动机，永远有着推动人类的能量。

好的书是难以忘却的，往往是作家独一无二的创造，这样的文字，以其简洁和深刻的魅力，会把读者向上提升。读这样的文字，就是直接在智者的身上搜括智慧。卡尔维诺说:"经典作品是一些产生某种特殊影响的书,它们要么本身以难忘的方式给我们的想象力打下印记,要么乔装成个人或集体无意识隐藏在深层的记忆中……一部经典作品是永不会耗尽它要向读者说的一切东西的书。"富恩特斯谈到电视观赏的"睡椅土豆"现象说:观看者以完全消极的方式看着电视,就像一只卧床打盹的土豆。这土豆被连续不断的画面奴役了,根本没有批判性的、创造性的反应,而一本好书所要求我们的正相反。

好的书是读者参与其中的,在阅读时你跟着书中的文字一起思索,一起旅行,一起成长,一起迈向那个背后的秘密。同时我们可以在书中寻找道德的勇气,寻找活着的理由,寻找生命的光芒,与生活中黑暗的势力,与时代的绝望和混乱抗争。

一堆垃圾

最好的作家有最好的表达方式。一些曾经自我感觉良好的作家,写的东西就是小气,不通畅,不挺拔,不高朗,精心设计,小心求证,又是革命,又是全景,又是宏大叙事,回头一看,宏大的是野心,浪费的是文字,一堆垃圾,说不出个道理。跳不出自己狭隘的心胸,充满了算计,在向读者和市场献媚的同时,还要向有关上司抛媚眼,力求一箭双雕甚至是三雕四雕。这种精心算计下的作品,找到了某种平衡的诀窍,并且果然正中某些官员的下怀,皆大欢喜,充满了成功的假象,会让他内心充满了欢呼,在持续满足自己虚荣心的同时,自己卑劣的写作内心膨胀成所谓灵魂的高度、神圣的坚守。这样的写作有时候会气势汹汹,但实际是八面玲珑,最大的野心是把世界都揣到自己怀里来,一切如我所愿。

变与不变

文学其实不管怎样变,比如口味变重了,形式变怪了,语言变爽了,表达的内容与方式变得面目全非了,但万变不离其宗。文学对人的作用是一样的,文学的生成是一样的。我的理解,所谓文学,就是有一些人对语言的感受和操作高于别人,天生会把大量语汇存于脑中,用起来灵活多变,也就是善于组织语言。主要的还是感受、提炼、表达,达到完美且能与他人内心交流。

我认为,掌握了语言的丰富性就是作家。当然还需要灵气。灵气也就是有细微感觉的东西。唐诗是这样,宋词是这样。秘鲁作家略萨说:"文学是反叛精神的食粮,是非正统思想的传播者,是那些在生活中拥有太多或者太少的人的避难所。人们在文学中寻求庇护,以躲避不快乐或者不完美。"

这种说法中有几个关键词:避难所、精神食粮、反叛性。因为我们极易在现代社会受伤害,需要一个避难所,文学是比较好的躲避伤害和治疗创伤的地方。这个地方是虚拟的,是以文字建构的,但对许多人无异于堡垒和天堂。文学是精神的大餐,好的文学尤其如此。文学的反叛性也是很强烈的特征。文学很少唱赞歌,文学的批判精神、怀疑精神,对人类的进步起过巨大的作用。

文学就是寓言

在中国,文学从来与政治是分不开的。政治是什么,文学就会是什么。文学受制于政治的封闭或开放程度。但是,现在的文学比之过去是天翻地覆了。文学的变化与我国经济的飞速发展相当,比政治改革快。中国的文学以迅猛的速度跟上了世界文学的步伐。中国有一大批非常优秀的作家,一点儿也不受中国政治气候的影响,创作心态跟视野非常开阔,风格的自由度极高。在一个相对紧缩、相对有禁忌的写作环境里的文学表达，其作品有着更大的象征空间和隐喻空间，这对文学未尝不是一件好事。当一个社会什么都能够说时，你还能用文学说什么呢？文学就是寓言，寓言就是把不能说的话放在故事中。用故事来说不想说、不敢说、故意不直说的话。因此，我们大量的作品就是一种王顾左右而言他、指东说西、指桑骂槐、含沙射影，或者嘲笑挖苦、恶搞埋汰、嬉笑怒骂。而对于文学而言，这是最好的，最能出佳作、出绝妙语言和故事的时候。

不同的语言

当今社会流行和使用着许许多多完全不同的语言。比如推销语言，比如宗教语言，比如学校语言，比如时尚杂志语言，比如小品台词语言，比如官员讲稿语言，比如广告语言，比如论文语言包括大学学报语言，比如文件语言，比如流行小说语言，比如报纸副刊语言，等等。但优秀作家们的小说语言，完全是一套高水准的，有着大量创造性的，陌生化效果的，智慧和魅力十足的，具有爆发力、穿透力和感染力的经过改造后的书面语言、民间语言、地下语言。

一些作家的语言如此优雅有型，句子如此漂亮干净，通过当代文学语言的丰富性，人们表达思想感情的细致程度，不仅仅是写意，在写实方面也达到了前所未有的高峰。每一个作家的语言都不相同，每一个人表达的世界也不相同。看起来世界只有一个，但每一个作家的笔下，有自己的文学世界。

文学与科学

"现代潜艇之父"、美国发明家西蒙·莱克，在1870年阅读了凡尔纳的科幻小说《海底二万里》后，发明了压载舱、潜水舱和潜望镜。1898年又建制造了第一艘成功航行的潜艇，还收到凡尔纳的贺信。埃格·西科斯基也是小时候在凡尔纳的科幻小说《征服者罗比尔》的启发下，发明了直升机。还有如机器人、电脑，都是作家包括电影剧作家们想象的东西，科学家们通过努力，将这种作家天马行空的想象变成了现实。这难道不是作家与科学家共同在创造世界吗？文学与科学可以结为一体。

相互发现

读者与作者的相互发现，不是重归于好，而是双方发现各自存在的现实。不是"熊抱"，而是致意。作者与读者关系过从亲密是不正常的，爱书的人跟写书的人一样，应该有起码的怀疑精神。写过《宿命论者雅克》的法国作家狄德罗把读者与书的关系，定为"从消极接受变成持续争吵"。持续争吵就是一对生死冤家。

我们提倡读经典。什么是经典呢？卡尔维诺给出的定义是："经典作品是这样一些书，我们越是道听途说，以为我们懂了，当我们实际读它们时，我们就越是觉得它们独特、意想不到和新颖。"其他的书如通俗文学、网络文学、流行小说达不到经典所要求的独特性、意想不到的惊喜感和新颖感。因为有了一批精英小说作家的存在，我们的文学才富有重量，充满了探索精神，并得到了世界文学的认可。

这个时代放低了标准，不需要深刻的艺术，娱乐至上，就是一种浅表性的欢乐，不触及人的灵魂。寻找快乐的最简洁方式就是娱乐，而真正的文学可能会曲折一点，要通过疼痛、悲伤、苦难、怜悯等很多与快乐无关的感觉，曲曲折折地达到一种心灵上的愉悦，而那样的愉悦是深刻的、持久的、关乎人的心灵也是可以改变人的心灵的。

娱乐是人的本能。在互联网时代，娱乐造就了流行文化的鼎盛。娱乐的目的符合人们及时行乐的生命观，心理和生理在得到刺激和享受的同时，让心灵变得不那么具有进攻性、敏锐性、竞争性和受苦感。娱乐就是见异思迁，不需要专注、专一、专心，就是对安静的反叛，一个字："闹"。但精英文学的写作，就如土耳其获得诺贝尔文学奖的作家帕慕克所说：是一门中世纪的手艺。这种写作手艺靠的是手工操作、经验积累、手脑并用、专注一心、持久累人。那么，它挑选的读者也必须懂得安静，懂得思考，对语言艺术非常敏感，懂得沉浸于文字的芳香中，并且能理解和喜欢那些面目永远模糊、即使清晰也不怎么光鲜的作家。当然，你可以对一部作品保持疑问，在内心与它争辩，就像狄德罗说的"持续争吵"，但你对作家们的劳动应该保持你的尊重，对他们的人格保持尊重。因为说到底，作家们的劳动是极其辛苦的，甚至是千辛万苦。一个歌星一首歌可以唱一辈子，一个画家一匹马可以画一辈子，一个书法家几分钟抄一首唐诗，可以卖到几万几十万，可一个作家却不能重复发表一篇小说，即使发表也不能一稿多投，一稿多投会被人看轻，永远得有新的作品，还得不断突破自己，真的是太难太难了。

回去

我们应该发现这样一种秘密，作家是喜欢自己家乡的一类人。越是出名，越要回去。这跟做官当演员的不同。作家们回到田野、大野、荒野、山野去，是他自己精神的需要。有人说莫言在《檀香刑》上写剥一张活人皮太残忍、太血腥，其实，这个社会对一个心中有所坚持的人，爱好清洁的人来说，就是一种剥皮，一种剜心，一种凌迟，一种"安乐死"。如果我寻找到了灵魂的安全感之后，我才有可能去表达我的灵魂。写作对于我们，既是一种内心的喘息，也是一种安魂的方法。用什么来抗击这个社会对自己的伤害？我认为就是躲得越远越好，不要和别人的世界靠得太近。

为了避免那些互相折磨和敌对、无法沟通，且在骗局中表演的生活，你有权对这个因体制造成的社会环境敬而远之，回到你认为安全的善意的世界中去。对于我来说，这就是写作。

一盏灯

作家是与真话联系在一起的，他抗拒谎言，特别是被社会蒙骗得太久的谎言。他用持续的人物形象和恒久的表达热情呼唤被扭曲的真理，打破人们无法用常规打破的隔膜，从而引起社会的共鸣。哪怕这种共鸣非常有限。

我在张炜的一篇文章中看到他引自《托尔斯泰传》的作者英国作家莫德写的一段话，莫德说他在莫斯科的时候，晚上出来，看到莫斯科的灯火像一片蜂巢，在茫茫的夜色里，想起托尔斯泰就在其中，心中感到了一种安慰和安全。他进而解释说："他在最黑暗的反动时期，保持着一颗充满希望的心和一个燃烧着的信念，即邪恶的事物绝不能持久，当前的罪恶不过是暂时的。"

在万家灯火的深处，在这个龌龊黑暗的夜晚，有一盏灯在那儿亮着，在许多人心里就是高高的灯塔，传递着希望、信念和真诚。我们渴望有这么一种安慰和安全感，因为我们每个人都遭受过这个时代的伤害。作家肩上的责任是重大的，放弃这种责任，无视这种承担，作家将得不到社会和读者的尊重，文学将永远被小众化、档案化、博物馆化。

因为有严格的挑剔，文学自身的重量感在增加，文学的梦想将越来越有社会性和挑战性，即通过作家的作品，传导更多人对有形生活和无形灵魂的期待，对邪恶势力的唾弃与公愤。

我们有理由相信，文学在一个只讲 GDP、金钱与权力的社会里，还是值得期待的美丽世界，哪怕这个世界是美丽幻觉。一定会有更多的人加入到写作的行列。因为，文学在所有工作中，依然是最幸福和快乐的，是最慢，最自由的、最能表达和释放个性的，最不违背良心的，也是与宗教和信仰最接近的。因此，她也是最纯粹、最高尚的。

生存空间

当代文学的生存空间已经被二十世纪八九十年代出名的那批作家给瓜分了，留给后来写作者的已经不多了。不可否认，二十世纪八十年代成名的那些作家写出了不少好小说，有的小说成了我们的范本，他们作为一个文学的高度，现在已很难逾越。文坛的话语权已被他们牢牢掌握了，他们现在的作品哪怕写得很烂很差，也极容易引起人们的关注。整个文学图书市场的大部分份额也被他们给占了。八十年代是文学的黄金时期，也是一场文学的圈地运动，后来者已经没有多少地盘了。九十年代中后期登上文坛的作家大部分处于流离失所、溃不成军的状态，很难与八十年代走上文坛的作家抗衡。当然，那些八十年代的作家还掌握了行政资源，因为他们现在都成了官员，各种各样、各种级别的官员都有，这种行政资源也成了他们另一个巨大挥洒的空间，这些空间都是他们的。

最为可悲的是目前整个文学价值判断体系失衡，整个写作方式失范，处于一种最混乱也最保守的时期，作家们无所适从，畏手畏足，这种迷茫的状态使他们失去了八十年代作家的那一种朝气，失去了那么一种探索的勇气和精神。甚至感觉到仿佛写什么都是错的，写什么都不好写，写什么都无法引起别人的兴趣，所有的表现手法和文学的"主义"都被别人用过了、写滥了，所有的题材也都被别人涉足了。

精神的突围最重要。我在《读书》上读到山西作家李锐的一篇文章，他谈到所谓以北京为中心的那些作家的表演，他称之为"鼠壤"，他说了这么一句话："所幸者，在一些人自以为的中心之外，还有广阔的原野和高山。"

中心不止一个，中心也并不是你说了算，也许每一个作家脚下的土地就是这个世界的中心，文学其实是很简单的，你只需要有足够的技巧和足够的内容就能踏入文坛，得到大家的承认。那些打碎文学神性的人总想把文学的成功弄得使人感到高不可攀，仿佛他们的翻云覆雨、呼风唤雨才叫成功，才达到了一个作家应有的境界，才是站在高处，有了睥睨、俯瞰文坛芸芸众生的本钱。他们才抓到了文学，而其他人不过是抓到了文学的爱好，是为了衬托他们而出现的，他们就是文坛的主菜，就是桌子中间的那一道羊肉火锅，其他的人不过是配菜，不过是一小碟臭豆腐，一小碟腌白菜。李锐的话给我们有一种方向性的启悟，就是说冲出中心，你才能成为中心；冲出那个"鼠壤"，你才会有更加广阔的土壤，那就是大地，那就是人民，那就是高山和原野，天高地阔，百花盛开，蜂飞蝶舞，你的胸襟自然开阔了，你甚至不再相信所谓文学个人化潮流的正当性。

现 场

我读到王安忆的一篇文章，她说小说就是要材料，像她这样每天写作的作家需要许多材料，她的生活又很简单，虽然内心的生活非常丰富坎坷。她深感材料的匮乏，难道我们这些作家没有感到材料吃紧的时候？在我去神农架之前，我每时每刻都感到材料的紧缺，就像现在如果我半年不去山里面我就感到材料没有了，激情消失了，然后要再去重新寻找，把激情重新唤起来，所以只有到山里面去。想要有足够的材料，满足不断写作的需要，当然有多种渠道，但是我认为最重要的渠道还是进入你所希望的生存现场，那里人民生活的方方面面都会让你得到极大的满足，我觉得这才是作家的正路。并不是说你靠童年的记忆就不能写出好作品，也不是说你靠回忆就不能写作了。马尔克斯也说过，写作就是回忆。并不是说你仅仅靠虚构就写不出好小说，博尔赫斯说过这样一句话：小说就是虚构。在写《鼠疫》的加缪那个时代，是法国社会剧烈变革的时代，他告诫作家如果还继续置身在象牙塔中就一点都不现实了。美国作家福克纳有一个不做解释和说明的观点："有人给我最好的差事是当一家妓院的老板，我认为这是艺术家工作的最好环境。"一个作家去当一家妓院的老板，莫非不就是深入到了社会的最底层、最黑暗、最真实、最触目惊心的生存现场吗？

突围

为自己的写作杀开一条血路的方式就是一句话：对抗大路货。大路货就是每天都能在路边摊上看到的货，又叫路摊货，湖北人叫水货。现在如此之多的文学刊物大同小异，不忍卒读，大多是大路货。每个月有多少长篇、中篇、短篇小说出来，但是，大多都是似曾相识的面孔，因为它们在语言上是大路货，在结构上是大路货，在故事上是大路货，开头结尾也是大路货，情节细节也是大路货。对抗大路货，用与众不同的语言写与众不同的内容。

高山和原野是我们从文学的现状中突围出去所获得的最大财富，而人民，这是我们作为一个体制内作家走出去的意外收获。体制内的作家已经不习惯同人民打交道，所谓采风，也只是做做样子而已。像这样的例子很多，作家要出去，但现在他有了官位，他就需要多么高的待遇，去哪儿要有人接待，还要车接车送；

吃饭坐在哪个地方，会场里坐在主席台的第几个位置，这些作家都是很在乎的。

作家要从过度自恋突围到人民中间去；从非文学状态突围到文学状态中去。所谓非文学状态就是那种企图不经风吹雨打、流血流汗，玩空手套白狼的、一夜之间蹿红暴富的心态，这种心态怎么讲都不是文学，是摸奖。从书斋写作、阳台写作、客厅写作、酒吧写作、回忆写作、虚构写作突围到大地和民间的写作中去。作家在与大地的拥抱中会有真诚的泪水和欢笑，作品才有脱颖而出的惊喜，他的思考才真正地进入冻土地带，从而使他永远保有朝气蓬勃的写作状态，永远充满激情和活力。

文学的存在

"后文学时代"是秘鲁作家略萨的一个定义。他说现在也许进入了后文学时代，或者这个时代仅仅是虚构的。略萨是在为文学进行辩护的人，但他的担忧不无道理。一方面，政府的有识之士对文学进行大量的投入，期望文学的力量能对一地文化有起死回生的作用。因为我们常常告诉他们，文学是文化的最高成就；另一方面，一些无知的、对文学从来没有兴趣的官员可能因为体制的原因，还在领导许多地方的文学。他们对文学一窍不通，或者一知半解或者似懂非懂或者迫不得已而附庸风雅，在那里对文学喋喋不休地发言。非文学者掌控了文学的话语权。文学因为体制可能获益，也因为体制而蒙羞。

文学的存在已经有几千年了，文学不是为体制而生的，文学乃是我们的心灵。人类的心灵因为有文字的回响而变得干净、纯洁、美好，充满了浪漫和梦想。这就诚如略萨说的，因为文学，使人类的语言不断进化，达到了精致和美妙的高度，增加了表达快乐的可能性。语言文字进化的微妙程度，写意的程度，不仅使人类表达各种快乐成为可能，也使我们在表达内心深处的爱和各类痛苦与悲伤成为可能。有时候，表达痛苦就是一种快乐，而且是非凡的快乐。譬如作家用诗、用小说一抒心中的块垒，岂不痛哉快哉？！略萨还说：一个缺乏文学熏陶的社会，就像是聋子、哑巴和失语症患者组成的社会。这里因为语言的粗俗和低级导致交流存在很多问题。这种情况同样适用于一个人。一个不读书或读书很少或只读垃圾书的人是残疾人，他说话很多，但能表达的东西很少，因为他的词汇不足以表达自己的思想感情。想一想当下社会的混乱、卑下、拜金主义、言语粗俗、无知、情感乏味、爱情原始，"这个噩梦将让整个人类屈服于权力和正统思想"。

反击

  人类各种技术的进步和对技术的过分依赖，使得我们对心灵关注的功能在逐渐弱化，人们不再倾听自己的内心，完全屈从、听命于生活环境的驱使和各种科技制造出来的操作器械，它说是1我们就摁1，它说是2我们就摁2。甚至我们根本不懂得是什么意思，如××兆、××像素、××G、什么3D、B超、CT、核磁共振。技术只要记住一个名词，可以不望文生义。在变态社会环境和经济车轮反复的倾轧与蹂躏下，我们的灵魂所剩无几。心灵开始提前困倦，价值失范，位置错乱，灵与肉因为世俗社会的填充，渐趋饱和，其他的东西如文学进不去了。何况文学本来是弱势的，像一个羞涩的村姑，躲离人群很远。我们完全麻醉在世俗生活与技术成就的奴役中……边缘化是一个好听的名字，事实上，在强大疯狂的经济战车和娱乐至上的社会狂欢中，文学被扔出了我们的生活，被摔得鼻青脸肿，成为当代一些无知的人嘲笑和恶搞的对象。一些想编造故事的人，企图在这个信息爆炸的时代分一杯羹，但网络和报纸、电视等平台更能勾引人们的兴趣，使得虚构成为马后炮。有一些想抒情的人，发现愿意倾听和理解他们的纯朴心灵不再。没有倾听者的抒情就是疯子和神经病，虚构与抒情成了一部分人心灵寄托的乌托邦。

我们自己获得的唯一自由就是让语言解放。但是，人们尊敬的是语言本身，或者说人们感兴趣的是语言自身的魅力，他们忘记了语言呕心沥血的创造者，那些语言幕后的英雄，那些每天吸着劣质烟，喝着浓茶，熬更守夜、遣词造句的作家们。而阅读成了一种稀有的缘分。你是偶尔听到，偶尔见到，偶尔淘到，偶然读到的一本书，不是商业炒作的、让人失望至极的书。有的人干脆不再读书，不再相信文学有宗教救赎和慰抚灵魂的力量，有的人干脆去宗教里寻找，完全失去理智。

金钱与权力以强大的征服方式，重新为我们的生活确立了铁一样无情的规则，成为最为凶猛的行为主宰。它暗示的就是，它们的结合是不可战胜的，其他的，靠边站吧！鼻屎大点的不受约束的权力，如果运用得当，最大化，它分分钟就可以不动声色地毁灭掉千百年来人类累积的至为善良的古老美德，权力正在撕裂社会的底线。为所欲为的权力造成无数人心中的痛苦与幻灭乃至绝望，当找不到解救时，会变成无可估量的破坏性力量。但是，想一想，二十世纪中国的黑暗因为有了鲁迅，苏联时期的"白色恐怖"因有了索尔仁尼琴、艾赫玛托娃，光明会离我们近一点。因为他们的作品，我们不仅知道了真相，也懂得了什么叫正义、真理和勇敢。即使我们不喜欢他们描写的那个时代，但是我们喜欢上了诅咒和戳穿那个时代的他们的作品。那个时代也因为他们，突然就有了一种透明感。这就是文学的光芒。它直刺人心，照亮我们。

不可能让权力和金钱让步，它们实在太强大。有时候，文学的确是脆弱的，只有靠暴力与革命才能改变这一切。但，某一个时刻，权力与金钱被抬到最高点的时候，文学对它的反击和折磨就开始了。

肉搏战

其实金钱和权力很容易成为我们的敌人，我们倒是要保持对娱乐的警惕，它会与我们内心肤浅的快乐狼狈为奸，并将导致人的情感的全面退化，对善恶是非的不闻不问，整天咧着大嘴傻笑，目光盯在几个让人生厌的、绯闻不断的明星身上，以为他们的生活就是整个社会的生活。在这种看似快乐无比、无忧无愁的氛围中，一个民族的血性和敏感就会流失，吃喝玩乐、浑浑噩噩的每日行程就会成为常态，而对社会改造的热情被日常生活的本能取代。我们的社会将更加平庸、沉默和肮脏，人们的生活不过是满足起码的生理需求，而坏人的恶行将因为我们的容忍更加肆无忌惮。我们的一切就在无声中被占领了，包括文学以及她衍生的领域。

不能没有用形象表达的思想，同样也不能没有因精神渴求踏上的孤独挑战，文学不是属于志得意满者，不是属于对命运不再奢求的人，不是属于追逐财富和炫耀权力的恶棍们，真正的文学更不属于献媚、哄骗、摇尾乞怜和心怀鬼胎的官场。

有时候，当我感到被污辱、被轻待，感到文学对我自己的选择造成困扰的时候，我真的想离开它，这个让我的人格尊严经常受到威胁的地方。这个地方常常是鹊巢鸠占、坏人当道、俗不可耐。可是一些青年作者仍会因为热爱，仅仅因为热爱而趋之若鹜，企图拥有它的未来。以文学作为赌注，许多人的确正在慢慢走向成功。作家在这样一个尴尬的时代作为一种生活方式的冒险，让许多人一试身手，但是，他们生不逢时。

写作就是一种搏斗，以弱小之躯与庞大的、虚拟的巨兽搏斗，与文学所产生的各种悖论搏斗。你休想走得很顺，每一次提笔都是一场肉搏战，生死之争。不是他死，就是你亡。

自卑与自信

写作因其操作大脑的特殊性，更需要天赋。一个人对语言的感受和表达方式几乎是恒定的。就像一个人的字体，年轻时怎样，到了老年大致还是怎样。有人说写作就是依仗天赋，后天的努力全是白搭。但在文学史上也有颠覆性的。大家熟知的罗琳，写《哈利·波特》的那位。有一篇文章说到，她把这个故事讲给她身边的女友听时，女友根本不相信罗琳能写出这本书。那时候罗琳快三十岁了。有的文章说罗琳小时候就有写作的天赋，但我看到的文章说罗琳本来是一个教师和家庭主妇，没有文学写作经历，也没做过作家梦，但她却成了世界上最畅销的作家和最富有的作家，《哈利·波特》给她带来了十亿美元的身价。还有的是在默默写作途中被突然发现。这种发现的故事有多种多样，但是你必须表现出足够的写作能力。能力与天赋不同，比如绘画天赋很多人都有，小时候可以涂鸦出很有意思的图画，可是你不经过大量专业的训练，没有技巧能力，你的天赋就会萎缩，直至消失。作家也是。因此，什么都有可能。我说的内心的强大和不可战胜就是你的自信带来的能力。充满自信的作家他的作品肯定是与众不同的。

不自信会变得胆怯和颓靡，自信过度又会变得狂妄和油滑。这种被自信与自卑撕扯的疼痛每天在写作时都会伴随我们。必须在你成就的范围内，保持适度的自尊与自信，要得体。如果超越了你的成就，妄自尊大，会遭到周围人的嫉恨和嘲笑。

狂热不是自信，虚幻的、虚构的浮名只能满足自己的虚荣心。自信是建立在宽阔的生命观、爱恨观上，建立在坚定的信念和娴熟的操作技艺上。美国作家华利兹说："大部分作家被野心勃勃和自我质疑撕成两半。"他举了伍尔芙对自己作品《灯塔行》（又译《到灯塔去》）的例子。《灯塔行》是一部极端现代主义的小说，整部小说的布局极不对称。三个部分，第一部分写一天，第二部分写十年。

据说伍尔芙完成这部小说后,极度不自信,在手稿上写下了对自己的疑问:"这是废话吗?这是聪明的吗?"现在看起来,它确实有太多的废话,但它成了意识流小说的经典(她还有一篇短篇《墙上的斑点》也成了意识流小说的经典)。但自我质疑是建立在曾经的野心勃勃之上。没有野心勃勃的试验,你的自我质疑只能是自怨自艾。可见,有作品在这里,成败才可由后人评说。自我质疑是充满了意味的自我审视,是对自己一堆产品的过分挑剔。我给一句忠告:你的任何作品都不会是毫无意义的。只有垃圾才是垃圾,空想才是垃圾,而作品不是垃圾。

天真和成熟

　　一个作家固然要以丰厚的阅历、坚定的人生看法来使自己成熟,因为文学是人类心智极其成熟的表现。它提供的对世界的看法可与神灵媲美。文学既可以像镜子,反射现实,也可以像梦境,预言未来。在文学上的太过于成熟,就是油滑和重复自己。而真正的成熟是天真未泯。作家的内心必须有一种童真般的敏感,对世间的万物保有一种好奇心。这样他的观察才会细致,思维才会敏捷,包括对痛苦和欢乐的敏感程度,有时候要超过孩童,他才能接近真相,才能让作品新鲜、细腻、细到他人无法模拟的地步。我看到有些作家到了一地,特别是新的地方,表情很麻木,目光无神,没有兴趣。结果,大家到的同一个地方,有的作家会写出非常细致的东西,纤毫毕现,没有遗漏,但有的人写的却无甚新意,语言乏味,缺乏细节,没有激情与感叹。这种人基本是废人,一辈子都不可能写出惊艳的东西来。哭,就要像婴儿那样号哭;笑,就要像婴儿那样傻笑。

　　作家在作品中描摹和猜测万事万物,深入各色人等的内心,因此小说要懂得世故,但不要老于世故。否则只能是油嘴滑舌、言不由衷的废话。帕慕克说过，好的文学都来自一颗充满童真的心。托尔斯泰强调感受和理解的重要性，他说一个人学得越多就越愚蠢。当我们说要对这个世界进行反叛的时候，是否感到这个世界全是敷衍，没有真话，缺少可以交心的人？当你遇到悲痛孤立无援时，是否会找到一个愿意聆听你内心苦闷且真正能在意你的悲痛来安慰你的人？大多数的答案是否定的。世界在你失意的时候最令人茫然。平时朋友满天下，关键时刻无人可依。一些天真单纯的人最容易感受到这个世界的冷漠、圆滑、敷衍、无情，也容易受到伤害。有时候是如锥刺心地感到困惑、惊恐、挣扎和绝望。当世界是由一群老奸巨猾、脸厚心黑、世故无情的人把持的时候，文学家的童真会有拯救和震醒社会的功能。至少，他说出了真相，有如《皇帝的新衣》中的孩子。

美国作家汉斯·康宁说过这么一句话："要书写你心里听到的声音。"学问和经验都不会告诉你怎么才能听到庄稼拔节的声音，深夜里土地的呢喃，甚至我们祖先在泥土里继续说话的声音。或者在一个老宅，从老红木家具里听到古老幽灵窃窃私语的声音。在马尔克斯的《百年孤独》中，布恩地亚这个孤独家族来到马孔多小镇延续他们的历史，背着祖先的骸骨，小说写到泥瓦匠把他们祖先的骸骨砌进墙里后，他们寻找的办法就是贴在墙壁上倾听，果然听到了深沉的咔嚓咔嚓声，于是找到了祖先的骨头。这里就是只有作家才能听到的声音。

感伤与快乐

写作是在不停地转换感伤与快乐。帕慕克写过一本自传体书叫《伊斯坦布尔》。在这部书里有一个关键词叫"呼愁"。帕慕克解释说：呼愁就是心灵深处的失落感，或者失落所伴随而来的心痛与悲伤。其实他说到的呼愁就是一种感伤。"在我开始写作时，具有天真和感伤两面，其实所有人都有这两面。天真来自我们自然的本性，这时我们不会考虑自己是否鲁莽，我们就像孩子随便乱画一样写作；而我们的精神中还有非常复杂的部分，需要考虑美丑，道德困境等等艰难的问题，我管这个叫伤感的属性。我认为要写一部好小说，我们必须同时天真与感伤。"帕慕克的感伤，就是面对伊斯坦布尔古老的街道、马尔马拉海和博斯普鲁斯海峡上轮船烟囱里冒出的黑烟、深夜航船的沉重的汽笛和落日下倒映着奥斯曼帝国的城堡与残垣断壁时的粼粼波光。这样的感伤住在江边和河边的孩子也遭遇过。

你可以看到伤感对一个作家作品的深度与浓度该有多么重要。让他的作品有一种忧郁的、优雅的、高贵的气质。一个作品本应该是有质感的。我们没有他那样的呼愁，也没有那么美丽的海峡和那么多的、密集的断壁残垣，没有那么多的历史痕迹和当代混乱而蓬勃的生活一起展示的风景。因为后朝对前朝的毁灭，我们丧失了呼愁的权利。那些新的高大建筑的夹缝里的夕阳，没有情调。古代的，庙拆了，碑砸了，宫烧了，城扒了，墙毁了，砖垫猪圈了，石头修路了。我们到哪里伴随着这些消失的景观呼愁？连忧伤也没有依托，只剩下迷惘，只剩下想象。那些稍微能占领我们视线的高大历史体积的建筑，都成了过去，不会夹杂在我们的生活中，与我们一起变老，一起成为伤感和幸福的热流。

"人只有在痛苦中才更像个人。"孟德斯鸠说的。把痛苦升华为快乐，而感伤就是一种幸福，一种特别的、充盈在写作者心中的更为深沉的幸福。在写作时体味那种常人忘记的苦痛，那种悲伤，都是一种幸福。你将这些感情浸泡在你喜欢的、你自己寻找来的字眼、语气、风格、意义之中的时候，快乐就被制造出来了。美国作家华利兹有个形象的比喻："写小说是孤独的职业，但却不一定寂寞。作家的脑袋里聚满了角色、意象和语言，这使得创作过程有点像在舞会上窃听别人的谈话。"想一想，当你书写一个场面的时候，揣摩着人物内心的活动，是不是有点偷窥的味道？这种窃听、偷窥，是语言摆布的乐趣，它比真正的窃听和偷窥更有想象的愉悦，有内心爆发的快感。作家皮尔西说：当我写作的时候，"我可能正在处理我的愤怒、我的羞辱、我的热情、我的快乐。"我觉得如果用梳理、整理，更为贴切。

书写生活中的悲剧，揭示生死轮回中生命逝去的感伤，你用动人的文字把这一切留下来，何尝不是一种快乐？生命会因此变得强大，不再害怕孤独。应该说，生命中我们的快乐远多于我们的悲伤，我们所有的努力，我们所有的故事，是要通往天堂，也就是通往安宁、平等、理解。这是一种精神在假定状态下的演习和虚拟的美德。无论是悲剧还是喜剧，无论是好人蒙难，还是坏人得到惩罚，在焦虑的收集材料和构思情节、塑造角色、选择语言与风格、模拟语态、寻找语感、营造语境，挑起语言冲突，从而与世界进行的沟通中，在与现实的对峙中，你是主动的，你掌握着所有的节奏和结局，充满着战斗的快乐。最后将混乱肮脏的现实环境转换成了干干净净的文字，用感伤的情绪虐待自己，你获得了从未有过的快乐。就像那些以刺舌头蘸血写《血经》的和尚，用自己的血，说通了世界的道理，这就是语言和文字的神圣之处。美国有个剧作家大卫·马密说："文学的目的在于使人愉悦。为了建立或取悦学术是胆小鬼的想法。学术也许可以制造低层次的自我满足，但怎能比得上伟大作品带给我的喜悦？又如何能比得上我们在简单直率的作品里发现的乐趣呢？"法国作家皮埃尔·米雄说："写作就是改变事物的符号，把往昔的痛苦改变为现今的愉悦。"

仇恨与大爱

我说要有一些仇恨的时候不是煽动仇恨。用"憎恨"这个词替代也可以。爱憎分明难道不是一个作家起码要具备的素质吗？但，爱憎分明是一个立场问题，而我说的仇恨与大爱并存是胸怀问题。仇恨不是狭隘。憎恨有什么不对呢？憎恨人间的丑恶，憎恨贪腐、憎恨社会的不公，憎恨压迫、专制。一个外国作家说：专制与作家是一双仇敌。虽然托尔斯泰在遗嘱里最后宽恕了这个世界，但也有伟大的作家如鲁迅却在遗嘱里说：我一个也不宽恕。他们完全不同的人生态度并不影响他们成为各自民族的伟人。有人说仇恨就是心胸狭窄，他们把仇恨一厢情愿地、简单地诬为阴暗、森冷，认为作品中充满仇恨就是冷漠的、内心没有温暖和大爱的作家。我的看法恰恰相反。那种义愤、那种义正词严、那种凌厉痛快的诅咒与反抗，莫非不是一种对社会、对国家、对民族的大爱？

有些仇恨是与生俱来的。许多挑起仇恨的人才是我们仇恨的根源。恨一个人，或者恨一个集团，恨一个阶级，是在长年的磨难与迷惘中慢慢滋生的。

我们许多作家特别是青年作家下手总是太轻，笔下绵软无力，写的不是大爱也不是大恨。卡夫卡说："我们应该阅读那些让我们受伤或者捅我们一刀的文字。"这里面，爱与恨的分量是足够的。《圣经》中有个大义人叫约伯，他一生经历了奇特的苦难，当然是上帝考验他。他说："人民有苦难，你岂可以不哭泣？"敢爱敢恨的作家，立场分明的作家，他的作品有着替天行道的力量，有着拦路鸣冤的正当性，对我们渴望的世界形态具有强大的推动作用，而不会成为别一种社会形态所期待的用脉脉温情、陈词滥调掩盖正在横行的罪恶和真相的作家。

恨是需要境界的。恨到深处便是爱。仇恨需要胸怀。有些仇恨一钱不值，只会平添烦恼，让你偏执，让你的内心被绞杀。有些仇恨纵然把牙齿咬断也毫无意义。

写作其实也是在寻找虚拟的对手。写作不是面对虚空，写作是一种对垒。前面有你的敌人。还是卡夫卡说的："一个真正的敌手能灌注你无限的勇气。"面对着大量的不满、怨愤、厌恶，作家岂能沉默？可以让无聊的文坛和娱乐时代增添点别样的情绪，让人们从温文尔雅和靡靡之音中醒过来，对我们侧目而视，不也很好吗？让我们从完美秩序的幻觉中大喝一声，表明我们的大爱是人民、真理，是我们心中有着不幸和悲伤的文字，是我们自己的阶级。一个好的作家，敢于仰天长啸，敢于长歌当哭。我虽有仇恨，心中无块垒。我用文字把仇恨回赠给了卑鄙无耻、让人诅咒的现实，化作了挑战社会的力量。

远离与拥抱

你热爱山冈，你就远离了平原；你热爱大野，你就抛弃了城市。文坛有时是可以远离的，这样你可能用全身心拥抱文学。文坛和文学是两个不同的概念。一个是现实的，一个是永恒的；一个是算计的，一个是纯粹的；一边是漠视、无知、撒谎、献媚、掠夺、窃取，一边是宁静的表达、深处的沉醉、宗教般的喜乐。

远离我不喜欢的城市浮啸的生活，去拥抱我自己认为值得的、有助于我的精神健康的东西。有一种拥抱，是套上近乎后的回报。有的人拥抱与他的才华并不相符的大量名声，说白了，就是对时代的暗示投怀送抱，在令人窒息的场合像官员一样笑着，看起来一往情深，但暗地里充满了算计和鬼胎。以大大方方的屈服承认了现状的合理性和正统性，在拥抱中表达了他们俯首称臣的意愿，虽然是言不由衷的表演。

其实，文学疆域何其宽阔，你完全可以对别人的所爱不屑一顾，自己去寻找心中的文学信仰、文学世界、文学乐园。我们的文学信仰一旦建立，那就意味着你必须远离另一些文学的表达方式、语气、视角、生活场景、好恶、语言氛围。甚至在语言的选择上有了强烈的排他性。在结构上，在文学生成的理念上，与他人渐行渐远，踏上了一条孤注一掷的险途。而这时，你的文学梦想就有了实现的契机，创造的欲望被唤醒。对旧有的、庸常的、卑下的、人们趋之若鹜的东西不是远离，而是将其摧毁和抛弃。这种远离是为了更深、更专一、更持久的拥抱。这种远离是一次最终拥抱的选择，一种写作信念的突变。如果你做对了，远离就是一种写作操守、一种镇定、一种清醒，一种向更大世界拥抱的期待。

迷茫与笃定

　　每一个作家在他独自追求的路上都有无数个迷茫的关口，写作的分分秒秒都是抉择的时刻。作家最大的迷茫是他虽然是成年人，却不知道自己写什么？怎么写？写出来后，他纵有旷世的才华却得不到承认、喝彩，得不到真正高手的赏识。迷茫会出现在动笔前，也会出现在作品完成后。写作中充满了自信，写完后精神崩溃了，失去了对文学的基本判断能力，就像做了什么亏心事一样，直到有一个人承认："嗯，不错！你写得真好！"你这时才会活过来，像一个孩童一样开心地咧嘴大笑，又把自己刚才认为很糟糕的作品重新读一遍，欣赏一遍。

　　作家很多时候的心智只有孩童水平。迷茫时刻就是写作的灰暗时刻。你对于题材的选择、技巧的运用、作品深度与狠度投入的多寡、分寸的把握……各种权衡呼啸而来。写作又是自愿的，像理查·佛德说的，写作的确经常是灰暗寂寞的，没有人真的非得写作不可，不写作就活不下去。放弃写作也许是解决迷茫的最彻底方式。因为你太过于思虑，思前想后，一个题材到了你那里，反复折腾，不敢下手。犹豫是写作的死敌。你只当过日子一样，一日三餐。写作就是反复过日子。这是作家的经验之谈。美国作家玛琳·霍华德说："写小说与热恋无关，它的热情与坚持无关。一种经常混夹着欲望和乏味工作的矛盾组合，比较像一场历时很久的婚姻，它需要不断重新燃起心中对写作的热情，它要求对孤独时刻的奉献。"海明威也说过类似的话："一个在孤独中独立工作的作家，如果他确实不同凡响，那就必须每天面对永恒，或者面对永恒缺乏状态下的那种孤独。"

其实这还是指技术性的迷茫，而心灵的迷茫是最要命的，他找不到对手，找不到要表现的对象，找不到要抒发起来让人接受的感情。就好比你有了一双强壮的手臂，却不知道要拥抱谁而不被别人打耳光？有了一只坚硬的拳头但不知道要击打谁而不被别人打倒？

当你的形象亮相的时候，没有笃定和决绝，表达的东西也不肯定，就像你不敢挺身而出，想得到人家的喝彩和赞美就是困难的。就像上台表演，"你吼一嗓子！"你那一嗓子吼好了，架势出来了，底亮出来了，掌声哗哗；没吼好，喝倒彩。就这么简单。容不得你忸忸怩怩，区眉小眼，矫揉造作。好的作家的书为什么招人喜爱，时时想拥入怀中，并且心存感激？想一想吧，读者喜欢什么样的作家？肯定是那种语言非常精彩，思想非常深刻，有着坚定写作信仰和越界想象的作家。你的作品能够唤醒他们的某些思考冲动和反叛情绪，增加他们的灵魂重量，你就会受到欢迎和尊敬。那些像江湖独行侠的作家，躲在我们谁都不知道的角落，犹如藏在江湖的深处，以作品作为他们飘忽行踪的现身。而读者一旦喜欢上了他们的作品，就会不停地去寻找他们。就像索尔·贝娄说的："我们无法猜测究竟有多少独立、自学的文学鉴赏家和爱好者还存活在这个国家的各个角落，但我们手边的些微证据显示，他们很高兴，也很感激能找到我们。"

写作总是侵入别人的空间，你既会招致人的攻击，也会招致人的喜爱。因为你创造出了文学的尊严，你还有可能会成为真理和正义的化身。

写作是一场抗争，一次对正义和美德的声援。作家苏珊·桑塔格说："我期待写作中的搏斗。我以为一个作家应具有一种英雄的秉性。"

瓜分时代

　　如今，只有作家在继续使用那些最古老的字眼，一遍一遍地用故事、细节、情感来书写演绎它们，比如爱情、死亡、生存、忧伤、悲痛，等等。它成了我们这个行业的特殊标志。

　　官员们的语言系统已经完全与我们不同，也与老百姓相去甚远，基本是蛊惑人心和言不由衷的语言。我不知道官员为什么害怕和十分谨慎地使用祖先传下来的堂堂正正的优美语言，或者说是古代官员使用过的语言。他们系LV的皮带，戴劳力士的手表，一个个每天弄得油光水滑、油头粉面，为什么他们如此拒绝优美的语言？仿佛他们没有内心世界，一切就是为了掩饰。顶多在他们的致辞中讲一讲"在这春光明媚、百花争艳的三月""在这金风送爽，硕果累累的秋天"等十分乏味的、官样抒情的词句。那套语言系统阻断了一个社会的良性发育，在一种十分变态的语言环境中生长和生活，让社会失去了道德根基和文化自信。

　　在技术主义者手里，连这几个词汇也消失殆尽，全是就事论事，分析论证。而且过去称为书生的大学教授的论文现在也规范到千篇一律，你能读大学学报吗？我说的是社会科学版，全部不忍卒读。就连各地的志书，听说也有规范，不能使用描述性的语言。志书本来是一种可以尽情发挥的、显示编纂者才华的史志，现在沦落到了公文的下场，干巴巴、冷冰冰，这究竟是怎么回事？与古代文人们编的志书，完全天壤之别！

　　娱乐生活虽然也想与文学套近乎，但因为它们的浅薄、无聊、搞怪，对这种文学语言失去了敬畏感，简直是亵渎。比方说赵本山在小品中说过悲哀呀悲哀，他说的悲哀丝毫没有悲哀的本义，没有悲哀所包含的痛苦与绝望。但是一个好作家要写悲哀，一定是旷世的悲哀、肝肠寸断的悲哀。全民娱乐把我们祖先优美伟大的语言给贱卖了。

网络对文学的瓜分更为惨烈,甚至把真正文学要表达的内容和语言完全解构掉了,网络轻而易举的交流与文学没有关系,三百多万名网络写手大多与文学也没有关系。网络充满不假思索的表达、无聊、恶搞、性暗示、流氓气息、偏执、虚情假意的情感交换,遍布像诺言一样的谎言,像滥情一样的爱情,啰唆,充斥着语言的扩张症、狂热的表达和海量公共场合式的勾引与性幻想。因为是毫无节制的语言愤青而最终成长为生活的愤青,偏执、不讲道理,到处是小妖怪和老妖精,没有一个人想好好说话。抱怨、责难、倾倒内心的垃圾和阴暗成长,肆意扩大内心深处的扭曲,让语言成为炸弹。哪里有什么真诚可言!说"亲爱的"的时候,没有情感的加入,说"悲摧"的时候不会有撕心裂肺的痛感,大量的表情图案仅仅是图案,如果真是他的表情,这种表情百分之百是虚假的和不负责任的。文学时代遭遇到的信用危机空前绝后,但是真正的作家和诗人又没有能力突入其他固若金汤的领域,他们的命运就像楚国那位献玉反复遭刑的卞和。

谁的暗示

当下发生的事情也在加速文学的专业化与精英化,很多写作者退出了这个地盘日益狭小、技巧越来越高、成名越来越不易的行当。虽然文学永不能成为科学,但它会以纯粹的口味考验人的判断力和鉴赏力。而且它比科学的疆域更加开阔,获得快乐和真理的机会更多。一首诗的创造看似很简单,但一首好诗的创造却要加入一个世界,加入你整个的知识结构和基因水平。看起来没有标准,可是人们能读出标准,读出一个人的高度和胸怀,读出他是不是历史认定的那个继承人。这种参与的过程比科学更加有魅力。它也许不宣称掌握真理,文学总是表达作家的困惑,表达对世界和人生的不可知。它接近于宗教,是有神灵贯穿其中的。福克纳说："艺术家是恶魔驱使的生物。他不知恶魔为什么选中了他。"

文学的确不像其他的学科，环环相扣，有强烈的逻辑力量和运动轨迹，有时候不是鼓舞你，是加重你的不良情绪，让你悲伤、郁闷、痛哭。文字的跳跃就是神灵舞蹈的轨迹，是神灵在操纵语言的出现。有一些"80后"作家掌握了它的穿越性，写出了穿越小说；掌握了它的神秘性，写出了惊悚小说；掌握了它的私密性，写出了情感小说。但是文学深处是如何与神灵相通的，他的那只灵巧的手，是怎么触到神灵的，一个作家永远不可能知道。一个优秀的作家，他越是写，越感到最好的一部小说或者最好的一首诗至死都还没有写出来。这究竟是谁的暗示呢？

语言的编织

文学是在继承人类情感表达的遗产，让语言能够完整地、丰富地、准确地、经典地、细腻地表达我们人类在精神世界的超级渗透能力、领悟能力和认识能力。美国作家詹姆士·梭特说："世界的美，生存的美，或者假如你认为是哀伤的话，少了语言它们就都表达不出来了……没有文学的语言，也许上帝存在，但你却无法描述出来。"我说，如果没有文学语言，上帝根本就不存在。可以想一想，没有美妙的非常文学性的《圣经》，上帝存在吗？没有司马迁的《史记》，中国先秦历史真的存在吗？只有一个书本的历史，而没有一个存在的历史。在《陈涉世家》里，司马迁写到陈胜他们因雨和泥泞误了时间，陈胜说："今亡亦死，举大计亦死，等死，死国可乎？"后来陈胜他们杀了两尉。召令徒属说："公等遇雨，皆已失期，失期当斩。藉第令毋斩，而戍死者固十六七。且壮士不死即已，死即举大名耳，王侯将相宁有种乎！"司马迁是西汉人，写这文章时大约是在公元前 80 多年吧，而陈胜起义是在秦二世元年，公元前 209 年。一百多年前的人，当时说的话这么多，你当时在场？这就是历史，历史就是司马迁的话，真实的历史现场谁也不知道了。在文学中，生命是由语言编织出来的，这是略萨说的。你可以在文学所使用的语言中，跟人分享一种文学描绘出来的各种各样的精致美妙、有血有肉的生命——英雄和小人。

拒绝

文学不能瓜分他人的地盘，为什么？原因是多方面的。那些瓜分者在用其他方式完全能满足自己的生活与欲望之后，他们不再需要文学。他们宁愿相信装神弄鬼的人，比如所谓大师，其实全是骗子。因为他不缺钱，不缺名，不缺权。他也不需要什么文学的按摩与滋养，他想的是永远在位，上升到更显赫的位置，长生不老，最好是活一万年。当权力与金钱多到花不完用不尽的时候，会让人变得非常空虚无聊。文学和真正正信的宗教是用来整理人心和灵魂的，而这些人的灵魂一片空白，近乎沙漠，物质和享乐在炙烤着他们。有时候他们会要一点伪文学来平衡一下心情，是那种浅层次的、立竿见影的东西，比如心灵鸡汤之类。

最有资格熬制心灵鸡汤的，肯定是作家，但是我们看到一些所谓心灵鸡汤的熬制者，却又不是作家，而是一些披着作家外皮的人，他们熬制的不是土鸡汤，而是饲料鸡汤。

在这里，网络作家用来取悦网络读者的一些技巧，可能伤害到作家本人。让你失去了大格局的爱和思考，对世界整体的认识，对词语和生活敏感性的夺取。

一个真正的作家，不能在语言上、形式上迁就普通读者，满足自己的虚荣。纵然你十分贫穷，纵然你太想出名。我喜欢这样的一类作家，他们从不屈服，内心坚定，好像生来就有很高的境界，他们语言干净得像泉水洗过一样，写作的姿势不声不响，从不滥用词汇，保持一个作家下笔应有的节俭。他们的表达，与真理和上帝关心的事情有关，连表现爱欲都那么干净，内心没有粗俗和混乱，更不会妄想，注重作品中表达的名节与操守。

好的文学是让人类进步的，抵抗技术主义的短视和乏味，抵抗政治的谎言、迫害和对人的起码尊严和生存权的粗暴蔑视。让政客们的祸心暴露在真理和语言之下，使得蒙骗不会太过长久，禁锢和奴役不会那么轻易得手。在文学家的良心的写作中，某种不近人性的制度会慢慢在笔下的揳入中出现裂缝，最后摇摇欲坠甚至崩溃。

让商人和金钱在这个社会变得不是那么荣耀和牛气冲天，让政客和资本家在文学面前不那么嚣张，这是文学的尊严和杀气造成的，是文学的功劳。文学有时候也有不动声色的杀气。文学提倡一种高雅的生活方式，让贫穷者也会有尊严。纵然，财富、金钱、欲望有着吞噬一切的力量，但文学也有着约束人的行为的力量。

重获生机

一个好作家在语言的节俭上面，表现的是对文学的敬畏，过分的言说是在败坏文学的声誉。表达也是一种欲望。你既然在严肃地传承那些被现代道德轻率抛弃和玩弄，甚至被政客活埋掉的词汇，你就应该用你的生命和强烈的情感来修复这些词语的高贵和完美的造型，让它们重获生机。

语言所代表的一个思想体系、一个伦理体系、一个民族生存的密码，在近几十年是断裂了的，人们已经找不到它们。想一想，谎言是怎样在我们的生活中道貌岸然地横行着，几十年如一日，不动声色地改变着一个国家的道德底线和人性好恶。人们知道政治对语言的强暴，它最后的下场就是遭受戏谑和恶搞。

抵抗

　　文学创作的独特性在于，需要充沛的激情和安静淡定的内心完美结合。作家不能活在流行文化的热闹中，不要沾染流行的习气，要懂得沉浸。沉浸在他所信仰的世界之中，他需要另外一种力量来获得自信，比较理想主义，他不可能在世俗世界里跳来跳去，不可能成为生活中要风得风、要雨得雨、左右逢源的那类人。除非，他是一个假冒的作家或诗人。

　　索尔·贝娄分析过二十世纪的文学："二十世纪文学巨著的作者，大部分是些没有把大众放在心上的小说家。普鲁斯特和乔伊斯的小说是在文化的薄暮中生成，他们并不打算成为灿烂炫目的流行焦点。"所有的好作家写出的作品都是小众小说。你如果在内心里隐隐羡慕琼瑶、罗琳或者郭敬明的影响，那么你不会有他们的好命，而且还将被真正的文学抛弃。你可以生存，你可以风光，你可以有大笔的稿费，生活滋润，但你得不到文学的尊重。

　　学会克制自己。生活是可以朴素的，在城里你可以像一个老农，你可以对麻将和网络一窍不通，你可以住在高楼大厦里就像住在乡村一样，你可以对生活要求不高，没有嗜好，交际圈子狭窄，甚至，没有几个朋友。这有什么要紧呢？你只爱伟大、崇高、华美的文字，无任何奢求。美国自然作家瑞克·巴斯言说那些真正的作家："那是流动在某人血液里的本质，是他被传唤到这世界的原因。"

火焰和悲痛

文学需要热度，要充满火焰和悲痛，就像宗教的受难感，为自己也为这个世界赎罪。所谓"赎"者，我的理解就是交换，就是把你心爱的东西拿出去，献祭出去，再换回你更心爱的东西，以你的生命做抵押。献祭在基督教那儿也叫燔祭，燔，就是烧烤，让你的肉体与灵魂为神而炙烤。佛教也有燃指供佛的故事。你若对佛虔诚，请把你的手指当蜡烛点燃供奉给菩萨。难道写作不应该有这种起码的宗教虔诚？

在这个瓜分利益也瓜分资源、瓜分精神也瓜分肉体的时代，作家的资源看起来是贫乏的，但写作的空间却变得无限大了。一是官方对作家的限制相对少了些，允许你在不挑战执政地位的前提下，花样翻新。二是时代进入了天天创造奇闻的大混乱之中，作家的想象力跟不上时代的变化。欲望在暴涨，阶级在分化，掠夺与窃取不择手段、耸人听闻，到处都在进行着明的或暗的分赃，化了装或不化装的强盗四处打劫。你可以挺进其中，也可以退避三舍，到你认为值得生活和热爱的地方去。你可以不写官场，你可以写小人物；你可以不写混乱的城市，可以写安静的乡村，写让你敬畏的一切。那些未知的世界和风景，比如对你的家乡不仅热爱，要保持永不可企及的谦逊、神秘和敬畏，热爱和赞美，不是熊抱，要冷静，带有审视的距离感。特别对你描写的东西，河流、山冈、村庄，要慎重，要提升它的高度，最好到神灵的高度。我不希望对我的书写对象太过亲切，仿佛老朋友，我要让它像一个高人，一个千年不遇的隐士，一个象征出现。

最好的资源应该是在被瓜分者所抛弃的现场，一片狼藉的地方，还有被忽略的地方，包括被精神强暴和肉体凌辱摧毁后的现场，这个现场丢弃有大量的悲伤、哭诉、思念。作家有可能是一个收尸者、一个救护员、一个掩埋者、一个唱安魂曲的牧师，也有可能是一个历史悄悄的记录者，如此而已。趁他们举杯庆功，或者躲在一个地方擦洗刀上的血迹，或者趁着夜色销赃灭迹的时候，我们还将回到另一个被时代歪曲的、掩饰的、淡化的、压制的词汇的现场，拾起这些词汇，有时是高举，让人们从这些词汇中知道真相，知道它包含的真理。这些也只有作家能做，我们应该义不容辞。

擦拭

　　作家可以乐意成为一个古墓的挖掘人。因为那里面有我们祖先埋藏的宝藏。语言的宝藏就是一把越王勾践剑，只要经过我们的手稍微擦拭，依然锋芒逼人。现实是在几千年的演变中将语言异化掉了，程序的、表演的、糜烂的、乏味的技术主义和享乐主义时代，将把人类拖入一个深渊，爬起来可能很费劲。当如今连笔也不需要的时候，很难说这是一种进步，很可能是一种失魂落魄的退化。也许用不了多久，人类将走路不用腿、吃饭不用嘴，传宗接代也不要肌肤之亲。人类的听觉、味觉、嗅觉、触觉将全面退化，人与人之间完全不要面对面的交流，智商上可能人人是天才，情商上将个个成为白痴。

　　到处是利益、欲望的割据、扩张和分割，一些更小单位的生活和生命将被标准化，进入精制的笼子，但人类是一个命运共同体，作家艺术家也许是各个最小单位的黏合剂。只有爱和美以及宗教才能承担起人类未来的延伸，技术主义哪怕鞭辟入里，只是人类生活欲望膨胀的发酵剂。美国作家辛格说："技术越发达，越会有人对人脑在没有电子技术帮助下创造的东西产生兴趣。"因此对文学的存在和生命力我们应该有巨大的信心。

　　如果稍微用文学化一点的语言来说，我们可不可以将一个杀人狂擦拭出一点人性？可不可以将一个冷漠无情的官员擦拭出一点温度？可不可以将一个丑恶和肮脏的环境擦拭得美观和雅致一点？也就是擦拭被文明和时间的灰尘遗忘与生锈的词句与情感,不能让我们太快地成为机器的奴隶,不能让我们人类从石头到龟甲到竹片再到纸张上刻写文字的经验成为遥远的记忆。我有时担忧,如果我们的文字全在一块芯片上,到时没有了电力,是不是我们的历史就成了一片空白?现在的情形就是这样,只要断网,我们的邮箱是不是一片空白?我们的微信、QQ,是不是跟不存在一样?但我们用笔、用书籍记下的文字,只要有阳光,它就永远存在,就会永远焕发出迷人的光芒。

文学会有一批一批的殉道士,这是文字的魅力感召的结果,是人类与山川自然、万事万物的默契和互相依存献媚取暖的结果。如果"没有语言,上帝就不存在"这一命题是成立的,那么,没有作家和文学,连历史、爱情、河流和星空也是不存在的。美国诗人罗宾逊在临终前让家人将他的床抬到星空下面,他希望自己在繁星满天的天空之下闭上他的双眼,咽下最后一口气,进入永生。这就是一个诗人之死,只有作家和诗人才能有这种伟大浪漫的情怀。

写作的理由

作家不是圣人,不是圣者,只不过语言比一般人用得漂亮些,思维比一般人发达一些罢了。写作是一种很普通的职业,作家不过是沾了文学的光,是文学照亮了他们。文学就像景观灯一样,在漆黑的夜晚,把他美好的部分突出了、美化了,把他丑恶的部分隐去了,如此而已。

寻求尊重,就必须在作品中显示自己,追求一种比较高尚的、宽厚的人格,比较注重以诚相待,以真诚的力量去打动读者。这样,逼着你的人格完善,不断调整自己的精神状态,向崇高的东西靠拢,让自己的精神乃至那个虚幻的灵魂平静下来,得到一种慰抚、一种休息,这倒是写作的功劳。就算是打扮吧,美化吧,他也要把自己打扮成一个比较完美的、有学养的、有教养的、有道德的，甚至道德高尚的人，让自己有一些光辉。的确有一些作品看起来受人尊敬，而其作者却是人格人品低下甚至龌龊的作家，这些作家的人格是分裂的。并不是说你写了高尚的东西你就很高尚，有时候也并非文如其人。

另外在写作中迫使你不断提升自己的思想水平和语言能力，思考一些别人来不及思考的东西，那你就走在了别人的前面。写作的确能使自己达到一种完善状态，并能为自己的形象产生很好的塑造作用。因为社会给了你荣誉，别人也尊敬你，你要想我可不可以再完善一下自己，这么多缺点可不可以改正一下？写作的确也能让自己进入一个新的境界，常常能为自己努力的成效累积自信和本钱。写作是有光的事，是有面子的事。写作者写作，他就不可能去贩毒、去盗墓了，也不可能去卖淫当妓女了。因为那是黑暗中的、阴暗角落的事，而文学是阳光下的事，充满光芒，能把人镀亮，有时就是为人镀金的。

让自己成为一个人，一个不要太过堕落、太过颓废、太过早衰的人，一个能受人尊敬的人，一个享有自己独立意志、心灵自由的人，这就是我写作的理由。

为了保持自己的荣誉和名声，不要让别人说你江郎才尽，你还得不停地努力，不停地行走、寻找和写作。我到荆州挂职，就是自己这种写作心态和存在状态的体现。不停地显示自己，虽然是一种虚荣心作祟，但它也给自己的写作提供了新的动力，心态永远年轻，永远有着进攻的冲动和表达的欲望。

现实的生存

有研究地域文化的人说，神农架文化也是一种楚文化，而我的小说明显是带有强烈的楚文化特征，这个我不否认。但一个作家，若一味在作品中突出他的地域文化，他肯定会失败。写作者只能关注现实中的生存，而比楚文化更加深奥、繁杂、特殊、神奇的某一狭小地域的文化，对作家来说也许更有益处。

真正激发作家创作灵感的，也许是一首民歌，也许是一个传说，也许是一个民间故事，也许是在山里碰到的一个人、一件事，或者一只狗、一棵树，都有可能成为作家活生生的素材，引发他的创作灵感。

地方文化只是一种小说的经验，而不是小说的全部。也就是说，地方文化可以使小说更丰满、更丰富、更丰厚，它是为小说服务的。何况，地域文化本是从人们的饮食、习俗、宗教、道德的坚守中透出来的，它坚守着这些东西，才形成文化形态，而不仅仅是某些形式，如宗教仪式、婚丧嫁娶仪式。一个作家所要书写的文化空间，是靠物质填充的，也就是说是用整个生存现场去演绎完成的。

换言之，不要刻意去表现文化。我们过去看到过许多这样的小说，靠文化来堆砌，写风景，写码头，写里巷，写来写去就是不写思想，不写真实生活的严峻性，不写现代人们思考什么，我们的社会究竟向何处去。沉浸在地域文化的品质中固然是一种热爱，但作家必须把你的灵魂加进去，浸进去，这样你才有可能体会到更深邃的文化所蕴含的民间智慧，以及它里面所透出的巨大信息。

一个作家不是刻意地去写文化，但用鲜活的艺术形象去顽固地宣扬某种文化，是这个作家成熟的表现。因为地域文化的混沌状态和民间智慧，它的"草根"性质是文学真正的筋骨，也是文学的氛围，失去了它，文学就失去了特色，就会变得贵族化，没有生机，失去活力。通过文化的这一通道，我们很容易进入中国社会的深处，与时代形成紧密的呼应，在现实生活中汲取创作灵感和营养，汲取激情和思想。

"草根"性

"草根"性是地域文化的又一特质。

如今的作家是被圈养的，稍微有点成就的作家几乎全是体制内作家，在思想上和艺术上都慢慢变得循规蹈矩、贵族化，或者装模作样的假贵族化，正在作家中蔓延。这些作家经过数十年的挣扎，由知青、教师、工人、农民、右派分子，渐渐成了当前社会既得利益集团中的一员，对现实采取了缄口不语的态度。所谓亲近工农大众，只是在某个精心安排的活动场合，做做样子。但是有些作家感觉到这种危险性——这种姿态可能会毁灭自己，于是尽量使自己保持战斗的、野性的、"草根"的、散养的、民间的姿态。我说的是包括政治立场和艺术态度两方面。小说应该是粗粝的，不应该是精致的；应该是民间的，不应该是官方的；应该是山野的，不应该是庭院的；应该是底层的，不应该是上流社会的。基于此，我们应该走到田间地头、深山老林，去拥抱地域文化。

占山为王

在生活中寻找灵感只是一个技巧问题，不是写作最关键的问题。我前面说到了寻找的问题，以及真相问题，寻找真相。我认为一个写乡村题材的作家首先应成为山野的调查员。再就是，任何一个作家，必须成为事件真相的知情人。所以说当谈到某件事情的来龙去脉时，谈到如今的农村现状时，有人往往会感叹："噢，是这么回事啊！""真是这样，不可能吧？与事实差距太大了吧，我怎么不知道？"其实许多作家对现实的真相几乎一概不知，全凭道听途说。就算你从网上的新闻报道知道一鳞半爪，那些深处的令人心痛的细节你也不知道，全部要靠你自己去观察。真相包括细节，这正是作家最需要的。寻找创作灵感，这个问题我从来没细想过，我只是保证我的写作是鲜活的，像刚从田野上采摘的菜蔬，不是蔫巴拉叽的。很多作家的作品是蔫巴拉叽的，不知道是从哪里翻箱倒柜搞出来的东西，霉味扑鼻。但要我总结怎么发现灵感，我可能不好讲。灵感这东西本来就有些玄，来无影去无踪的，稍纵即逝。我谈一点自己的经验。

我认为在生活中寻找和发现，是给那些有准备的人的，你如果不是一个有心人的话，你跟我一起下乡，我可能发现了很多东西，你却一点也没发现。首先你内心要有急切寻找的渴望。有的人没有这个渴望，甚至有的青年作家反驳我说，写作根本就不需要材料，不是材料的问题。我无言以对。我承认现在的青年作家有这方面的天才，全凭想象和虚构就能把小说写得很好。后来我发现某个所谓写得很好的年轻女作家，她构思得精巧无比的故事，还被选刊转载过的，是根据碟片来的，很老的一个法国的故事片。她以为全世界的人都没看，或忘记了。年轻的作家还是需要材料，只是他（她）要的方式有点机巧、有点黑暗、有点侥幸。

写作说穿了就是各自为政，占山为王。你想干点事，你总不能在别人的地盘上打打杀杀，除非你有一剑封喉的本领，把别人杀翻了，取而代之。在文学上一旦别人有了他的地盘，你必须尽快远走，远离这个人——我是说在写作追求上，远远地到一个荒无人烟不为人知的地方去开荒，写别人从来没涉足过的题材。

革命或者土匪有一个词叫"起事"。太平天国就是在广西起事的。作家不一样吗？你是在哪儿"起事"的？你有没有自己的地盘起事？要说我有什么经验，这就是一点小小的经验，同样是被逼出来的，在强手如林，文坛上到处都是"悍匪强盗"横行的情况下，你没有什么好温柔的，你必须杀开一条血路，抢占一个山头，趁早建立起自己的根据地，有了自己的老巢，成为一山之主、一寨之王，那么你在文坛才有一丁点立足的地方。

封闭

这种充满个体艰辛的劳动和喃喃自语的写作生涯，需要自我调节的精神力量和强大的神经支撑。这种写作的痛苦就是一种恐惧和精神折磨。胆量，韧性，不屈不挠的内心狂热是写作必要的前提。我们深知，文坛其实最是一个黑白颠倒、价值混乱的地方，作家所谓精神坚守的意义已经荡然无存，强烈的世俗化和功利主义已经将作家们的头脑都漂洗过了。比方说，如今作家们在一起不会去谈什么文学了，作家们谈文学被认为是一件幼稚可笑的、很过时的事，一种乡下业余作者才干的事。作家们的交往大多虚与委蛇，互相提防，敷衍。所谓笔会也不再写小说搞创作改稿子，而是喝酒打牌、讲黄段子、游山玩水、洗脚按摩。这是在文学的内部；而外部，当文学退出整个社会的话语中心后，它的霸权心态和神圣光环没有了，由高处往下跌落的结果是自卑和封闭。我想文学所以远离了人民，它自身惊人的封闭是一个重要的原因。它利用自己的手腕切断了与人民交往的路途，所以它不受人民欢迎，不再那么入世和激越。

致命的弱点

文学当然是伟大的，我们的生活不可能没有文学，一个民族不可能没有文学。可文学也有一个致命的弱点，这就是虚构。他会让作家不自信，现在资讯这么发达，真实的事情、耸人听闻的新闻之类的都可以看到读到，但文学还是个虚构的东西，仿佛写作者就是个说谎者。"作者是骗子"，美国批评家米勒在《文学死了吗？》这本书里就有这个小题目。他说文学仿佛是谎言，因为文学作品与谎言都是与事实相反的，没有对应的指称物。他评论普鲁斯特的一章就叫"作为谎言的文学"。他批评普鲁斯特的《追忆逝水年华》——这部曾感动过无数人的小说，他说普鲁斯特常常对谎言和文学说同样的事情。因为这样，作家觉得无论怎样的表白都不能令人信服，作家对题材的选择、对语言的使用就会出现心理障碍，会出现强迫症和忧郁症、焦虑症等精神紊乱的紧缩症状。精神疾病的一种就是广场综合征，怕见人，怕这个社会，不愿到广场上去与大众交往。这样与人民和社会现实的隔阂会越来越严重，作家也就失去了情感交流的对象。这当然造就了一批作家向内挖掘的深度，向内走，走向自己的内心深处；但是文学必须向外走，向现实走，仍然是我们必须面对的，硬着头皮也要做的事。向内不能解决所有的问题。

死水微澜

　　风平浪静的心态必然产生死水微澜的文学。有一部分作家真的是解除了武装，从内心获得了少有的安宁和舒适。仗着才华和运气的铺垫，他们拥有一切：相当规律的生活起居，良好的身体，无忧无扰的写作环境，源源不断的文字生产……他们什么都不缺，没有危机感，没有江郎才尽的担忧。这些人希望文学是常态化的一种职业，是千千万万职业中的一种。文学不能再拔高了，拔高到神圣的地位。文学与政治生态正常化的过程，的确是经过几代人的血泪奋斗才换来的，应该倍加珍惜。他们认为今天才真正回到了文学的故乡，文学终于获得了它应该有的宁静、秩序与尊严。因此作家不要内心充满不安、激愤和痛苦，对文学不应做过多的苛求，文学不应承担与其身份不相称的重量。否则，文学如果重新沦为政治生活的工具和打手、害人者和被害者，成为社会集体癔症的发泄通道，那么对文学和作家将是又一场灾难。

　　他们的内心保持着绝对的松弛和闲适，他们有足够的资格和本钱陶醉在自己的版税、别墅、工作关系、级别待遇、社会头衔和几乎贵族化的生活方式中。这些作家多年的媳妇熬成婆，终于成了世界各地的观光者、度假者，各种会议的主持人和嘉宾，各种筵席、宴会的座上客，成了喋喋不休的接受各种媒体采访的名人，同时，他们也是主流政治话语的解说员和辩护者。他们那种被驯化后的沉默是文化的无德，是文学制造者的无良，是所谓文学精英存在的彻头彻尾的无耻。

渐行渐远

在这个文学的消费主义时代和实用主义时代，作家本应有的独立性被商业裹挟和劫持，使得文学与读者间的相互欣赏渐行渐远，使得文学与历史间的互相激励渐行渐远，使得文学与生活间的双向哺育渐行渐远。如果说过去的文学或者与政治合谋，或者与政治对峙，有着挑战政治的企图，那么当下的文学为了自己的生存，采取的是与政治和现实和解的策略。这种和解，使我们的立场倒退了一大步，使我们的精神疲软了一大截，使我们的气节丧失了一大半，使我们的形象被剥蚀得面目全非。文学依附于政治，承恩于政治，取悦于政治，和文学参与政治生活的重建，寻找正义和公平是根本不同的。《玉米人》的作者危地马拉作家阿斯图里亚斯这么说："我们的小说的冲击力可以比作灾难性的魔力，它要毁掉各种不合理的结构，为新生活开辟通路。"他说的是灾难性的魔力，这就是小说，像灾难一样，毁掉那些不合理的结构。结构肯定是政治结构和经济结构两种。有美国文坛"心脏"之称的马拉默德——他是个犹太作家，认为小说的作用就是要摧毁并改换读者的心灵。"摧毁"和"毁掉"，这都是破坏性的、让我们很不舒服的很刺眼的字眼。"摧毁"和"改换"别人的心灵，毁掉不合理的结构，文学不就是要承担破坏和重建的双重重任吗？可我们认为这与和谐社会的良好气氛不相符。陶醉于眼前，并且认可现实的合理性，逃避尖锐的、痛感的事物，这就是我们的普遍心态。而文学的存在和努力就是要改变现状，而不是维持现状。

文学现实

我们的作家对寻找社会公平与正义的热望从未消减过。在那种漫长寂寥的精神体验中滋生的孤独感、痛苦和悲愤的情绪，日积月累，以此形成的作品必是大情感和大投入，一定具有思想独到、艺术上乘、超越人文视野极限的品质。

关于文学的两极分化，李陀先生早就有过预言，他说在现阶段作家一种是非常有立场的，非常政治化的；一种是完全模糊了作家立场的。无立场的作家适应或者顺应了这个消费时代的矫情、舒适、小康、白领、市民、休闲甚至是暧昧的炫耀的生活方式。一个人本应有的政治立场和写作立场在这种消磨意志的生存环境中，很容易让自己在卑下和疲倦的社会生态中与现实同流合污，与不义和罪恶沆瀣一气。或者说，他认可了一个社会为追求无是非观和原则性的所谓"和谐"。这个社会要求人们放弃自己的立场和梦想，只要你在经济生活中扮演你的角色就够了。殊不知，在当下经济生活中的角色只是属于少数人，它属于剩余价值的拥有者和权贵资本的流通者，想在这样的经济环境中为自己找到一个适当的位置，无异于痴人说梦。我不想说失去立场和没有立场就是堕落，就是投降。远没有这么严重，这只是社会心理对个人心理的折射。事实是：人们对某些政府官员的失望，对政治改革缓慢的心灰意冷，对两极分化等社会积怨的麻木，大都见怪不怪，心如古井，波澜不惊了。加上文学在二十世纪七八十年代的过分控诉和过于狂热，热情已经耗尽，文学在这个浮躁时代的遭遇，能够成为一丁点儿心灵慰藉和宗教的残羹剩汤就相当不错了，就心满意足了。正是基于这样的想法，人们不再有以文学干预政治的野心，不爱听社会发言，进行徒劳的思考，因为如果这样的话，只会造成神经衰弱、自作多情、忧愤成疾，于人于己于事无补，对家庭生活的改善也毫无帮助。他们会被周遭的人骂为神经病，落拓的文人、呆子，没有睡醒。作家也就不自觉地加入了"酱油党"：我只是出来买酱油的，这个世界与我无关！一句话，作家在文学之外挣扎，这就是我们的痛苦的文学现实。

一点曙光

底层文学是我们这个时代痛苦的文学中的一点儿曙光。它的呼之欲出有着历史的正当性和现实的紧迫性。

文学在最卑鄙无耻的、最黑暗的时代和最伟大的、最光明的时代究竟有什么不同呢？没有什么不同。我本人坚信文学是为人生的，任何时代都是如此，也坚信文学是一定能够影响现实的。文学可以讨论它的艺术问题，比方语言的使用，比方素材、结构的取舍和架设，比方究竟应该书写什么样的生活经验。但是小说的语言、小说的力量都来自于作家对文学根本的信仰。有什么样的信仰，产生什么样的文学。打破文学的界限，将艺术的触角完全抵达生活的底层，以抚摸的方式来愈合社会的裂痕、人民的内伤，这恐怕是底层文学作家们可以做到的与社会的直接对话。文学既然已不是高高在上了，由皇家色彩恢复到平民身份，它为什么不能放下矜持，保有真实生活的气息和自信？为什么不能回头与人民亲近？

有人认为这是一个探索个人经验的时代，文学的活力将使每一个角落的生活经验焕发生机和光芒。我认为这确是文学的自在状态，但不是文学应该必须经受的考验。地火一样涌动的社会思潮把一批作家拉向了我们在改革开放几十年来被忽略、被抛弃、被侮辱与损害的底层。应该说，文学在这时候才真正地从商业的狂热回归到了冷静的面对和正视。这也就是底层文学在二十一世纪之初受到关注、震撼文坛的原因。首先，这些写手、这批人是一些什么人呢？是主流文学的在野势力，是精英文学的地方武装，是当代文学的民间力量。他们有什么本事？他们只不过把视角向下、向下，把身姿放低、放低，以极其平民化的叙述触动了底层人民那颗坚韧而又脆弱的心，人民受到感动就是必然的。它的出现引起了思想界的关注而后才是文坛的关注。底层文学的意义就是把严峻的现实推向公众面前，把人们打盹的、东张西望的、羡慕财富和权力的目光拉向了社会上无助的人,从经济奇迹、富人、时尚、改革话题和霓虹灯装饰下的生活拉向了社会的最底层,从而让人们看到了触目惊心的两极分化、"三农"问题的严重性和劳动人民身心两难的生活。

两种文学

　　这个大转型时代,底层人所遭受的精神创伤和身体创伤都是空前的。到处是流离失所(包括失地、失业和打工),到处是乡愁,到处是离别、眼泪、失踪、寻找、思念、重逢和诀别,这些问题的解决,需要文学的参与。小而言之,底层作为消费水平低下的、缺乏言说舞台的群体,更具有我们本土生活经验的特征。卑贱者的爱,是大爱;卑贱者的感动,是大感动;卑贱者的痛,只要他痛,绝对是撕心裂肺的痛。就像帕慕克所说的,这些耻辱、自豪、愤怒和挫败感,都是一种低语的秘密,分享秘密就会获得解放。

　　柏拉图说过这样的话:一座城市其实有两座城市,一座是富人的城市,一座是穷人的城市。那么文学也有两种文学,一种是富人的文学,一种是穷人的文学;一种是轻松的文学,一种是沉重的文学;一种是快乐的文学,一种是痛苦的文学。底层文学就是穷人的文学、沉重的文学和痛苦的文学。当下的作家们被商品经济穷追猛打,精疲力竭,与民族的惰性和现实的无奈一起沉沦滑落。值得庆幸的是,人民还是能够看到有一些负责任的作家保持着思想与精神的品质,他们始终选择与人民在一起,分享着底层人民内心承受的深重苦难。就像鲁迅先生说的做这个时代真的猛士,奋勇前行,敢于正视淋漓的鲜血,敢于直面惨淡的人生。如果说这鲜血是淋漓而真实的,为什么我们的文学不去正视它?如果说这人生是惨淡而困苦的,我们的作家为什么不去直面？却要给浮华的现实披一层华丽的彩衣，还美其名曰为：温暖。廉价浅薄的温暖并不能稀释底层人民的惨淡困苦。只能给人们造成一种假象，一种生活和政治的假象，无助于社会矛盾的解决和人民内心郁闷的排遣和发泄。

底层文学的师出无名，莽撞而至，极强的"草根"性和无所顾忌的疼痛表达，让文坛极不适应，它的尖锐、申诉、百姓腔，让一些人很难接受，哪怕它在艺术上很有追求，但也被遮蔽了，它掀起的是对现实认同与否的风暴而非艺术风暴。面对它，出现了不同的观点，有人叫好，有人痛骂。叫好的说是他们反映了人民的心声，社会的真相，振聋发聩；痛骂的人说他们是一种煽动，居心叵测，只展示了血腥和暴力，只会诉苦，以简单的方式抢占道德的制高点，等等。更令人不可理喻的是，批评界还出现了谁来叙述底层的莫名其妙的诘问，认为这些作家没有资格为工人农民代言，没有资格叙述底层。

帕慕克先生在北京的演讲中说："把自己想象成他人的力量，使我们能成为那些从来不能为自己说话的人的代言人，这些人的愤怒从来没有被倾听过，他们的话语也从来被压抑。"鲁迅先生曾经说过，在中国从来不缺骗和瞒的艺术。骗什么？骗钱，骗权，骗名，骗色，骗老百姓；瞒什么？瞒现实真相，瞒人间罪恶，瞒社会矛盾、瞒腐败黑暗。我们的作家急需的是还原真相，唤醒民众，跟当年的左翼作家的任务没什么不同，历史往往有惊人的相似。鲁迅先生还说过，知识分子是永远的痛苦。痛苦是力量的聚集、思想的酵母，比起那些低吟浅唱的所谓温暖和欢乐，这种痛苦可能更强烈和更直接地表达了人民的心声。作家是非常努力的，他们已经走得很远了。底层文学就是作家重建自己的政治立场和写作立场的一次觉醒和蜕变。

没有哪一个人有意追求痛苦，但也有作家会有意地去追求。高尔基就说过托尔斯泰是俄罗斯痛苦的化身。鲁迅也被称为"现代中国最痛苦的灵魂"。以托尔斯泰为例,他是一个拥有六千多亩土地的大地主,我去过他的庄园,庄园内有三个村庄全属于他,他十八岁就接受了这么多的遗产。但是他为什么要写农民?他为什么要在他的《复活》中"气势磅礴地描写人民的苦难"?(草婴语)我们中国的作家呢,你还不够买一亩土地,却抛弃了人民,认为与人民、农民不相干。为什么不能向托尔斯泰稍稍学一点点,把自己沉浸在痛苦中,把痛苦转化为对劳动人民的同情,转化为写作的深度?这是做得到的,只是我们不愿意做,我们的境界、我们的思想深度、我们的人格、我们的德行远没有达到那些伟人的高度,我们甘愿让自己堕落和苟且偷生,并且抱着阴暗的心理去否定同行所做的努力。但是我说,无论现在的价值观混乱到什么地步,但文学的基本价值是否定不了的。文学只有敢于承担后果,始终不渝地与人民一起愤怒和感动,其存在才是必需的,才是有意义的。

最初的冲动

我的写作感受是,作家最初的写作冲动只能想得更小一些,而不是更大一些,只能想窄一些,不能想宽一些。这片土地如果不是与我的心灵发生纠结,强烈骚扰过我的神经,这片土地再大、再重要,就是生长黄金,也与我没有关系。这片土地不是我的,这片土地上生活的人也不是我的。关于土地和农村,不管它叫土地也好,叫大地也好,叫农村也好、乡村也好,叫故乡也好、故土也好,或者叫一棵树、一株野草也好,一个夜晚一条田埂也好,这是无所谓的。它的叫法对作家无所谓,作家不是因为有了这个叫法才去投向它,是因为我早就站在那里,我的灵魂早就在那里徘徊和游荡。作家要想得小一点、窄一点,这是与他的内心隐秘和归宿感有关的。比如这些年我喜欢在乡下跑,挂职。过去我是在别人的故乡神农架,现在则是在自己的故乡荆州。我想了什么呢？我肯定想了许多。但我肯定不会想得那么华丽和高深，那么胸怀人类、放眼世界，并且真以为作家就能指点江山、替天行道。作家正是因为他的渺小，才显出他的伟大。屈原在死后的一千年里，受到的指责和诟病远远多于对他的肯定，一千年后这种情况才有所改观。说的就是他这人狭窄，是个典型的政治狂徒。他的诗翻来覆去就是说楚怀王对自己如何不好，自己多么委曲，唠唠叨叨，疯疯癫癫。甚至许多大学问家都对他的作品和为人发难，认为他的东西不可取，全是呓语、狂妄，他投江自尽更是没有必要的荒唐之举。说穿了，就是说这个人气量狭小、狭隘、狭窄。其实正因为他的狭小、狭隘、狭窄，成全了一个伟大的诗人。如果他气度非常宽阔，一切不当回事，奉行好死不如赖活着，道路是曲折的，前途是光明的，正义必将战胜邪恶，太阳照常升起，对他的国家和人民从来就没绝望过，文艺作品应该给人温暖、希望，我个人的遭遇不足挂齿、无足轻重，一切以大局为重，请问还会有这个屈原和他的《离骚》《天问》和《九章》吗？

另一种回家

　　这些年我在乡下跑，在山区跑，仅仅是喜欢，能让自己轻松和愉悦，还有一种逃避。因为作家是一种逃避的职业。我在乡下边走边想，边走边看，边走边记，我的想法越来越简单甚至微小。我发现我这么写作和行走其实不过是在寻找自己的归途，找到我这个人回去的路，如此而已。有时候我面对田野和庄稼，的确非常感动，非常满足，我就想写不写有什么要紧呢？我当然可以写一点，用作品去看望一下故乡和田野，至于外面世界获得的一切，真的有那么重要吗？我这样一个渺小的人的肩头，真的承载着改造这个世界这个社会的重任吗？我不相信，更不希望如此。人出去，最终会回到以往。走得越远，越想回到过去。你以为你走得很远了，不想回来，你拥有了显赫的未来和宽阔的空间，你的写作是坐的高铁、动车组、新干线，但是，你拥不拥有一条小路可以让你回去呢？回去就是你写作最远的地方。这一条归途，对于一个写作者来说，就是写作和行走的漫长过程。创作是另一种回家。而且是在孤独的黑夜摸索着回家，其他人无法帮你达到，也无法与你相随。每一个人回家的方向都不同，这也是写作倍感孤独的原因。

这种对题材的选择和写作及行走的方式，与其说是对土地和农民的关注，不如说是对自己曾经熟悉气味的方向定位，通过此，去辨认和拥抱回家的路径。

因为我自己的写作是我自己内心的倾泻，我不大会在意外界的看法，也不会去研究我与书写的对象究竟存在着一个多么深刻、多么厚重、多么复杂的关系。其实说穿了它是一个天然关系。一个作家的内心世界，在寻找自己精神和肉体双重归宿的途中，将要甩掉九十九个世界，只留下一个世界。就像他要甩掉所有的年龄，甚至是最美好的年龄，留下一个别人谁也不要的年龄，一个衰老的背影。在这一个世界里的主人也许是残破不堪的、伤痕累累的，这不要紧。身体对他不重要了，因为他用作品为自己标出了一条路来，他心满意足，他的灵魂有了归宿。

《亡灵书》

看看楚国的棺绘。这些楚国先人的棺绘，色彩之艳丽，肯定在现实生活中找不到。他为什么要把他生命的终点和归宿布置得如此华贵和绚烂呢？这些棺绘，有飞舞的云霓，有飞禽走兽，有车辇和马匹，太阳和月亮，有各种神祇。但这些很多是神话中的故事和场景，并非生前的图景，也不是他生前曾享用的奢华，如编钟、刀剑、器皿、服装，等等。这种图景的布置，是来存放他永远存在的灵魂的。古人当然比今人更相信人有这个不死的东西。

在古埃及，同样相信生命终结后灵魂依然存在。人死后，依然住在坟墓周围，这个灵魂叫作"库"（khu），古埃及有一种书叫《亡灵书》，这种书就是给"库"也就是给人的灵魂读的。你必须放一些《亡灵书》在死者的坟头或者棺内。还有一种是"卡"（ka），是人的眼睛所看不到的，人死后就在坟墓周围活动，人们必须备饮水和食物供养"卡"，这个"卡"有点类似于我们中国的"鬼"。

这种"亡灵书"我以为就是活着的人，为生前不会写作的人所创作的一本著作。而我们这些写作者，一辈子其实就是在创作一部《亡灵书》，给别人也给自己看的。所以我们的写作，既是向生者倾诉，也是向死者倾诉；既是向现实倾诉，也是向过去倾诉；一个作家倾诉的口气，他既应是生者的口气，也应是逝者的口气。他的声音应是这个大地上所有生灵包括逝去生灵的声音。

精神是不死的，这个我不怀疑。所以，我们在读屈原或者李白或者杜甫作品的时候，依然能感受到他们的呼吸，他们灼热的滚烫的气息。他们依然在那儿慷慨高歌，恣肆倾吐，一抒块垒，打动我们。他们作品中的那样一种热流，永远不会消散和冷却。如果要说什么叫灵魂的话，这就是一个人的灵魂。文字是它的外壳，或者说，是作家在创造自己的灵魂，用一种奇妙的文字，创造灵魂。我们姑且称它为灵魂吧，因为它能够穿越时间到达永远。

楚国的屈原在这方面无疑为我们提供了一种最高的范例。他的《九章》，全是在流放期间写的，像其中的《哀郢》《怀沙》《涉江》《抽思》等，都是内心直接悲愤的倾诉，干脆就是直抒胸臆。按现在的观点，是很现实主义的发泄，很个人化的申诉，具有强烈的政治性，毫不掩饰自己的企图。但是我们今天读之仍然感觉他是能感天地泣鬼神的。他的《忆往日》《涉江》，简直就是哭诉和嘶喊，就好像一个小孩挨打后不顾一切的喊叫，闻之令人心惊肉跳。这样有强烈政治色彩和个人色彩的作品，能够穿透数千年打动我们，非常让人吃惊。当然我们也可以分析是他炽热的政治情怀和充满正义感的政治立场打动了我们。可以分析这是他对真理的追求和爱国思想的力量与韧性打动了我们。这都可以。其实他打动我们的，是他自己内心的愤懑、哀愁、痛苦，特别是他的惶然无助和绝望——他的绝望如此之美丽，我们不能不为他的绝望心悸。可能现在没人说他的《九歌》可取而《九章》就不可取了。过去认为《九歌》是浪漫主义的，浪漫主义才是有艺术价值的，才是可以永恒和不朽的，不被时间淘汰的。像《离骚》也不能说它完全是浪漫主义的，前半部是很现实主义的，只是在后半部分才有浪漫可言，即从"驷玉虬以乘鹥兮，溘埃风余上征。朝发轫于苍梧兮，夕余至乎县圃"，开始了他天上地下，与众神欢愉和寻找的忘情之途。他的愤懑、哀愁、痛苦和绝望，这一切正好契合一代又一代写作者在寻找自己归途的路上，那么一种苍凉的心境，安慰我们，加入我们，并且激励我们。我们可以看到他寻找的路是何等遥迢，"惟郢路之辽远兮，魂一夕而九逝。"（《抽思》）恍恍惚惚中灵魂一夜竟在这条回归家乡的路上往返了九趟。其实他在流放的途中，因为他的作品，他真的回去了，甭说一夜回去九次，一千次也行。他是不停地用他的作品回家，他的眼泪，他的啰唆，他的神经质，他的怀才不遇，他的形单影只，他的被遗弃，他的决绝，为自己也为文学找到了一条最好的归途。"陟陞皇之赫戏兮，忽临睨夫旧乡！"（《离骚》）在这样的寻觅、求索和遨游中，他突然遭遇到了初升的阳光，突然看到了自己的故乡！这就是他的归途，他终于把形容枯槁一钱不值的身体留在了水上，把那个叫灵魂的东西留给了历史和时间。其实，他不过是自己给自己和故乡写完了一部《亡灵书》，自己给自己用文字画上了一幅棺绘，然后从容地、视死如归地走了。

热流

所谓小人物的文学、革命的文学、左翼的文学、工农的文学，都是指向底层的，这在中国本来有传统。但是后来，由于社会阶层的急遽分化，革命带来的虚假狂欢的结束，使得底层变成了一个写作盲点。或者说真实的变化的底层遭到了文学的遗弃和冷遇。底层文学是一种写作方法和写作信仰。底层文学应该是一种前夜式的写作。

　　文学为什么需要底层？当下的现实比任何时候都提醒我们不要忘了底层人民生活的经验价值，这不仅仅是一种情感问题和写作尺度，在经济文化全球化、资本流通权贵化的压榨之下，底层经验是中国唯一幸存的民族伤痛的记忆，也是一种中国文化的顽强遗存。当所有美好的东西都在分崩离析的时候，底层是仍在呜咽的传统的美丽声音，是一股持续不断的民族精神的热流。

　　为社会底层的文学是一种深刻的洞悉和挚爱，是一种温润的情感表达，是一种思想自觉和艺术倾诉的自觉，也是一种人生信仰的自觉，是一种敏锐，是一种被社会思潮、生活潜流和百姓情绪裹挟的写作。作家必须关心人类生活，写作者必须有坚定的立场和写作指向。没有底层文学，我们无法给时代留下文学的声音，历史将会出现空白。写什么困扰着当下许许多多的作家，面向底层考验着作家起码的感知能力。现在许多作家冷热不知、是非不分，使得文学的存在成了一个不断被社会道德底线和良知拷问的尖锐问题。

写作准则

　　如果血腥和暴力是因为制度引起的，那么为什么要责备作家呢？作家做错了什么？暴力和血腥不是作家煽动的，是社会问题激起的，责备作家十分荒唐。关于道德，我们不能把道德的责任推给别人，你自己难道连写作道德也不需要了吗？底层现在还剩下什么？除了一个道德的制高点，还剩下什么？在这个各阶层纷纷争夺瓜分资源和财富的时代，底层并没有分到什么，他们已经所剩无几。美国的爱默生说:"物资的贫困是滋养美德的沃土。"法国作家卡里埃尔说:"贫瘠的土地可以使悲惨的命运处于纯洁和神圣的状态。"他们用只属于他们的贫困保存了这个社会的美德和心灵的纯洁,我们难道不应该感激他们?

心甘情愿做一部分弱势群体的代言人,这与高尚的道德无关,也不是一种写作方式的简化,我认为倒是给自己增加了巨大的写作难度,回归生活就是对自己的严峻挑战。说它们是底层不如说它们是生活的最深处——那些我们城里作家没有注意的角落。它肯定是文学的,与观念和主义无关。作家应该表现最独特的生活场景,这就是我写作遵循的准则。

乡村的意义

乡村对文学,对当代社会,对我们所有人,是一种精神取向、一种价值取向,是能寄托、寄放、寄存我们整个灵魂的地方,而不仅仅是一个现实问题的表达和书写。乡村是我们的归宿,是我们的乡愁,是我们的梦境。乡村还代表大地,有一种非常宽大的胸怀,是生命、生存、生与死的所有的表演场。

圣洁

文学是非常圣洁的,就像墨西哥作家卡洛斯·富恩特斯所说,文学是文化传统的呼吁,文学教导我们的是:必须有人类共享的价值,且是最大的价值。文学肯定是人类生命中一种非常重要的东西。虽然科技是必需的,经济也是必需的,但文学对于人类的想象力、智慧及自身向更高一级的进化,有着巨大的作用,没有文学的人类只能是行尸走肉。它的独特性是不可替代的。人类如果没有文学，就无法对他的过去进行回忆，也无法对自己的未来做出生动的预演。比如光有《三国志》是不行的，还必须有《三国演义》，真正生动地、形象地来表现三国时期纷争的、惊心动魄、栩栩如生的局面。因此，它是延续人类生命、推动人类快乐和幸福的车轮。同样，它是人类生活的另一个隐秘的源泉。也就是说，人类不只有现实生活，他还有想象的生活，虚构的生活；不只有物质生活，还有精神和灵魂的生活。

虚构与想象

人类是经过数万年发展进步才练就的虚构能力和想象力，我们把这些所产生的东西称为艺术和宗教。比方说在基督教那里，耶稣真的是神的儿子，升入天国，以后还会复活并且总有一天要归来吗？在佛教那里，释迦牟尼死后骨灰果真化成了四万八千颗舍利子，并且遍布全世界？而我们中国就有十三颗，这是怎么传进来的呢？四万八千颗在两千年前是怎么运到世界各地？在万里迢迢的路上能保证没有遗失或替换或作假？但这说明人类因为某种灵魂隐秘的需要，其想象力和虚构能力是无比强大的。任何一个时代的人，都要面对他自己时代的各种问题，有思考，就有想象；有想象，就有虚构；有虚构，就有文学。比如我们这个时代，环境污染，人类更加紧迫地感到我们生存的这个地球岌岌可危，臭氧层空洞，气候变暖，海平面上升，我们还必须面对全球化浪潮下我们的文化生存空间，我们的信仰、我们的精神生存空间。科技越发达，灵魂的存在就越来越受到质疑，人类对自己的未来也就越来越丧失信心，越来越迷惘。在这种情形下，光靠科技是没有出路的。既然两千年前出现了那么伟大的宗教和神话，同样，一个更加聪明的人类，不可能不再出现新的梦想和神话，其虚构和想象力只会更加发达，这是我对文学远景的基本判断。

难度

一个作家要写出好小说，写出具有品质追求，符合历史召唤，与整个时代保持亲和力，也保持一点紧张关系的作品。在这个时代，当一个作家的难度远远大于当一个成功商人和政府官员，缺少喝彩，倍感孤独，时常还因为不能真实直接地表达你心中所想而饱受良心的折磨。同样，他还要从这个充满诱惑的世界中逃离出去，回到常人难以忍耐的孤独寂寞中，并且即使在穷困窘迫时也要保持几分写作者的尊严。更可怕的是，作家的个体劳动常常会因绝望而放弃努力，为了在虚幻的成功中激励自己，又会变得神经质，让自己丧失平静理智的心态。他还要躲避外国作家、前辈作家、同辈作家、同地作家的光芒，一些伟大的先辈作家和同辈作家、同地作家的光芒太过刺眼，会让他觉得没路可走，该写的都被他们写尽了，各种风格都试过了。由此引起的自卑只会百倍煎熬自己的神经。如果你没有这种抗煎熬能力，你就完蛋了。要么离开这个行当，要么成神经病。从事文学创作成神经病的比例远远高于其他职业。

最佳模式

马尔克斯这么说过：文学作品中的谎言要比现实生活中的谎言更加后患无穷。这句话够令人震惊了。怎么理解呢？它前面还有一句：一个人不能任意臆造或凭空想象，因为这很危险，会谎话连篇。

马尔克斯何许人也？这个作家在我们看恰恰是个瞎编胡侃的作家。他写过一篇《巨翅老人》，说一个老人长了一对巨大的翅膀。在《百年孤独》这部长篇小说里，他写到阿卡迪奥遭暗枪后鲜血报信，血沿着凹凸不平的人行道奔跑，爬上街沿，左拐右拐，然后从自家的房门下面挤进去，穿堂入室，一直进了厨房，他母亲乌苏娜顺着血，才发现了儿子的尸体。还写那个贝雷卡只要一受惊吓就吃土，晚上呕吐出水蛭。还有一个令大家称道的情节，雷梅苔丝在晒衣服时，突然脸色透明，手握床单，冉冉升空而去。这不是胡编乱造吗？与他自己的说法自相矛盾。但他写拉丁美洲的历史态度是真诚的，从另一个角度——魔幻的角度，写出了拉丁美洲百年孤独的历史。

一个作家不应以虚假的情感敷衍读者，不应随意拔高他笔下的人物，人们对作家抱有敬意，是因为他说了真话，面对了现实。马尔克斯还说过这么一句话："真实永远是文学的最佳模式。"

野生的文学

现在我们的小说太循规蹈矩，有一种做作的彬彬有礼，使小说失去了它的野性，失去了原始的活力，在民间生活中诞生的激情，好像缺少山川雨露滋养的植物，小气，乖巧，没有那种喷薄而出的田野气息和大自然的光芒，更谈不上一种朴拙的、朴素的锋芒，就像是城市阳台上、客厅里盆栽的小花小草小盆景，修剪得清清爽爽，找不出任何毛病，可就是不能一下子感染他人。

如今，我们的心灵无不充满着痛苦和悲情，尽管生活安乐，但心中有无法解开的迷茫。在这个礼崩乐坏的时代，我们究竟如何自救进而救赎这个社会，如何自疗从而医疗社会的顽疾？就像二十世纪初鲁迅先生心中滋生的彷徨。我没有勇气像鲁迅先生在彷徨过后呐喊，但要医治自己心中的孤愤，为自己找到某种活着的真理，我算想明白了，只有走向民间和田野。在那里，我们可以获得那些自我感觉良好，其实是不死不活的城里作家们得不到的东西，让精神裹上泥土，承接雨露的滋润，让我们所渴望的东西在田野上栽培和生长，灵魂得到安慰，肉体得到休息，大口地呼吸新鲜空气，不再是城市的污浊和混乱，没有卑鄙和谎言，人获得他应有的尊严和感知能力，作品获得它的强健和真实性。就像印象派画家高更去塔希提岛生活后宣称的那样："在这里我进入了真实，与自然融为一体，在文明的疾病之后，这一新世界的生活是回归健康。"

我们的文学是需要一种健康的、向上的、具有提升人的精神品质的文学。小说虽然是虚构的产物，但仅有虚构的能力是远远不够的，作家是属于大地和原野的，保持你的野性和大地的属性，远离那些过眼云烟的时尚生活和时尚写作。必须痛下决心，我们的文学才有真正雄起的可能。

想象力

因为写得太像，离生活太近，我们无法在文学作品中获得更多的愉悦，这类作品数量占所有作品的百分之九十九。近几十年作家想象力的退化是惊人的。这一点上，我们没有古人优秀。以《山海经》为例，虽然它是一部地理书，也有称是一部巫书、一个神话故事集，但也有称是"小说之最古者"。其开篇《南山经》，说山上有树木，浑身发光，野兽有九条尾巴，有一种兽是人脸，还有一种兽也长人脸，长头发。有一种兽是雌雄同体，吃了它的肉人没有妒忌心。有一种禽鸟，长三个头，六只眼，六条腿，三个翅膀，吃了这种鸟人不会瞌睡。

《大荒东经》中讲海外有神人，长着人的面孔，耳朵上穿戴的是两条青蛇，叫奢比尸。这个地方有许多五彩鸟，说天帝常从天庭下界来与它们跳舞，天帝在地上有两个祭坛，是由五彩鸟掌管的。还说黄帝把一种长得奇怪的叫夔的神兽抓住杀了，用它的皮蒙了一面鼓，再拿雷兽的骨头敲打，响声能传出五百里开外。

古代文学作品对我们的生存环境，我们未到达的地方，与我们若即若离的动植物充满了好奇，充满了令人惊叹的幻想，因为有这些幻想使我们对这个世界更加喜欢，使得这个世界更加诱人。好的作品就是要亦真亦幻，哪怕来点儿胡编乱造吹牛上天。

再以我们湖北神农架出现《黑暗传》这本书为例。《黑暗传》的搜集者是我的朋友胡崇峻，它是一种丧鼓唱本，但被专家称为"汉民族的神话史诗"。看看它是怎么讲世界起源的。说通过无极太极之后，有四十八祖神仙动刀斧，山崩地裂，又经过大洪水，九州始分。说当时有个叫幽㵱祖，生下浦湜，浦湜是混沌之父，幽㵱是混沌之母，母子成婚生下一蛋叫混沌。混沌蛋里出世了混沌，还出世了五条黑龙，大抵经过很多代生出了一个叫江沽的，是个鱼形，但他出世把天下的水喝干了，于是四方去找水，后来一个神仙给他吞了九颗泥丸子，要他造水土，但他造的是黑水，黑浪滔天，天地于是又回到了黑暗。这时候出来一个叫盘古的人，把天地分开，有一个词叫"开天辟地"，说的就是盘古，说盘古是我们中华民族的老祖宗，但是这本书却把盘古前的事又想象出很久，提前到很多代。整本书都是这些瑰丽神奇的故事，且它来自民间的智慧。

古人对宇宙洪荒的漫漫想象，对人从哪里来，万物如何出现，天地如何创造，进行了让人瞠目结舌的假设，这在如屈原的诗歌中更是有华美壮观的表现。与其说这是文学，不如说这是一种人类天性的幻想能力。

旁观者

梁启超作为社会改革家，他的观点十分生猛，他在当时提出："欲新一国之民，不可不先新一国之小说。故欲新道德，必新小说；欲新宗教，必新小说；欲新政治，必新小说；欲新风俗，必新小说；欲新学艺，必新小说；乃至欲新人心，欲新人格，必新小说。何以故？小说有不可思议之力支配人道故。"

那个时代文学兼有政治和娱乐的功能，他把文学提到如此高的地位今天看来是一个黑色幽默。今天的人会说，文学与国家，与道德、宗教、风俗和人格有什么关系？但是作家作为这一行业的传承人，难道不应该继承文以载道的功能？但是现在文学好像是一个患了幽闭症的小孩和一个患了阿尔兹海默症的老人，成了在政治生活中沉默失语和与社会失去关联的孤鸿。当然，政治的起伏和变幻莫测，在他们进行合理的管制感觉到有些松弛时会猛拧一下发条，让大家慢慢遵守某种法则，就是远离政治的话语中心莫谈国事、文学向内走而不是向外走成为各自生存的法则，对政治社会敬而远之，不卑不亢，表现出一种古代文人少有的人情练达和世故圆滑的人格，竟然，这类作品大受欢迎。作家成了一批很"乖"的人，可以用文字与社会发生冲突，但在现实中，永远保持中立者和旁观者的角色。

当作家退出政治和社会生活之后，但读者却在现实生活那儿，如果寻找不到他们的精神导师，他们会转向另外的东西。比如流行小说、邪教、巫术、哗众取宠的公知、娱乐，等等。其实作家可以以作品告诉人民思考，传导民族精神的火光，这在过去时代作家诗人都做到了，在国外也有大量作家做到了，但在当下，作家已经无力做到。作家出现的情绪冰点和精神隐匿，无法提振读者对他们的兴趣。

与自然对话

喜欢古代文学的读者都知道，从《诗经》《楚辞》开始，我们的文学作品大都是与自然山川的对话,认为自然是大道,是大智者,所以提倡道法自然。在这方面每一个大诗人都有绝唱,经典作品太多,诗人作家们基本把自己与自然融为一体,什么"相看两不厌,唯有敬亭山",什么"举杯邀明月,对饮成三人"。屈原的作品,自比为芳草美人,常身上佩戴香草、兰花。后来有陶渊明"采菊东篱下,悠然见南山",到了唐诗宋词形成了对大自然讴歌的海量作品,至明代还有公安"三袁"的游记,堪称是对大自然描述和赞美的山盟海誓之作。

为什么文人对大自然如此钟情?因为道法自然是文学艺术的最高境界。另外,作家诗人在对大自然的书写中会获得天地的神示与灵感,最美的文学形成于对大自然的感悟,大家读读唐诗宋词、李白杜甫就明白了。

大自然有自己的道德伦理体系和生存原则,从来没有虚伪和谎言之类的东西,大自然的真诚与智慧、静默与宽厚都是人类所没有的。大自然的智慧超越人类,与大自然交流的感情可以突破语言、学养和身份的障碍。

张爱玲《倾城之恋》的男主人公范柳原是个海归,但在香港时找了一个叫白流苏的世俗女子,文盲,大字不识,两人没有共同语言,交流困难。认识后想爱却无法找到感觉,常在海边散步但无话可说。有一天范柳原给白流苏打电话,又没有话说,他看到了天上的月亮,就给她说,你看天上的月亮,白流苏将头探出窗外,看到了一轮明月,她回过头拿起电话,发现另一头的范柳原一声不吭,她便流起泪来,并且突然明白范柳原曾给她说的天荒地老是什么意思。你看,人与天地的相通,可以通过一轮明月,把两颗很远的心串起来。"但愿人长久,千里共婵娟"。人懂得自然,自然也有情感,"感时花溅泪,恨别鸟惊心"。

我们生活在一个没有信仰的时代,我在想,我们也可以到自然中去寻找我们民族最古老的信仰,万物有灵,我认为那是我们民族信仰的根。

优秀的作家大多住在城市,已经远离了自然,我们的触觉、视觉、听觉都在退化,对大自然不再依恋,因而根本就无法去细腻地体验、倾听和书写大自然。因而我们的作品普遍不美,作家几乎没有了对自然山川描写的能力。所以,当刘亮程《一个人的村庄》出来的时候,为什么如此受到欢迎,远比小说家的小说受欢迎,原因很清楚,这种作品太少了。人们需要这种作品的浸润,获得某种几乎失传的感应能力,认识我们祖先曾生活的古老家乡,找到一种来自田野的新鲜感,重建一种野草般的文学的活力和勃勃生机。

去圣化运动

互联网时代文化大规模的去圣化运动,是继二十世纪初期的新文化运动、中期的"文革"之后的第三次"文化浩劫",杀伤力巨大。这种与现代启蒙运动有关的去圣化造成的恶果就是浅薄、恶搞、简略和歪曲,这场以互联网摧毁中国残存的传统文化和文字尊严的浩劫,其中坚和主力为知识分子,也有一部分对语言有着天赋的年轻人。对经典诗歌恶搞,对成语恶搞,对古代诗人恶搞,对文学恶搞,而许多青年作家、网络写手,恰恰是用这种没有文化含量的、糟糕的、垃圾一样的文字进行创作,有些幽默已经玩过头了。但是,在民间,在乡野,在生活的底层,我们可能保持了传统文化的尊严,保存了传统文化的火种。

安静的阅读

现在的阅读由于是刷屏,会让阅读速度加快,不想读的"唰唰唰"就翻过去了,而我们传统的纸媒书籍阅读,会有书签,自己买的书会在上面做许多记号,写下许多阅读笔记,还会回头去阅读已经读过的章节,体会前后的意思,把好的地方折上,以后翻开会永远记得那最好的段落与句子,如果你有了这本书,那些发黄的纸张会记下你青年时期的思想和成长。但是刷屏时代的阅读,读过之后那些东西全然不见了,阅读最重要的记忆是对书籍的记忆。

一部经典作品是要用连贯性的情绪来阅读的,要有耐心进入作家描写的世界,感受那离我们比较遥远的过去的生活气息,替那些与我们毫不相干的人物悲伤和欢笑,为他们的命运揪心,这种丰富的情感体验,会成就我们的人生,使我们变得通情达理。而在网络和微博微信上,只能把你培养成一个与世对立、充满戾气、顽固不化的愤青。

今天,文学世界不是吵闹的商业性在威胁和蚕食,而是我们自己放弃了一种伟大的充满尊严的读与写的传统。人类在"诗意地栖居"的精神梦想中,用文学和艺术打开了心灵创造的空间和诗意想象的空间,今天我们仍要继承这一传统。伟大的作品总是能诞生的,历史并未终结,但是对于更多的人来说,与其在做梦和等待中,在网络迷惘和精神的缺氧中,在寻找灵魂的荒原上徘徊,不如马上拿起那些时间证明已经是伟大的书来,开始我们安静的阅读。

乡土传统

中国文学的乡土传统历史悠久,这表明中国作家对土地的偏爱,对乡情的迷恋,对农耕的陶醉。这没什么不对。二十世纪八十年代的批评家就警告说中国的先进符号在城市,农村是注定被淘汰的落后对象,作家要适应新的变革,紧跟时代潮流。事实证明这种论调是对中国的无知,是对作家复杂情感的无知。为什么有这个传统?作家为什么如此固执,并且有越来越多的好作品在乡土上闪光?这与写作这个职业有关。写作者是手工业者。这种手工操作的特性是人的最原始的劳动,跟田间劳作无异。这就注定了作家的恋旧本性。乡土是恋旧的归宿。作家写作的对象从来没有先进与落后、时尚与土气之分，恰恰相反，作家应该逃避先进与时尚，成为传统的紧守者。乡土文学题材在中国不会消失，也不会衰落，只会更加强大。

热爱山野

我其实是个野孩子，跟所有乡下的孩子一样，是在露天生长的，在忍饥挨饿、在风雨雷电中摸爬滚打长大的。十四岁见到长江，我十六岁看见电灯。冬天下雨下雪上学打赤脚提着布鞋去学校。后来又在水运公司干过五年。到了武汉大学求学时，我除了冬天穿鞋袜外，其余三季都是拖鞋，去见刘道玉先生也是拖鞋。我以为这是正装，从没意识到是教养问题。他们说是教养，我说是习惯，因为我从小到大就是这样生活的。我从小性格内向，关注的东西不是人，而是沉默寡言的动植物，后来我到了神农架，重新唤醒了我的关注，如果不从事写作，我依然会热爱山野，依然会经常跑山里去。再后来我又到家乡荆州挂职，每天田间地头，简直太开心了，把我童年少年的记忆全唤醒了。一个人去哪儿，完全是小时候兴趣的驱使。所以我的作品中大量出现自然山川是很正常的。作为一个写字人，我比许多写字的幸福，因为我不仅认识还能书写野草和其他庄稼植物，我的作品中有大面积的自然气息，这只能说是老天对我过去乡下贫苦生活的补偿。我写自然山川是非常投入的，有一套自己的表达方式。

大自然的生生死死十分神秘，也十分热闹，生与死很近的例子是我们那儿出门就是坟茔，许多棺材是开裂的。我们上学路上要经过一座乱坟岗子，男孩子们越是不能做的事越要做，越是恐怖的地方越好奇，比如我们就干过用棍子去棺材里捣死人。到了晚上，没有电灯，四野漆黑，鬼火遍地。没见到鬼的人很少，不谈鬼的人没有。在我们那儿，没有鬼的世界是寂寞的，人和鬼混居在一起。所谓敬天地敬祖宗，就是敬鬼神，你敬鬼神才能爱亲人爱世界。楚人好巫鬼，说的就是荆州人。荆州人对巫鬼的恐惧是与生俱来的，每个写作者的来路不同，我所谓喜好的神秘感，不如说是我心底的恐惧感作祟。我如今依然没有走出我少年时对世界整体的认知。比如我出差一个人住时，必须开灯睡觉，必须放一把刀在枕头下。我特别恐惧黑夜。我还有一整套退鬼的办法，是小时候大人教的。这也许是出生在北纬三十度人的可笑宿命。写作就是表达你对世界的看法，这些年，我老感到我笔下有一种恐惧感在左右着我。大自然包括鬼魂都以各自的方式存在着，万物都应该有它的自由，扼杀他人的自由是不对的，万物都有尊严，欺侮他人必遭报应。对万物的歧视、压迫与戕害，都是违反天理的。众生平等，万物至善，而人欲最恶。

乡村小说

我的作品也许算是原乡小说，但我不怀旧，没有"近乡情更怯"的焦虑，也没有"想象的乡愁"。我想对当下说话，是因为我了解当下。不了解的才说直接介入不对，因为他没有介入的本钱。鲁迅的作品也是介入的，但他是对民族整体的剖析，对国民性的全力批判，比现在作家更偏激、更愤世嫉俗。现在的中国乡村，底层人不是某一种国民性的符号，也不代表麻木、苦难、贫困、愚拙。当前社会风起云涌，风云诡谲，牵涉一个中国向何处去的问题。我希望我的小说具有田野调查的风貌，也有田野调查的尖锐、深度，但它更是作家对前途未卜的故乡的思考。乡愁漫漫，我不想用写作来抵抗岁月、战胜过去，也不想把笔尖对准农民。当下的乡土小说视野应该说比较宽广，叙述比较冷静，剖析较深，直冲病灶，在艺术性上经得起时间颠簸。这是因为，描写乡村的笔，与上辈作家完全不同了。

野路子

我是个内心万里长、现实原地转的人。但我同样追求内心和现实的山长水阔，柳暗花明。作家张扬内心，但他是借着山河的种种气流来托举他文字的翅膀，泼泄他翻滚的情怀。我喜欢悠扬嘹亮的表达，我喜欢散发弄扁舟式的写作姿态。但我也不是那种荤腥不忌的作家，讲究文章的法度，语言的规范，从不逾矩。我写诗十年，对语言的训练十分严格十分有用，后来转写小说，是因为小说的疆域广阔，其难度是诗歌不可同日而语的。就像维特根斯坦讲的，我们每个人都在语言到来的途中。但并不是每个人都有文字表达的灵性和野心，我对自己要求是非常苛刻的，我对语言和文体进行不停的尝试，不断地抛弃过去。我偏执于变化，爱好鼓捣。对新的语言、语感带来的新气象有畸爱。重复自己没啥意思，人家知道你这样写了，再这样写只会让人生厌。要让自己获得各种各样的生命形态，最好是一个百变的"邪恶者"。我私下认为，文字写得越野越好，写作要走野路子。写作是往荒无人烟的地方去。

偷渡

给了我震撼的我相信也会震撼别人，给了我营养的也会营养别人。只要不无病呻吟，不投机取巧，不夸饰，不编造。我认定了的真实的感觉是要拼命抓住并写到底的，真实也需要良心的发现，要有表达的勇气和技巧。写作远没有那么简单，不然只要一个有良知的记者就可以漂亮地完成作家们的工作。如何用文学、文字讲述一座山不是一件容易事，我经过了苦苦的思索，进行了充分的准备和试验，尝试过各种方式，后来慢慢找到了感觉。我在写诗的过去阅读和模仿大量西方现代派诗歌的表现方法，对我把握如今小说的叙述节奏、音乐感、语感很有作用。其实讲述就是一个表达方式的问题，加上你对语言的不停筛选和调遣的能力，使得你的讲述和别人的讲述质地上完全不同，你有可能打动更多的人。我就是写当下，也不会去一根筋地奔向主题，你既然写了这件事情，题目都明确了，读者比你还聪明，一看就明白了，那么你就要在叙述中把读者引开，要有许多游离性的东西让时间和读者去参与。你的这个东西，比如是要揭开谎言的，是要刺向黑暗的，其实刚开始大家就心照不宣，心知肚明。接下来有足够的时间和章节，进行别的偷渡活动。你的主题可以适可而止，但你的表达却要尽心尽力、尽善尽美，有十八般武艺用十八般武艺。没有人拦着你，文字全在你的手心里。很多时候，我们给自己戴上了枷锁。

我还有一个说法：离现实近一些，离现实主义远一些。

沉重的词

我写的，是我生活过的神农架，不是想象的神农架和他人强加于我的神农架。是我热爱的神农架，不是专供我写作的神农架，那里有遍地的我热爱和醉心的人与物，不是让我写一些奇形怪状的人。有些人把故乡或者某一地当作写作资源的疯狂攫取对象，仅仅为了"展示"现实的丰富性，小说里人物穿梭，千奇百怪，以为这就是马尔克斯的马孔多和福克纳的杰弗逊。殊不知，故乡有很大一块是存放感情的，是要保护的，不是要开发的。你写的地方有一半是保护区，一半才是开发区。只管不问青红皂白一通乱写，把故乡糟蹋得一钱不值，那里没几个好人，全是歪瓜裂枣，鸡鸣狗盗，那里就像是一个菜市场，人来人往，熙熙攘攘，你写了一百篇，让读者对你的那个"地方"没一点好感，没一点好印象。故乡是一个沉重的词，也应是一个沉醉的词。要有大感情的投注，要保持敬畏，你笔下书写的地方哪怕是地狱，也要先用自己的体温熨热了后再写。

写作是向世界示爱

理解某一个地方，是要进入，出来；再进入，再出来。靠近，远离；再靠近，再远离。要有几个回合才能行。这跟揉面一样，不是一蹴而就的。贴近，也要远视。所以略萨说，他只有生活在巴黎的时候才更能真正地理解秘鲁。我是在城市生活了三十年才开始愿意理解过去乡村的意义。也只有当我意识到我还算是个知识分子并且不太犬儒主义时，我才能更深切地同情并认识底层。

我只能与我身处的世界对话，这个世界是实在的，充满了喜怒哀乐。作家不是轻松物，他天生是捍卫真理的。他的生活表面可能比较平静，但他的内心会时常翻腾，并要时时压制自己的冲动，否则，他会成为疯子和异端者。但是写作，要把这种内心的影像表现出来，通过对世界的爱恨情仇，非常细致地、纤毫毕现地来展示笔下的"这一个"世界。我认为我写作是向世界示爱，是向远方我的描写对象示爱。我渴望听到回声。

义愤永不过剩

所谓写作经验，就是把日常生活经典化。我不喜欢复制生活，不喜欢鸡零狗碎，不喜欢信手拈来。我的方式是大起大落、大刀阔斧、黑云压城。要把日常生活经验转化为文学经验，看起来是一次神奇的艺术裂变，但好作家知道哪些能入作品、哪些不能。文学的边界与日常生活接壤，作家才有可能成为越境者。文学是一种语言的社会模型，语言相对于其他艺术门类，有直接发言的便利，接近我们的政治空间，而且是一个相对的独立区域，有着极大的自治优势。文学拥有的权力可以直接面对政治的黑暗与谎言，语言的独立性造就了作家精神的独立性。

一个作家，义愤是永不过剩的，这是萨拉马戈说的，当世界需要批判观点的时候，文学不应该绝世而独立。

阅读与影响

小说没有很深的成见，自创一派，英雄不问出处，最好是，生来你就有文学天赋，横空出世，是从石头缝里炸出来的。你是苏东坡转世，或是曹雪芹投胎。但我的写作的确得益于西方文学。二十世纪五十年代生人，在文化断裂和毁灭的时代中出生与成长，读书甚少，特别是我们这种生在偏远乡下的人，没有饿死就是上帝的垂怜。在动乱和下放中颠沛流离，在狂热的政治煽动中认识世界，在荒诞的革命风潮中横冲直撞，在无望的青春躁动中死里求生。贫困、迷茫、挣扎、歌唱，书是最大的奢侈品。但是，上帝让我们赶上了一个时代的坍塌，在废墟上拥抱西方文学。我是一个被时代裹挟而走进文学的人，我从小的爱好是绘画，我最初购买的东西是笔、颜料和画册。后来我写诗，西方的许多诗人给了我影响，我喜爱的诗人有艾略特、埃利蒂斯、聂鲁达和非洲的桑戈尔。一些美国自白派诗、英美意象派诗，法国和意大利二十世纪的一些诗人的作品我也很喜欢。写小说以后我读了很多外国作家的小说。因为中国除了几部明清小说外，好小说不多。虚假成了许多小说表达的主流，没有个体内心的活动，没有丰富复杂的情感纠结，思想单一，形式老旧。是这些文学包括政治说教逼着我们走向海德格尔、尼采、叔本华、弗洛伊德甚至萨特、加缪，然后自然而然地向西方作家靠拢。后来又有福柯、罗兰·巴特等的思想引导另一批人向另一类西方作家靠拢。不过我是有选择性的，不会都爱。现在想起来对我有影响的大约是：伊巴涅斯、托尔斯泰、左拉、陀思妥耶夫斯基、卡夫卡、博尔赫斯、福克纳、海明威、斯坦贝克、马尔克斯、卡里埃尔、让·吉奥诺、卡洛斯·富恩特斯、阿斯图里亚斯、胡利奥·科塔萨尔、巴别尔、安妮·普鲁、阿特伍德、欧茨、赫塔·米勒、卡佛等等。对我影响最大的应该是伊巴涅斯、斯坦贝克、海明威、索尔·贝娄、卡里埃尔、让·吉奥诺、卡洛斯·富恩特斯、阿斯图里亚斯这几个人。他们的小说不太进入潮流，但都比较硬朗，情绪充沛，经得起反复细读。他们的小说都是贴地小说，有强烈的大地味道，热气蒸腾，羽翼庞大，可以遮蔽阳光，有自己的阴影。他们的小说就是鹰，有俯瞰大地、君临一切的视野，有向下俯冲、卷起风暴的力量。

我的古文功底还算可以，这保证了我语言的够用，有一定的古味古韵，因为词汇贮存丰富，可以游刃有余地穿梭其间，并且时刻怀有创造新的语言的企图。我不太在意文体的束缚，有可能把小说写得像散文，把散文写得像诗。我认为只要语言好，人们不会在意你的形式，小说？散文？诗歌？我有时不说我写的是什么，我写的就是文章。好东西应通称为文章，不分文体。我想在以后的长篇小说中进行打通文体的尝试，我说的是三界游走，不是故意把小说写成诗，把诗写成小说，这也没什么意思。要随意，率性，自由。另外，传统文学对我的影响还来自我的古代老乡——晚明的公安派"三袁"，特别是袁宏道，他对我的影响是写作态度的影响，到了近年我越来越感到他的伟大和不易。读他的任何作品，包括尺牍信札、一篇小品，他那种往死里写的劲头深深折服了我。我认为他有明确的写作目的，这就是：哪怕与友人通一次信，也要把它当作传世之作写。没有潦草的，没有敷衍的，没有应景的，写文章可是为天地立心的大事，是神圣的事，是侍奉神灵，要对一字一句保持圣洁的尊敬，小心翼翼，不能有丝毫亵渎。现在我对文字有了敬畏，至少态度绝对的端正，不会轻易使用文字，只要使用，一定要保证是最好的，不得罪先人不亵渎神灵。文字的出现本身就是神灵的暗示与恩赐，不然当初仓颉造字，为什么天雨粟、鬼夜哭呢？难道我们不应该慎重虔诚地对待我们使用的文字吗？仓颉就是根据天上星宿和地上山川脉络的走向来造字的。"观奎星圜曲之式，察鸟兽蹄爪之迹"，因此文字含天地之规，后人不可贱用滥用。

小说的核

小说的一个核就是故事。故事对作家非常重要，也许批评家不这么认为，认为故事是通俗作家的东西。纯文学写人物，写心灵。但对于一个写作者，可能故事很重要。又遇上了一些奇怪的风俗，与你过去庸常的生活反差很大，这种远，既是心灵的渴求、补充，也是写作者对新世界的拥抱和认知。假如它给你提供了一些非常有意思的故事，为什么不可以写呢？何况，一个好作家，他知道怎么把一个故事赋予更多的内涵，写得更加文学化。距离的远，心灵的近，我得到的是这样的东西，它与我的心灵碰撞过，与我的心灵是贴近的。纵然山重水复，千沟万壑，颠沛流离，而路途的遥远，更有陌生世界的神奇，这对作家是一种大补品。

你写这个人究竟要多远？究竟要去寻找一个什么东西？其实寻找的是一个曾经与你的内心很接近的人，一个曾经与你的生活很贴近的人，看起来很远，其实就是我们身边的一个普通人，一个小人物。他与你的生活有天壤之别的远，又与你的内心血肉相连。他卑微，他内心的悲苦，他的善良，他的牢骚，都可以在你的生活中找到。他的所有感情，其实是你自己的感情。你要贴近他写，当我写到他不可理解的孤独，我就让他接近我自己的内心。这个过程就是把陌生化转换为亲切化。用一句话概括就是：题材有多远，心灵就有多近。

小说的重量

这个作品好不好？丰富不丰富？实际是它的容积够不够。这个作品单薄了，轻了，就是不够。我们这个时代已经不能用简单的书写来征服读者了，小说将越来越重。网络文学往往都是轻的，我们需要重的文学。二十世纪六七十年代的作品，都很单薄，因为那个时代只需要这样的东西，文学是一个时代的产物。现在都市浮躁，信息膨胀，你不能用重的东西去征服它，你想用飘逸轻灵、不痛不痒的东西去征服别人，我觉得已经完全没有可能。网络小说是轻的，是丝织品，而纯文学是用金属铸造的，重金属，放在那儿，你撼不动它。

小说的重又不能与新闻比惨，小说是写心灵的，新闻是写事件的。

在文学当中，杀一个人与杀一百个人没有什么本质区别，没有轻重之分，全在于你怎么写，你怎么把它写透。这个人死与没死并不重要，重要的是，你把社会解剖开了，所谓刀刀见血，是在于你下手的精、准、狠，不见得你非得割人的头才叫重。写小说不是比残暴，虽然作家总是在他的小说中杀人。但是，一个好作家决不会在他的作品中去滥杀无辜。一刀下去，是一件天大的事情，你必须用艺术精细地证明是应该的，你必须敬畏这一刀的善恶美丑。

写作的过程是限制一个作家野心的过程，节俭你膨胀的写作欲望，从内部出发，而不是从外部出发。一个作家他总是滔滔不绝地想去表达，想让人看到他是个庞然大物，最后看到的是一个充气人，看到的是浮肿虚胖，《变形记》是让自己变小，小到一只甲虫，但这只甲虫比许多巨兽更有力量。

好的作家都有这样一种能力：化腐朽为神奇，点石成金，以小事大。还有一种能力，就是四两拨千斤。法国作家皮埃尔说过这样一句话：写作就是把庸常的深渊变成神话的巅峰。

伤口和作品

文学的成长惊心动魄，要在滚水里、咸水里、脏水里浸泡。强大自己才能得到他人的尊重。有的人霸气外露，有的人很会收敛，像谦谦君子，从不臧否他人。但他的内心如何狂妄，我们不去管他。当他真的出现时，总是会谦逊的，因为，他知道他站住了，作为一个事实，你不能否认他的存在。他那时候的谦逊是真的，他已经知道，他可以做得更好，因为他已经做得很好了。他知道了路，他走到了黎明的原野，花香满地，清风拂面。就算是一个人，他能孤独地享受这一切，该是何等的美好和惬意。这个过程不是想象得那么容易，也不是想象得那么漫长。对我，是太过漫长了，漫长得像煎熬，慢慢地，你把文学当作了你身体的一部分，仿佛伤口的愈合。——伤口和作品在五笔里是同一个代码。也就是说，你写一部作品，就是在往自己身上捅一刀。因此我说，文学可能是一种基因，鲜花和坟墓共存，鲁迅先生在《过客》中写过，有人在这条荆棘丛生的路上跋涉，血都流干了，恨不得喝别人的血止渴。有人看到的是鲜花，有人看到的却是坟墓。但是对于基因，前方是什么完全可以忽略，鲜花也好，坟墓也罢。大马哈鱼游向出生的地方产卵，明知是死，你能够阻挡它吗？

抛弃传统

说到底，文学是一种自我修养的优雅表达。有一种很深的偏见，一个青年作家不尊重传统就是狂妄，就好像他走不远。尊重传统，它是放在那儿，放在那儿就是鬼了，鬼不要再出来吓人了。顶多，他就是个神主牌，写作不要神主牌，文学没有什么好继承的传统可言。一个有想法的作家，不要太在意人家怎么议论你，也不要去跟人争论文学问题。好的作家对文学问题一定是沉默的，尽管把你的想法变成作品，越快越好。守住自己的嘴，让别人去议论吧。文学无对错，文学问题从来没有争论清楚过。争论何益？那些作家慷慨激昂、唾沫乱飞地争论文学，都认为自己掌握了真理，真理你有了，作品没有，你存在吗？好作品才是真理。文学只信作品。你这也瞧不起，那也瞧不起，你的作品呢？你出了书，发表了一堆，那不算真理。所谓真理，就是站得住的，不是当面夸你的，而是背后服你的。

文学究竟是什么？文学本来属于奇技淫巧野狐禅一类，没有什么规矩，是从山野里蹿出来的精灵，你悟出来了，成了精；悟不出来，成了鬼。

为顶尖的人写作

好的作家是把心挖出来放在一篇作品里，一部作品就是一座炼狱。一篇小小的散文也要把自己的心投入炼狱里去炼。一个好的写作者从来不与俗共，从第一行开始，就要亮出他的反骨。如果说我受过传统的滋养，那只能是中国的文字语言，它的铿锵有力，它的简洁爽快，它的美，我倒是要深入研究的。但你也不能顺着用，要逆着用，要重新锻打。你再写"拍遍栏杆无人问"？再写"灯火阑珊，秋风萧瑟"？要你存在干什么呢？我是不会这么写的，我写的是"草色阑珊""秋虫嘀咕"。所谓语言，是你自己在说话，上帝让一个人只有几十年，让你出生在现在二十一世纪，肯定是有用意的。就那些话，那些语言，古人用过一千亿遍了，你不是古人，不是词典，你是你自己。一万年一千万年才出一个的你自己。

有一些人是对大众发言，我是对一个人发言，对一个人讲述。最后的结果是，别人喜欢我这种讲述。我写作的时候，面对一个虚拟的人。这个虚拟的人是我旷世的知音，是我一辈子讲述的对象。

我的写作姿态是强烈反传统的。从构思开始，从提笔开始，就要反传统，拗着来。分析起来，一个作品，什么深刻啦、境界啦、思想啦，这不是最重要的，写作也许跟这些扯不上什么关系。写作就是你说话很特别，你的叙述很有意思。我不希望一般的读者喜欢就是喜欢,我要的是非常高层次的人喜欢。我是为顶尖的人写作,一般的读者自然会喜欢。

奴性

我们深知过去写作的虚假、做作。这种虚假的、很好骗人的文学在几十年前的那个时代就埋下了祸根。还可以追溯得更远。那时候的人比较单纯,文学意识形态标准化。人心因为几十年革命已经异化得千疮百孔,一个个傻乎乎的。我们就是在这所谓的文学传统中不知不觉地接受了它的规则。这个暗藏的传统像神奇的手,至今在左右着我们的文学,在神不知鬼不觉中扭曲着我们的正义感、良知、想象力和创造力。过去文学的总体存在,就是歪曲文学。于是文学歪曲了生活,歪曲了人心,歪曲了文学的视点,歪曲了读者的阅读。最后,让大众厌恶文学,远离文学。

我们的内心隐藏着一种很深的奴性,从三年级做作文开始,就逼着你讲假话,抒假情,开会发言表假态,唱假赞歌,献媚,谨小慎微。这会自然而然地让文字变得轻薄,内心变得轻佻,学会了算计、取悦,实用主义的假话,实用主义的待人。当一个人学会了谄媚政治生活后,他所有的谄媚就是轻而易举了,就是心安理得了。当然,他不满意,他会反抗,实用主义的反抗,不是为真理,而是为他内心的落差,甚至铤而走险。

机趣

文学就是野狐禅。文学本无文体。我自己写成什么就是什么。我把文字堆砌成我自以为的漂亮结构，是我心中想要的，这就是文体。

我说的文体跟教科书上的有区别，我说的是一种写作状态，牵涉技巧、语言、形式等。我喜欢的一个词叫"机趣"。这个词在电脑上没有，证明人们不太关心这种说法。但我喜欢小说的机趣。散文诗歌也一样。

写作本来是件好玩的事，千万不要当真。机趣不是游戏，机趣是一种高境界的随心所欲。用一个俗词就是——有味。小说要有味，散文诗歌也要有味，说机趣更准确。你的语言机趣吗？你的结构机趣吗？你的表达方式机趣吗？我再简单地问你，你说的有意思吗？当你正儿八经在那儿抒情、在那儿揭露、在那儿描写的时候，上帝和读者在你背后发笑。当你跟其他人一样，用了别人千百次用过的人名——什么张小芳啊、李二霞啊、刘大秀啊在那儿写乡村的时候，你可不可以换一种思维，叫他们李臭、王鬼、刘脚、张瞎猫？最好叫二百五、三百六。你的语感是什么，你的人物的名字就是什么。我这是举一个例子。换一种思维，换一种活法。不过，按你们那些写法，叫二百五、三百六也很滑稽。你若傻傻地问：他叫张瞎猫，是谁给他取的名？是不是诨名？是不是瞎了一只眼？这是小说，兄弟，你不要交代得那么清楚也不要追问。小说就是好玩儿的。他在我小说中就叫张瞎猫，没有为什么。你就写：张瞎猫是村长，张瞎猫有两只贼亮的眼睛。"但是大家喜欢叫他张瞎猫"，这句话就是多余的。如果你再加一句：张瞎猫是他的绰号，老百姓因为讨厌他，所以就叫他张瞎猫。完了，没意思了。

创建符号

如果这个作家没有一个与之对应的符号，不客气地说，这个作家是不存在的。他可能在我们的面前晃来晃去，可以看到他的许多消息，他也有许多作品发表、转载和出版，甚至比别人发表出版得还多些，一年写多少短篇多少中篇，但是因为没有符号，他的形象是模糊的，没有一个让人聚焦的东西，不能让人通过提炼和归纳，成为一个简单的代码。独立存在的方式就是符号，虽然你被概念化、抽象化，但你作为清晰的存在，他人不能否认。你飘忽的影子，模棱两可的定义，让人费尽心思猜测你到底属于什么，是什么，到处寻找你存在的证据，抓不住你。一个符号，就是一个作家一句话就能说清楚的东西。他写得很血腥，这是符号，他写了神农架，这是符号。一个作家，对他最好的评价，就是这是个有符号的作家。当然这个符号是被文坛承认的符号，否则不叫符号。

符号是一个宿命的东西。哪怕你写了很多别的东西，你写的东西比你这个符号更多更好，但会被他人忽略，你会感到委屈，有了符号之后，也许以后写的毫无文学史的意义了，只能不断地证明一个人的写作能力。但一个作家，是为了写作而存在的，他不会考虑太多。他只会不停地写，直到他离开这个世界为止。

符号简单，但作家围绕这个符号做出了巨大的努力，他是受了伤的，他是流过血的。这个符号应该做到的，他全做到了，一个村庄，小到一只蚂蚁，大到一座山峰，全被这个符号所包含辖盖。符号有巨大的指向意义，也包含了很宽阔的东西。

如何创建符号？我认为要紧守一个地方，往深处钻，不搞浮光掠影的写作，不搞全景式，不搞说天天知道、说地知一半的百科全书式的写作。年轻作家因为知识面的丰富，比上一辈作家胆子大，什么都敢写，什么都能写。但他只能是个浮头刁子，大鱼扎得很深。大鱼知道水很深。文学的水是很深的，有敬畏，不会什么都写。有所为，有所不为。

乡土与本土

在托尔斯泰和陀思妥耶夫斯基的时代，或许没有像如今这么多的文学名词和概念，把作家折磨得鼻青脸肿、无所适从。那时的作家只是想尽情表达他的理想、表达他的世界。但是现在，随着全球化时代的到来，强调视野和哲学深度。在"世界性"的蛊惑下，人们转向本土经验寻找属于自己的世界性元素。作品的自我意识愈加膨胀，每个人都企图在自己的脚下征服全球的读者。中国作家在三十年来，受到的影响主要来自美国的福克纳和哥伦比亚的马尔克斯，这两位作家以狭小的写作空间成全了他们成为世界性作家。在一小块虚构的土地上书写一个时代，或者一个地域，或者一部历史。在中国，莫言的道路助长了作家在世界格局下的本土意识，刺激着更多的作家效尤，这股潮流方兴未艾。

本土，是针对世界而言的；乡土，是针对城市而言的。对中国的作家来说，这两方面都至关重要。这是一种觉醒意识。这表明，当代作家知道在使用本土语言和故事的时候，能找到不同肤色、种族和年龄的知音，写作的野心变大了。本土小说是写给本土之外的人看的，乡土小说是写给城里人看的。

对我来说，本土是乡土的外延，而乡土才是本土的核心。

我这些年虽在城市，却尽量躲避城市，我的乡土意识是在城市的生活煎熬、冷漠、亢奋、混乱、无情，在浓浓的终年不散的雾霾中被唤醒的。

我写的是中国中部湖北省的一个山地，叫神农架。对此我有持久不衰的热情。我喜欢她的高度、遥远、鬼魅氛围、偏僻、寂静、美丽、阔大、捉摸不透，还有时时撞击着我的想象力的传说与神话。我书写的对象离我内心的渴望越来越近。乡土是我的梦境。但因为时代赋予了乡土另外的含义与隐喻，她的象征意义已经完全超越了"乡土"的本义。除了是我们的梦境，也是我们书写的现实，而且是非常真实的现实。不是怀念，不是乌托邦，是当下社会烟尘滚滚、热气腾腾、善恶争斗的前沿阵地。因为乡土是底层的生活，是社会弱势的一方，对于作家来说，它代表的是一种价值取向、一种精神向度的关注，接近于文学的本质，我们国家向何处去这样一些重大的命题。底层是我们国家历经改革三十多年之后的一碰即痛的创伤，有着许多难忘的挣扎、守望和坚韧，美丽动人。

我比较喜欢山冈和森林，也喜欢峡谷中的河流。喜欢群山之间的阳光与雾气，更加喜欢即将沉入黑夜的夕阳。喜欢农民、庄稼和畜禽，还喜欢野草，喜欢在树影和村庄之上的月光，喜欢那些不声不响地让人头脑清醒呼吸畅通的风。喜欢他们用很偏远的方式演绎的生活。在我看来，他们虽然不是这个世界的主角，但是是文学的主角。他们虽然穿着古旧，但是作风正派。可以和作家做局，充当作家的"托"，在繁华世界隐匿、消歇和疲惫的尽头，成为文学中重要的、正式在夜半上场的人群，就像传说中的众神狂欢。

一个作家表达他对世界的看法需要有一个假托的场景，这个场景对他来说，是可以调遣许多熟悉的人和物的。在这里，他可以获得鲜活的、让人信服的帮腔。所有的环境就是他的世界，为了写得更像真的，他有时候必须让故乡说谎。故事也许不发生在自己的乡土之上，写作者内心的语言却是真诚无欺的，他的坦诚是应该得到尊重的。为此，故乡是他最好的"托"。

乡土的一切包括恐怖的字眼也是美好的，特别成为文学之后。比如坟地、鬼魂、荆棘、泥泞、黑夜、小路、荒芜……我喜欢将作品泡在泥土和野草之中，让文字表达在沼泽中跋涉，踩着气味浓烈的腐殖质艰难行进。并且在写作中带着一点点自己制造的恐惧，与那些遽然出现的山川和人物相遇。写作是充满惊喜的事情。因为我并不是太熟知他们，所以我会创造机会与他们交谈和生活。让他们出现在那些几乎绝望的环境里，成为绝处逢生的奇迹。

中国作家对土地的偏爱似乎更甚于其他民族，可能是土地在这个人口众多的国家显得特别金贵。加上城市对农民的国策性歧视，城市扩张对土地的掠夺，逼得农民退守到最后一小块乡土，在那里喘息、生存与终老。对乡情的迷恋，对农耕的陶醉，是许多中国作家的嗜好。二十世纪八十年代，批评家们就警告说中国的先进符号在城市，乡村将注定衰败和落后下去，乡土写作是一种过时、落后、陈旧的写作，作家要书写城市，紧跟时代潮流。事实证明这种观点是对中国的无知，是对作家复杂情感的轻视。为什么乡土不屈地在中国作家的作品中闪光？有多种原因。但这也与写作的职业非常有关。写作者是手工业者。帕慕克说写作是一门中世纪的手艺。这种手工操作的特性是人的最原始的劳动，跟田间劳作无异，这就注定了作家的恋旧本性。乡土是恋旧的归宿。作家写作的对象从来没有先进与落后、时尚与土气之分，恰恰相反，作家应该逃避先进与时尚，成为传统的紧守者。

我知道，俄罗斯作家们——无论是十九世纪还是二十世纪的作家，不经意中就写出了俄罗斯大地深厚沉重的苦难，这完全源于作家的良知和悲悯，是他们对自己国家和大地的热爱所致。我到过托尔斯泰的故乡图拉和他的雅斯纳亚·波里亚纳庄园，他对土地和人民的热爱让我感动。他说过，我的愿望是脱光了衣裳在田野上耕种。

我自己，也希望在大地的气息中老去，因为我的生活脱离大地太久。这种气息对出生在乡村的写作者，就是精神和力量的支撑，并且可以安放他的灵魂。把乡土搬运进作品，就像把我们一生的智慧搬运进作品。

热爱行走

我热爱行走，这是我写作的另一半。我特别喜欢山区，也喜欢平原。

我的喜欢对于一个生活在大城市且与乡村失去联系的人来说，是一个巨大的障碍，而且我还是一个特别"宅"的人。但是，我偏偏就喜欢在山乡行走。

在神农架，我冒着与人打交道的尴尬，挺身而出，在那儿找到了两位"走"友。山里实在危险，失踪于神农架的人不少，没有当地朋友的陪伴，你是无法深入到深山和森林中去的。在神农架，我的行囊中有两样东西，一是电筒，二是弹簧刀。这是行夜路和护身的必需品。另外什么打火机、维生素丸子、消炎药、活力碘、绑腿都是随身携带的。后来，朋友还送给我一个睡袋。但，我喜欢住在山区农民家里，听他们讲故事，睡袋用不上。

我喜欢在行走时记日记，但回到城市就不写了。每天在乡下，我能写到几千近万字的日记，这是一种不让自己偷懒的良好习惯。再怎么累，我的日记是一定要写完的。从早晨到晚上的最细微处我都要写下来，下雨、刮风、下雪、阴天，我要写得详详细细；农民家里的一切我也要全部记下来，每一个家里的感受不同，也得记下。这种对景物的强大描写能力，是我在乡下行走练成的。照片固然重要，但当时的许多闪念是要用文字记下的，否则稍纵即逝，永不再来。我对景物的描写自信来源于我的日记，而且我的观察能力也越来越敏锐。

说到在农民家住，碰到过许多好玩也不好玩的事。在神农架有脱鞋留客的习俗。去了客人，是一定要留你过一夜的。这是一种古老的待客之道。让你好吃好喝，还得过夜。如果你执意要走，就强行将你的鞋子脱掉藏起来，让你赤脚。山路何等坎坷，石头扎人，没有鞋子不能走路，你就只好乖乖在他家过夜。碰上好的，脱你一只鞋，你也没办法。这是感受农民情感的最好时机。但是深山农民并不富裕，首先，为防虱子与跳蚤，必须脱光身子睡觉，衣裳要放离床很远。就算没有虱子，有一次我的身上爬满了一种苞谷虫，叫什么名字不知道，就是陈年苞谷里生的虫子。因为半夜痒得难受，打开电筒一看，床上全是这种虫子，放苞谷的木桶与床是挨着的。毛巾是自带的，但脸盆不能带，只能用山民的。有一次去山里几天，回来发现脚丫奇痒，一细看，脚丫全烂了，患上了脚气病。

但是得到的比失去的多，他们会给你讲故事，这种"围炉夜话"（他们自己生的火塘），可能比外祖母的故事更精彩。我的小说大多是在这种深山里的"夜话"中得到的灵感，小说肯定会带有深山老林的气味。

我还在神农架最高峰的瞭望塔里睡过，是为了感受一种近似洪荒中的心境。在这样的夜里，我看到了世界上最繁华拥挤的星空，看到了最明亮清晰的银河。半夜出去小解（因塔内无厕所），感受到了那种最深的恐惧、空旷、寂静、荒凉、无我和无他，那种伟大的夜晚里我的心灵与天地产生了相合的暖流。这种心境肯定不是其他作家能够得到并可以享有的。这是一种奢侈，但必须付出代价。

在深山老林里行走还要冒着生命危险，这是不言而喻的。我曾经迷过两次路，一次遇到过坏人，但好在，我有"走友"，而且我们的运气不错。

前几年我在荆州挂职，我也是要求在许多乡镇住，也住村里农民家，有的住一星期。我同样在夜半故意去田间地头行走，像个游魂一样，带着恐惧和惊喜。像小时候夜里跟大人一起去抓鳝鱼、捉青蛙、踩乌龟、逮獾子、打鸟……这种自虐式的行走，让我体验了许多写作时会遇到的盲区。如春天的田野，夏夜的村庄，秋天的收割，冬日的湖区，其实是在寻找我青少年的记忆。自到了城里，我已经完全对此陌生了。我想重新当一回农民，重新回到儿时和少年时光。这个愿望满足了。往来路上寻找，会发现你丢失了太多的东西，但都可以找回来。这种连土豪也不能享受的乡村行走和生活，是我因为远离文学而得到的。有时候，因为你的远离文学，你才会得到文学。

不仅是行走，我的采访也很有意思。很多的时候我会摆脱他人的跟踪监视去采访一个人，因为我的关注可能不是当地政府喜欢的，但我就是对那些可能要让当地人麻烦的事件感兴趣。这种时候我不要"走友"，我会体验一个"地下党"的惊险。对采访，我有许多自己摸索的技巧，知道怎么对付那些形形色色对你横扒竖挡的人，知道怎么到生活的最前线，冒着"敌人"的炮火前进。

我在乡间行走时，当过家庭矛盾的调解员，阻止过暴行，为农民和劳改犯求过情，当过信访办接待员，参加过生日宴、婚礼与丧礼，给乡村学校（比如只有一个残疾老师的学校）的孩子们上过课，玩过老鹰抓小鸡的游戏。还在微博上发起了对那所只有一个老师的乡村小学的捐助。

我的书房里也因此有了深山老林和田野乡间的气息，有百年老猎枪，有老人烟袋，有捡回的石头，有枯荷与镰刀，有斗笠，有老墙的砖瓦，有谷穗，有用刚采摘的新棉在村里弹的数床被子，还有许多植物。我存有大量植物瓜果的种子。我有一个嗜好是在乡村小店买种子。存放种子的人是有福的，与土地和季节保持着某种神秘的联系。过去我住一楼，有地方种神农架的植物；现在上了楼，我会每年用大花钵，种一点。把田野的小景搬到花钵里，这是对乡村的敬奉。

心中一片绿意

得知《滚钩》获得《小说月报》第十六届百花奖时，我正在神农架深山的一个小山村里采茶。身边白云飘飘，四周鸟鸣水唱。

《滚钩》所写的生活与这儿的生活有天壤之别，是两个完全不同的世界。一个是天堂，一个是噩梦。动荡的长江，孤独的渔翁，挟尸要价……人伦与天理似乎都因那条长江湮没殆尽。我的生活是相对平静的，我特别爱往山野里跑。我和许多善良的人其实并不知道这片土地的某些地方究竟发生了什么，究竟在发生什么。网上时不时有耸人听闻的事，只要打开网络，这种让人气愤的、丧尽天良的事就会扑面而来。但对我们许多人，就像是看电影大片。这一切，远离我们的生活经验。

山中的平静，仿佛世界就是这样，世界本来如此。只要与花鸟石头与树木保持默契，互相尊重，互不伤害，日子就可以有滋有味地过下去，管他中东打仗，西方衰退；管他城管打人，警察抓人；管他官员贪腐，校长开房。当然，这里也会听说有伤害金丝猴、挖兰花、砍伐山林的事，也会有小水电拦截了河流致鱼绝种的事。还有开矿。森林被砍伐是不可逆的生态灾难。当草甸长起来的时候，这些疯狂的草类，不会给树的种子一丁点空间。长江因建水坝拦截了鱼的繁殖,这也是不可逆的。肯定会造成渔民生活艰难,由打鱼人成为捞尸人,这也算是人类干预带来的沧桑巨变吧。就算你不干预,河流也会自然改道,气温也会悄悄上升,泥石流也会突然而至。总之,生活给我们造成的巨大伤害无处不在。纵然茶园空气清幽,一派芬芳,也不能阻止这个世界堕落。

不能做一个与世无争的山野闲客,因为我们还有一支笔先把自己稳住,再有一点力气把社会稳住。这虽然是乌托邦,但捍卫美德必须有堂吉诃德的精神。然后,我们才有资格做闲云野鹤,超然世外。

这个小说发表后,获得了一些好评。俞正声主席在2015年"两会"期间提到这个小说,并强调文艺作品要切中时弊,并希望领导干部们看看这个作品。也因此,中国国家话剧院欲将它搬上舞台。到时候,更多的人将看到这个小说反映的现实和窘境,让他们有所警醒。

在神农架的山村里写下这个小文的时候,鸟一直在窗外的树上叫,天是晴的,太阳毫无遮拦地照在高高的山上。这是早晨七点,有狗吠,也有更多的白云在升起。更多的人下地采摘新茶。杜鹃花开得很盛,万山葱绿,不可遏制。世界一定会朝向更健康、更合理、更有人性、更善良、更美好的方向发展。而不是向恶、向丑山崩般地滑去。"恶"不会是主流,人们不会喜欢和容忍恶的生活。

我自《滚钩》之后,我的笔再次移向这片山冈。因为我心中有一片辽阔的绿意。

用文字战斗

这个时代的文学是有战斗性的,许多人不知。躺在商业操纵的亢奋阅读和假想的小资情调中写作,你的对手正在伤害到你。对文学在社会的腐败和失真的现实中的挣扎绑架,浑然不觉。弱者永远在冰冷的拒绝中苟活,而某些恶行像铁一样存在泛滥，恶得到纵容和默许。作为底层的幸存者，他们却能忍受步步紧逼的掠夺与欺骗，在别人早就划定的秩序中，在遥远的地方，在传媒永久失联的角落活着。如果偶尔出现，他们不会太妙，要么成为烈士，比如救人；要么成为死者，比如脚手架坍塌；更可能会成为被抹黑的恶棍、刁民、袭警者、抗法者、暴徒。但是，如果他们学会了不与权力和统治者的法律靠近，与运气保持良好的关系，他们会有自己的生存率。而且他们获得简陋幸福的来源会有很多，会直接向山川荒野索取，不会麻烦他人，不给政府添堵，不会碍人眼目。有时候，作家想到此，虽然会悲痛，但也有最为深切的祝福。这本来是一些生命的卓绝之处，我们连点赞的地方都没有。他们不会进入我们的眼帘。我们系着安全带，只盯着红绿灯，盯着桌上有否增加"三高"概率的食物，盯着利益的流转和那些对我们有用的人，心中盛满盘算。

文学依然忍辱负重，沉默的写作者，在用带着热量的文字战斗，他们想尽办法，用文学赋予的一切权利，比如象征、隐喻、犀利的思想和反讽的言辞来完成反击，表达他们的严正立场和使命，但这是一个人的血性所决定的。

如果我不写作，我可能只是一个网络的旁观者、潜水人或老愤青，要不就喝上一杯蒙头大睡，在浑浑噩噩中享受体制带给我的虚假名声，并且堂而皇之地笑纳。体制不会让我过得很差，工资并不比下岗工人低，待遇不一定比公务员孬，可以喝恩施绿茶，喝毛铺老酒，也毫不留情地在天猫上下单，购买名牌赝品。但是，作家拥有了一支笔，就像一个人突然有了一支枪。要么作恶，要么行义。作恶打家劫舍，行义杀富济贫。枪的作用也就这两种。

负责任的笔

我们可以减少与社会的直接冲突，比如在网上破口大骂，直嘟嘟地表达激愤，对某个恶警、恶城管、贪官、骗子畅快淋漓地痛斥。我们可以有一个地方表现我们的血气方刚，主张正义，揭示生活中一角的现实与生存经验。就如美国作家、评论家苏珊·桑塔格说的："作家的首要任务不是发表意见，而是揭示真相，以及拒绝成为谎言与讹传的帮凶。文学是微妙与矛盾之所，而不是简单化的声音。作家的工作就是让人更不轻易相信那些精神掠夺者。作家的工作就是让我们看清世界的本相，充满着不同的诉求、不同的组成部分以及不同的经验。"这种现实生活是在网络对峙的现实之外的，抛到一边的，完全没有被人发现的，忽略的，遗忘的世界。网络何其大，简直浩渺无边。同时，网络何其小，就在电脑和手机的方寸之间，而且非常嘈杂吵闹。那么小一块地方，人们扎堆，拥挤不堪，互相指责，抱团谩骂，举证、反驳、讥讽，人人手摇大旗，站在道德制高点上，欲置对方于死地，虚拟的刀枪棍棒，杀得血肉横飞。一个正常的人多在网上待一会儿就会双眼充血，血压升高，心动过速，心怀杀戮之恨，戾气冲顶，恨不得掀翻整个地球。

诚然，这里有严峻的现实，有欺凌和反抗的真相，有对政府部门的质问，有冤屈和悲愤，有骇人听闻的迫害。比如城管暴踩小贩头，秤砣砸死人，拘留所里的各种死法，强制拆迁的推土机将人碾成肉饼，"官二代"的耀武扬威和权贵掠夺社会资源的耸人听闻的丑闻。但是作家不能仅有一张骂街的嘴，必须有一支负责任的笔。

新的生命

当我一次次走向神农架的时候，我的身心有一种私奔的快慰，离开悲痛与吵闹，一个庞大而宁静的世界在远方等着我。当一切觉得没有前途的时候，我们还有远方。在那里，我更欣赏触手可及的大气蒸腾的景象，群山一眼望不到边,世界似乎没有尽头,思绪可以在更远的天空中起落。峡谷因为畸形发育而残损深切。可以看到2.5亿年至6500万年前"燕山造山运动"而导致的扭曲狰狞,褶皱断穿。看到第四纪冰川经历的刨蚀地貌和U形谷,巨大的冰斗、角峰、刃脊、漂砾,巨大的擦痕等。可以看见因为高寒而在湖北任何地方看不到的冰雪、雪线和凌柱、冰瀑。看见因地壳碰撞和挤压而产生的河流、瀑布。看见那些躲过第四纪冰川而侥幸活下来的草木与鸟兽,那些鸟语花香、白云缥缈。但我也看到了因为贫穷和偏远产生的暴力与杀戮、悲伤与忍耐。也有因基层政权的薄弱与失控导致的混乱与凶狠。

即便有这么多悲剧,即便生活简陋,劳动繁重,许多家庭收入微薄,但至今在神农架深山里,人与人之间充满信任,村里的大门是不上锁的,不会出现小偷和丢失东西。人们在朴实的桃花源般的生活中,没有奢求,不会在网上骂骂咧咧,知足常乐,人的生命力是呈原始状态闪光的。作家在这里可以直接进入文学永恒的主题,生与死、爱与恨的深处,让文字与大地紧贴,生命与自然共舞。这儿所有的生灵包括一草一木、一朵白云、一声狗吠,都可以上升到神圣的境界,对它产生全身心的爱恋。将我们在过去的生活里,在恶劣的、卑贱的人际关系的交往中出现的心灵污垢、人格扭曲、争斗算计冲刷掉,重新拾回生命源头的东西。就像卡夫卡说的,为了获得生活,就得抛弃生活。他还说:"我们生活在一个恶的时代。现在没有一样东西是名副其实的,比如现在,人的根早已从土地里拔了出去,人们却在谈论故乡。"作家已经不是人民,却在谈论人民,书写人民;他已经不是自然,却在假装热爱自然,赞颂自然。

而奔向远方的人,就像甩脱了对手的围追堵截、精神折磨和绞杀,像一头疲于奔命的逃亡的老熊,找到了一个可以休整和躲避的洞穴,它获得了安全感,重新积蓄力量,开始新的生命。作家的笔也是这样,他从无休无止的个人恩怨和社会格斗中奔向山川草木辽阔的世界,就像一只鹰在某个高度,可以俯瞰整个河谷和平原，充满审视的品质和气魄，生命的传奇与壮丽即将展开。一个作家突然靠近了那些卑微的、从未听说过的生命，那些在当下残酷的丛林法则肉搏之外的，像野生动植物一样的伟大的人，聆听他们的心跳。那些底层带着滚烫热血求生的人，那个与鸟语花香在一起的生机勃勃的世界。

扎进群山的怀抱

文坛只不过是社会角色中普通的一员，并不比其他行业特殊，一样面临着价值混乱和道德重建的问题。作家因为心中有一份优雅的诉求，极易成为文字表演者、矫饰者。因为写作对独处和安静的要求，更加容易坠入与社会严重的脱节中，有点像精神病患者的疗养和麻风病人的隔离。满身名牌却缺少烟火气，面孔深沉却对现实漠然。优雅成为他们生活和表达的全部，在文字油膏充足的皮层中没有血管奔流。每个作家所到达的地方不同，所处的位置不同，但我愿意坚守那些比较寂寞却可以一辈子值得坚守的东西。如果别人没有看到那些美景，没有勇气和决心去向荒凉与陌生之地，要他承认并赞赏你所坚持的东西是困难的。谁都在用一堆理由证明自己的写作是天下第一正确并且是天下第一流的。不要争辩，我愿意待在某个地方，行走，交往，目不转睛地注视，书写和陶醉。我自己——从一个城市价值污染最为严重的沦陷区来的人，就是投奔自由。这一场自身的革命，不否定他人的劳动，但作为幸存者、脱险者，决不会回头。当我的激情慢慢矫正，回归优美的大地，与万物为善。然后我会作为另一个异地的见证人，清算自己和这个时代造成的丑恶。但是，它是从赞美辽阔的大地和自然开始的。

当我在山上和森林里长啸的时候，我对自己的生命状态有了自信。这是一次长途跋涉的证明。你的欣喜跟跑到一个无人的地方大哭一场是一样的道理。

有一种驱动力和信仰的东西在承认我的皈依。这不是窥探而是深入，不是猎奇而是拥抱，虽然怯生生的，莽里莽撞。其实这也不过是一个劳动者找到了一个自己喜欢的工作环境，但，神圣的东西与我相遇了。与其声嘶力竭地证明你的写作有多么伟大、多么崇高、多么有灵魂，不如一头扎进群山的怀抱。

承受者是文学的意义

　　捍卫自己的生活，哪怕在外人看来是毫无意义的行为和劳动，但这是对抗外来世界最具有英雄主义气质的方式。是与一座山相匹配的。不让自己颓丧和绝望，咬牙向前。这种生存方式，是一种不屈从于命运的抗争，具有悲壮的愚顽的史诗性质，可以开拓人们对于当代生活的认识。

　　一个作家的工作难道不是一样吗？他能力微弱，人微言轻，在这种看似荒诞的现实中，去寻找底层生活的正当性和伟大之处，没有意义也让自己变得坚强。我看到过一段文字是这么说的，如果有一堵墙无法推倒，许多人也撼不动它。但依然有更多的人，日复一日地参与推。虽然，我们无法推倒这堵墙，但因为我们每天都用力，我们的肌肉和体魄强健了，这难道不是一种意义吗？文学的意义诚如卡夫卡所说："文学只是加深了我对他人的自我、他人的领域、他人的梦想、他人的言论和他人所关心的地域的同情。"同情即是最大的意义。

　　加缪说："今天的作家不应为制造历史的人服务，而要为承受历史的人服务。否则，他将形影相吊，远离真正的艺术。"制造那块铁砧的人并不伟大，伟大的是在命中注定背负它的人。背负它的人中，让背负有意义的并不伟大，真正伟大的是那些辛苦承受却毫无意义的人。承受者就是文学的意义。

远方的气象

文学创作说到底，就是一个观念问题。观念是什么，你的作品就是什么。观念是一种综合视野，你有了视野和胸怀，你才能对写作进行有效定位。你不能突破，主要是在观念上不能突破。你的观念是高山大河的地质地貌，还是小桥流水，全在你胸怀的培育。观念在哪个疆域，你的写作就在哪个疆域。

我讲小说的远方气象，并不是要你仅仅书写远方。我说的远方气象是与我们身边的故事琐事迥然不同的，它是一种气象，也是一种气质。比如我们读马尔克斯的小说，就像发生在地球上一个从未有人去过的角落，你觉得气象高远。

远方的气象，是那种区别于太过实在的、太过现实的、死板的、短视的、不做生死思考的、不懂天地壮美行色的作品。看一看山的庄严不可欺，海的浩渺不可测，听大海潮声，山中林吼，那种通彻天地的感觉可以隔绝和挣脱与恶俗世界的纠缠，把心中的毒素排泄一空，从而给文学的世界腾出位置。一个人如果有了绝尘而去的气概，穿行风烟的决心，除掉琐碎生活恩怨的魔障，扑面而来的山水星月与我们相遇相知，冰川雪峰、大泽深谷、奇花异草、珍禽异兽、荒漠高原，都是我们心灵所到的疆域。有了这些，作品中的大气象就形成了。

热爱远方就是有热爱山川河流的感情，并将这些感情诉诸细腻的、虔诚的、智慧的、经受过的文字，激发你感悟天地的能力。远方的气象，就是你作品中有一种风尘感、粗糙感，不是精致的生活所要求的规则和礼数。你的作品中的闪光不是一个小茶壶的闪光，而是雪山、高原、沙漠、大海的那种无边无际的闪光，是自然中的神圣光芒。

剥离自己

把自己从所有生活方式中剥离出来，培育自己独特的生活场域，独特的生活性情，性情是最好的风格，性情就是你作品的风格。

一个作家的性情直接影响到他对素材的追逐与取舍，影响到他表达的情趣，他如何看待事物、阐释事物和解决问题。比如一个小说的走向，小说解决矛盾的轻重方法、人物语言的运用，甚至小说的结尾方式，都是由你的性情决定的。

剥离自己，就是要打破普遍的生存秩序，打破文坛生态的僵化格局。那种文过饰非、暧昧无趣，在会场上引诱你表达一钱不值的立场，恭维、迎合、取悦、献媚，都将影响你内心被守持的一点纯真。我也会听见人议论那些有点成就但左右逢源的人说，不过是个商人，不过是个政客，不过是个假神父，他很势利，是个小人，两头通吃，没有操守，没有独立人格。也有对某人好评的，他老实可爱，憨厚，不以色相开路，等等，等等。有追求的作家就会有操守，作品是最好的证明，除此之外都不会长久。

在作品中个人化的痛苦和悲伤的成分多于轻薄的欢乐，未尝不是一种守持。没有必要去关心别人怎么写，把自己的东西写到极致就是胜利。我们的爱恨立场不应一下子过渡到"时代""人民"这些虚幻的字眼上，从自己的内心寻找情感依据，积蓄勇气，敢下重手，绝不走时尚，不跟风，不起哄，不抱团。

文学的最终目的是探索人类的伟大品质，但在深处是写人类的缺陷给人性本身造成的困扰、痛苦和悲剧。比如孤独、悲伤、忧郁、焦虑和决绝。当我们无法斗争和申辩真理时，就理直气壮地表达我们的苦闷和愤怒，表达颓废也行，不要暧昧，不要假作乐观，不要作品中没有私人感情。正视我们这个时代精神的灾难和因为精神迷乱而造成的生命灾难，不要藏匿自己，警惕欢乐对作品品质的伤害，警惕小资情调的恶性滋生，否则将阻挠你成熟的进程，冲淡你本来可以唤起的创造力。

你把读者带向了阳台和咖啡厅，因为你就在阳台和咖啡厅。带向一钵花和带向一片花海是两种不同的气象。你有没有勇气把读者带向雪山和大海、田野和高原？能否用文字带给他们风暴的气势和急流的呼啸？带给他们高反和呕吐、晕厥和恐惧？你在哪里，你的作品就在哪里，你的读者也就在哪里。

加进自己

青年作家必须在作品中加进自己，而不是像上一代作家那样躲闪和消失，以所谓的大格局、大主题的宏大叙事来完成全景式写作的野心，来为自己涂脂抹粉。格局是自己的才叫格局，动辄写国家题材，看起来高屋建瓴、穿越百年，实际上这类作品大多文中无物、空洞虚伪。

青年作家因为没有复杂的生命历程，也就没有凶险的心灵历程，没有经过恶魔阶段，也就无法成为天使。文字是应该有神灵操纵的，我们必须讲真话，必须袒露自己的灵魂，这是《圣经》上说的。叔本华说这世上所剩无几的生命之所以存在，都是失足的结果和罪孽的结果，而作家作为一个特殊的群体，更是有着它本身的缺陷。写过《动物农庄》的英国作家奥威尔说："所有作家都是虚荣、自私、懒惰的，在他们内心深处埋葬着的动机是一个谜。"这话太有意思，我们应该坦荡真诚地揭开这个内心墓碑下的谜。怎么写作，为什么写作，没有什么好遮掩的。

独往独来

在艺术上不与任何主义套近乎，带着批判的眼光去改造它们，让主义为自己的一套说辞服务。一个优秀的作家都在打天下时有自己独立的语言表达系统、言说方式，远离公众话语和书写程式，远离那些加害于你的规范，从旁门左道逃走，挑最怪的方法尝试，强迫别人承认，磨炼文字硬功夫，什么风格都要别人佩服才能算得上风格。文字是最过硬的。

不要抱团取暖，小说写作就是大兽孤行，不是群鸟噪林，在同一棵树上叽叽喳喳，谁也听不清谁的。在一座山头只有一只野兽吼叫，这就是兽与雀的区别。

写作是沉重的仪式，毫无轻佻和恶搞的可能，除非你颓废过度。保持文字庄重的举止，给别人一个绝尘而去的背影。过度的聚会会让一个孤独者内心更加空虚和伤感，充斥着绝望。好小说的构思起源于孤独之时的爆发力，独处中有宽阔的精神高原才能免遭同行的伤害。有足够的空间才有足够的胸怀和文字，才有眺望和思索的可能。读者不是傻瓜，他一眼就能看到你的作品究竟付出了多少。你站在一个高度上，完成了山川河流的布置，获得了庄严的气象，然后读者在你的作品中会听见天空大地日月星辰的回响。有一句话是这样的："孤独者从自然和上帝那里吸取能量。"

壅塞的文字

因为掌握文字的人越来越多，因为生活的谎言和艺术的虚构需要形成一种心理上的互相补偿与互相仇视以达到精神的平衡，使得使用文字的人也越来越多。于是文字在生命与岁月的逝川里大量壅塞，流动不畅，互相倾轧、堆叠、露天存放，以致任风雨剥蚀，渐入忘川。法国学者罗力耶认为，历史会只剩下一些提纲，因为它承载不起这么多文字以充塞世界文字的档案，历史只能记下几个最重要的名字。

历史是一个患有严重健忘症的老头儿。文字和书籍的命运是如此地不济，我们真要怀疑上帝给我们笔和纸张的慷慨是不是一个阴谋。

写作需要耐心

写作需要耐心，它是一种"耐心的劳作"（阿莱桑德雷语），是一种人生的完成。当我们读略萨的《绿房子》或者卡夫卡的《城堡》时，我们会感受到他们写作的那种耐心程度。对于一只鸟来说也是这样，当它精心地营造自己的窝巢时，它是极其勤勉和有忍耐力的，而这窝巢建起，身心就有了归宿。一部作品也应当是写作者自己精神的归宿。鸟从来不炫耀自己的窝巢，它只炫耀羽毛，因为羽毛是装饰，而窝巢却是归宿。

界限

我不能去的地方纵使我身体至此，我的意识与思想依然不能到达。维特根斯坦说："我的语言的界限就意味着我的世界的界限。"这样我用语言清理出了我一生遍游的地方，什么草，什么树，什么样的人物，一个个记录在案。然而我的世界已经至此，在表达的尽头，我语言的光芒折断了，我将大海和我的笔隔开，书写着一条溪沟，一条在山里胡乱翻滚折腾的河水——我的喧嚣的语言完全不及大海的一点呓语，或者干脆就是海所独有的沉默。

所以维特根斯坦又说："人们总有冲撞语言界限的冲动。"我不知道我是否还有一种改造语言的激情。我要改造语言，我要重新组合它们。就像组合我意识中与卑鄙、市侩、平庸作战的各种美好的念头。它们时刻想离我而去，没入大荒。我就是那个危境中的战士，我和我搏斗，语言跟语言搏斗，惯性的、陈旧的、历史的语言跟从黑暗深处抓出来的毛茸茸的语言，滚烫的、从三月的枯干上随心所欲钻出来的千姿百态的语言芽子搏斗。只要你用力，语言就会像陨石一样地砸到你的桌子上，砰砰直响，带着宇宙新奇的神秘。

所以维特根斯坦又说："设想一种语言就意味着设想一种文化。"我不知道我的语言带来了一种什么气息，它熏醉过谁，又让哪些人呕吐。寺庙钟声的语言散发着素食主义者的味道，清淡，在久嚼中才透出一点儿香甜；虎豹的语言——东方虎豹和西方虎豹的语言都是一种文化，那就是咆哮的语言、啮咬的语言，傲慢，懒散，一切都不放在眼里的语言；船对浪头的语言是反抗的语言；雷声的语言是整个宇宙的语言。

要善于打破那样的界限，只要你不刻意去书写某种文化的语言，也不对某种文化怀着敌意，你的语言就是属于你自己的，也是属于你的民族的。

我的世界

维特根斯坦说："我就是我的世界。""唯一的历史就是我的历史……世界和我何干？我的世界是第一个也是唯一的世界。"我能服从于某种程式吗？当然，如果仅仅是形式，我不能背叛，比如诗的形式和小说的形式，七字的律和五字的绝。我只是用这些形式来表达我的世界。我的世界从第一次感受到那个边地小镇的黑夜恐惧起就形成了，它形成在没有电灯的漆黑的河堤上，形成在没有一座庙却有许多焚香祈祷的遗址（母亲的心也是一座遗址）上，形成于小镇的灰尘和雨后冲出的铜钱的古老中，形成在那些具有某种神经质又喜欢胡思乱想的小镇人堆里，形成在独有的歌谣、习俗、忌讳和贫穷里。哪怕我们经受过同一种贫穷和荒唐，我却是唯一的。因为我所经受的那一刻，与你遥迢千里。历史像一块飞来的石头，它打破了你，它打破了我，可是部位不同，伤痕不同，疼痛不同。

况且，我坚信，我使用的语言描绘的那个景象，将是我独有的，它是我的呼吸，我独有的体气，热烘烘的美和打动人心的部分。

幸存者

我曾在一个小说中写过如下的话："幸存者比死去的人更痛苦。"如果是一场阴谋，被毁灭的岂止那些倒下来的无辜者，还有理想和真实的历史。幸存者需要承担的是所有那些痛苦和悲愤无声的记忆，而这种记忆对于社会来说已经成了民间的一首虚无缥缈的歌谣，一杯掺得太淡的酒，一页残破的诗笺。幸存者作为一个悲剧的尾音部分，将要传唱至永远，这是他所不能承受的旋律与感情。他将站在饱受惊吓的历史面前，由珍贵的幸存者变为落寞的遗弃者。

他还要满怀希望地等待历史清醒过来。

闪光

没有一句废话，没有一句过渡，没有一句交代，没有连贯性情节，没有传统的起承转合，随心性走，小说的空间像杂乱无章的星空，但必须让每一颗星星闪光。

不可避免

卡夫卡为了达到他经常提及的"光明朗照"的最高境界，曾经渲染过许多阴郁的痛苦。他让痛苦成为事实，然后超越这个事实。这比虚幻的英雄主义当然来得实在。

没有谁像他那样把人生不可避免的痛苦写得那么纯粹，而且达到了那种无须升华或降落的本质的境地。

从痛苦中升华灵魂，难道是一出悲剧的必要铺垫吗？

电脑与笔

电脑以爆发新贵的姿态进入了我们的生活，笔退守到无言的角落。电脑虽然能存下所有的东西，使每一个人都可以坐到它的面前，企图记下我们的时代，然而，电脑记忆的也许百分之九十九是一堆垃圾，历史的垃圾，不值半文。笔吃力地写着，蘸着墨水，它慢吞吞地记录着什么。我想，因为笔的沉静，也许它看清了什么，真实地记下了什么，而且简洁，个性鲜明。

想一想刻刀和竹简。它刻下和记下的非常之少，可是，它的每一个字就是一段历史，它的语言像黄金一样。历史，有时候就是只言片语，而非滔滔不绝。

虚构与回忆

马尔克斯说："一个人有三种生活：公开的、私人的和秘密的。最适合写作的是秘密的生活。"作家的作品中或多或少加进了个人肮脏的东西，也或多或少加进了个人美好的东西，因此马尔克斯认为写作就是回忆，而博尔赫斯认为写作就是虚构，其实都是一个意思。

苦难与真理

苦难总是在压抑的背后。没有畅快的苦难,也没有富足、整洁和文质彬彬的苦难。苦难是粗粝的,是悲愤的,是忍受和承受,是在一些混乱和低下的生存当中,在命运里,在繁重的劳作里,在愚昧和寒碜里,也在真理里。"让苦难有出声的机会,是一切真理的条件。"(阿多诺)把眼睛朝下,向他们递过笔,或者,把他们的心放在你的墨水里浸泡。

带来什么

也许我们连捡垃圾的都不如。

成都的一位拾荒者,拾到了两封毛泽东的亲笔信;一位武汉捡浪渣的人,捞到了一只千年巨龟;一个汉阳的散步者,在江边发现了"汉阳人"头盖骨,据说可能将改写人类的生命史。

而我们呢,我们这些作家,那连篇累牍、想入非非的作品,给生活带来了什么惊喜?

书本

书本是心灵的记忆。(博尔赫斯)

一些陈旧的书,我们翻开时,那里面的语言,和那些掌握语言的人,将语言组合的灵动方式,依然向我们喷吐出新鲜如昨的气息。就仿佛突然遭遇一个原野的早晨,露水滴落,马嘶的声音辽阔嘹亮,叶子在寒气中颤动……

一些精美的书，古板着面孔，向我们讲述着一些往事。但书本不只是过去的记忆，至少有一类书，是为我们乏味、孤寂和漫长的生活注入活力的汽油，是从远方卷来的潮汐。

是的，有一类书就是海潮。你合上这本书，它就休眠了，退潮了，一旦打开，它就汹涌澎湃，淹没一切，卷走你精神与灵魂堆积下来的垃圾，涤荡那些蒙尘的晦暗，使之光鲜、滋润。这样的书，是为倾听者存在的。

有一类书，正以虚伪的方式存在着，把现世的一切描绘得合情合理，使我们看不到精神踩躏在世纪末的面目。

也有另一类书，是多余的书，是书的垃圾，它们冒充书的朋友与同道，并且写着"××正之""××雅正""××一笑"，毫无道理地、"人满为患"地堆砌在我们的书架上，败坏着我们的胃口。

阐明

我正想着写点什么的时候，读到了阿根廷作家埃内斯托·萨瓦托的一段话："没有必要写很多，如果你要阐明生死、命运、希望与生存的理由等问题，写两三部书足够了，无须写一百部。"

不知道巴尔扎克写了多少部作品，一百部吧？可能更多。但他阐明了生死、命运吗？

任何人都无法阐明这些问题，因此，将永远有作家存在，只要世界不灭。而且作家们将写出比两三部多得多的作品。

我不准备写一百部，可是我多么想阐明其中一个问题。但，我即使达到了宗教那样的高度，神依然只在我的歌声里。

焚烧

在公园里，焚烧树叶的人最早知道季节的到来，他关心草木的命运。

我们也在焚烧着心中的那片林子，什么是那些枯枝败叶，是社会和人生的残屑？

焚烧着，那散发苦辛的情愫，用什么点燃？在寒冷的日子，望着那些纷纷落下的枯萎的思想，把它们拢成一堆，准备让它们发出什么样的光呢？

在一个清晨那沤燃的烟雾就是季节的风景，守着那堆灰烬，残留的温热久久不退；而作家，也那么守着，守着那一堆人类生活的痕迹，把它们拾来，存放着，堆在良心上面，总有一天，会腾起冲天的光焰。

历史和书本

我在那随便打开的书里突然遇见了一位昏庸的国王，一帮谄媚的佞臣，一些刺客，一些放逐的忠良、哀怨的宫女，还有那即将倾圮的高墙，一页诗，生锈的沙漏……而我在国王的眼中看见了他怎样刻写历史，从他的皇袍上读到了历史摩擦出来的响声：有时候是暗的，有时候是明的。历史的烽烟已经熄灭了，残忍的谋杀、争斗，山崩地裂的爱情，也许只剩下一片荒冢，一块残骨，一把生锈的刀戟，但书本却记载下一切。当我们翻开书本，历史就会喷涌而出，充满着雄浑的声响，一片辉煌。

书本用文字复述着历史，它多么神奇，把曾经发生的历史，把所有的人（无论是伟大的还是遭人唾弃的）都压缩成方方正正、平平展展的形状，让它们一律缄口不语，封存在一个个角落，让你翻开的时候，一眼发现它们存在时的热闹。阅读书本，我们就成了历史的后代、历史的脉续者。写一本书，它会像历史本身一样，经受寂寞、尘封的命运，这没有什么可稀奇的。

善良的诗歌

诗的高贵并不依赖于诗人的自我陶醉。没有最恶毒的诗歌，哪怕有，它的内核也是善良的。

诗歌无意申诉（有时候小说会承担这种角色），它只不过表现善良的愿望，歌颂生命里并不存在或者是罕见的事物。诗对爱情和生命的歌颂比生活要经典得多，而且充满了纯粹的寄托。

许多生存方式里浸透着悲哀，比如自虐式的写作、殉道，为粮食而风里雨里耕耘，甚至包括单身、忍耐等等。诗歌为这生存中的不幸寻找美好的根据，把它上升为哲学和思想。诗就这样从我们的苦难中缓缓地上升了，像一轮明月温馨而苍茫地照耀着我们。"诗——这就是化美为善的这一功勋的灵魂。"（普里什文）

铁匠

在炉膛前，铁匠是这样出现的：

拿出几件结结实实的毛坯来，把那些坚硬严峻的生活搬出来，放到铁砧上锻打，打出火星，打出铁的声音。于是铁器结实得毫无缝隙，经淬火后反射出幽幽的蓝光，并且砸地有声。

他的眼里是对火和创造的饥渴，他像一条饿兽，最直接地显示，最原始地劳作。然而他打出了自己独一无二的声音，每一件作品，都盖上了他灵魂的烙印。

文学是宗教

在没有宗教的国度里，文学是一种宗教。

我们在文学的巨川里向最圣洁的地方迈进，拖着一切羁绊，伤痕累累。远遁于文学的丛林，像一种被世俗和物欲围猎的孤兽，寻找着文学这种神灵的庇佑，抚平惊恐成烦躁的心，体验然后诉诸白纸黑字，对于作家和诗人来说，那就是宗教般的心血文本。

而最后呢，"多好的酬劳啊，经过一番深思，终得以放眼远眺神明的宁静！"（瓦雷里）

地球的创造

地球是专注的，不然它不会制造那么多精巧、神秘的植物和动物。一片叶子的形状，一只鸟飞翔抖动的翅翼，一双人的手。还有江河的走向，雨从远方的海洋回到森林……这一切，地球旺盛的生命力是它成功的秘诀。它有着不竭的精、气、神。它的那只手，把我们地球上存在的一切都打磨、雕琢得如此严密，如此美到极致。

创造和创造力是地球给万物的亘古启示。它创造了，它却没有显露自己，显露那奇妙艰辛的过程。它的显露在它所创造的一切物体之上。我们人类领悟的也正在于此。那些创造了运河的人，他自己变成了运河。创造了金字塔的人他就是金字塔。创造了长城的人，他自己就是雄伟然而苦难的长城。

作家呢？他创作了一本书，他自己就是那本书。

抵达

通过一件信物可以抵达爱,即由冰冷走向滚烫,它的距离既远亦近。而从一张谦卑的、捉摸不透的面孔,可以迅速抵达生存的本质。

从被反复追逐的名利,抵达的地方搁浅着一堆又一堆身不由己的作品。在看似平淡无奇的交往中,也许你完全没有料到,会抵达人心的险境。在那里,山石砟硌,狐奔鼠蹿,到处遍布着干巴巴的互相模仿的笑声。

从一场突如其来的暴雨中,抵达石阶前,那两脚的泥泞和精湿的头发是一种侥幸。

而我们从现实出发,跋山涉水,却很难抵达临渊飞翔的梦境。

小说的城堡

把小说引向歧途的原则是:放弃教谕的基本权利,让人沦陷于偏狭爱恨的纠缠之中。

将人心拖进单纯激情的世界里是一种迷幻。为小说而流下的眼泪不是因为作品的力量,而是道德的力量。作家将此作为一道工事,它构筑在坚硬的世俗土地上,然而世俗并非永久的冻土层。在这貌似强大的城堡上面,作家凿满了沧桑的寓言。这个城堡的基础是脆弱的。

蹩脚的作家想构筑道德,而社会正在摧毁道德。读者只是一个散步者,他有时敲打一下这个城堡,听听它的声音。他的手指敲打时听到的声音就是他的经验。除此之外,他知道什么最持久呢?

最佳的方式

当我使用了各种方式使自己平心静气，最佳的方式还是躺在床上读一本书。这种方式十分廉价，不需要花太多的钱去买享受和幸福。书籍是奇妙的尤物，而床和枕头与之配合更是妙不可言。一旦进入这种阅读状态，便是黑夜，便是隔绝了交往和声音，那煎熬我们的世界就不存在了，只剩下书籍，自己也不存在了。书和灵魂交融在一起，它们交谈着，成为夜晚的精灵，而我们的躯壳将被驱赶进梦乡，和未读完的书一起，滑落到结实的地方。

揭露

我们用什么来揭露生命中的秘密？用文字？用表情？用身体的语言？用明的或是暗的手腕？用话筒还是用枪？

我们恶劣的本质，我们的虚伪，我们荒淫无度的心胸，口蜜腹剑，还有那滥杀无辜的愉悦。为了揭露生活中的阴暗，我们将绕过千山万水。我们使用的法宝是遗忘，我们的花招是掩盖。揭露社会和这个世界的腐烂，饱食终日是没有勇气的；揭露自己更是无法想象的；忏悔者实际上是在给自己贴金，坐在社会腐烂的创口上，正以笑容可掬的公众形象美化着现实，让人们放松警惕，对丑恶默认，让人们生活在麻木中，失去正义感，不再思考，而学会在任何时候脱口而出的都是歌功颂德。我们在良知的边缘上出卖了自我，把生命中的丑恶与社会的丑恶等价交换。一些聪明的小人，还在文字中企图把自己打扮成义士，这种人是如此卑鄙。

同谋

读者在作家作品的字缝中寻找着隐语；大人物的隐语比小人物的隐语耐嚼。小人物压根就没有什么隐语。读者的思维最终变成了作家的深刻内涵，难怪博尔赫斯说读者和作者是一次同谋。

作者和读者的关系犹如文物贩子和顾客，他捡拾来几块陶片，购买者却看见了历史。他摩挲着，浮想联翩。其实那就是几块碎瓦片，如此而已。其他的过路人都觉得不过是一些垫桌腿的瓦碴。所谓的隐语下是贩子藏匿的一个花招，像美洲的猪笼草一样等待着自投罗网的蚊虫。这个比喻如果太生硬的话，我们可以换一种说法：读者翻开某一部著作，他的心中就画出了他所期待的模样，于是在这本书中寻找着他心中的那一幅图景，在阅读的过程中用他的宽厚和智慧弥补了作品的缺斤少两，用他的色彩填平了作品的沟壑与纰漏。让人爱不释手的作品并不多，深刻的作品会显得晦涩，太满的作品又显得臃肿，辞藻华丽的又显得浮艳，冷静的会让人索然无味，太热烈的作品又让人觉得神经质，不多不少的作品其实是没有的。因此一本书就是一块残片。能引起读者联想的书，就是一本不错的书了。

论崇高

郎加纳斯说："崇高是伟大心灵的回声。"

在卑下中仰视崇高的事物：艺术和德行，是让自己挺立起来。在追求崇高的品格中，使语言充满了魅力——硬朗，坚韧，即使在恫吓和反叛中也不产生战栗。优美的辞藻就是一种诉说，倾心的，袒露灵魂的冷峻色调，不左顾右盼。

追求崇高的笔是从一个人的遭遇开始的，独特的生存方式会产生崇高。同样，独特的写作态度也可能产生崇高。

崇高是视死如归的一种表情。当然，不仅仅是一种表情，它还是一种献身。由千万的作品中他未能读出那崇高的力量，倾泻，像暴雨倾泻时我们听到的那种扰人的声响，持续不断的力量，迷蒙的美感，不依不饶的气势，于是他踏着嶙峋向空气稀薄的地方隐去。

历史就是崇高。小人物写出的历史尤其崇高。厄运的内涵，沉默的行止，枭首鹄面中的善良愿望，最朴素的活命哲学……因为我们无法置身其间，我们俯视他们即是仰视，我们同情即是歌颂，是我们所歌唱的最高亢的一部分，悲怆感人。历史在敲打着犁铧的钟，在时间的田垄里趔趄着，在低矮的灯火里期待着，为了咬出"活下去"这三个字，他们变得高大起来。他们的影子在土墙上如碑石一样，像岁月深处的怪兽，凶猛而固执。

崇高就是活下去的勇气。

崇高就是最起码的善良和正义感。

崇高是伟大作品的基石。

忍耐

我们忍耐得太久了，一直以来，生活教会我们的就是忍耐，宗教也是这样。基督教认为，打你的左脸，应该把右脸也送过去。

而佛教呢？寒山问拾得："世间谤我、欺我、辱我、笑我、轻我、贱我、骗我，如何处置？"拾得回答说："只要忍他、让他、避他、由他、耐他、不要理他。"

另一个名僧布袋和尚作诗道：有人骂老拙，老拙只说好。有人打老拙，老拙自睡倒，唾到我脸上，任它自干了。

比"老拙"更大度的慧能大师说："若真修道人，不见世间过。"

世间没有了过错，这世界是否到处是祥云缥缈，莲花丛生？一味地忍耐会使这世界增添多少美德呢？佛教忍耐的结果是退居到高山丛林中，以净土的庄严付出了生存的代价。佛家就像那些威严但无还手之力的野生动物，它的宽宏大量不过是懦弱的托词。忍耐只会使歹徒横行得更欢畅，过度的忍耐就是帮凶，就是纵容恶行。如果都不清算这世上的坏人，你能奢望他们有一天真会放下屠刀立地成佛吗？

抢劫的依然在抢劫，受贿的依然在受贿，行骗的依然在行骗，并且把骗术日日翻新。从佛和神的眼里投射出来的慈祥，并不能照射到每一个人的心中，他的光犹如太阳对冥王星，太遥远稀薄了。

当又有人要我忍耐的时候，我的牙齿在暗夜里发出了愤怒的响声。

换个姿势

维特根斯坦有一个比喻：不要久站一个姿势，老用一只腿站着，你得换个姿势，不至于使全身僵直。

可是，固执有时候会给你带来好运，虽然那种姿势很痛苦。我却时常得换几种姿势，在另一条腿上承重，你会发现新的风光，你会在眺望时有远行的天真出现，你会惊奇，会把某一个时段的疲倦甩开，再一次解释你的企图。

召唤

死亡的归宿是永恒的。曾在缅甸开荒的十九世纪的美国传教士耶德逊这样对死亡说："对工作我没有厌倦；对世界，我也没有厌倦；可是，神要召我回去时，我欢天喜地地接受，就像儿童放学蹦蹦跳跳奔回家。"

这样的态度岂止在基督徒，佛教的大德高僧在坐化时简直如一片阳光下的云那么安详。又岂止是佛教徒？一些仁人志士在死亡面前慷慨高歌，大义赴难，以他们的明知有去无回的生命，演绎出了一个个人间的伟大故事。

总有什么东西在前面召唤吧？那不是死神，是信仰，是人们所追求的圆满，追求的"柴门闻犬吠，风雪夜归人"的意境。能进入这样的意境，肯定会让上帝微笑，而让地狱害怕。

忏悔与救赎

相信宗教的道理就包含在它的行动当中。信就是信，而不是其他。不信的人也有他的理由。对于道德的自我完善一说，不信仰宗教的人不以为然。在强取豪夺的人太多的时代，又怎么能要求他人相信那些虚无缥缈的宗教？所谓"救赎"，我们的灵魂果真需要救赎吗？是我们需要忏悔，还是那些坏蛋需要忏悔？那些与世无争的人正在每天对着神像与香火忏悔，并要求救赎。一些作家也在附庸风雅地、无可奈何地强迫要求信仰来救赎他，这该是多么滑稽。

我们应该站出来，严正地指出：要忏悔的不是我们，要救赎的也不是我们。我们无罪。放下酸溜溜的时髦词汇，捡起鞭挞丑恶的那根鞭子吧。

风景

风景装在各人心里，成为隐秘的心事。

有人喜欢金戈铁马，有人喜欢纷纭市声；你春风夜雨，我长河落日，都装点了各自的江山。城市人头攒动是一种风景，有漂亮姑娘、美少年，有一街的商品。而我爱看野草一夜葳蕤于雨中楼前；湖山逶迤，落日渡头，以及与此心境有关的故事，皆是我喜欢幻想的风景。你热爱的是杯中酒沫，我热爱的是江边浪渣；你听飞机的呼啸远去才生别情，我看古道的西风瘦马才有离意。不过照我看来好看的风景还是在芦苇疯狂的摇荡中，在几个拉纤汉子的船歌里，在土地上空盘旋的鹰翅上。这些好看的风景突然使血液苏醒，使灵感向辽阔的空中弥漫，人，找到了对付世界的武器……

歌颂苦难

"人的尊严是不可蹂躏的。"萨尔加多的摄影真是摄人心魂。那些平常的而又是最繁重的劳动，简直响遏行云。

我再也没有看见这样的歌颂，是如此温柔地打动了我们，朴实无华，惊心动魄。那从泥土里钻出来的人，那在劳动的粉尘中，在与野蛮的对峙中的人，万人坑似的人，混乱而雄壮的人，击中了我的矫情，让一切定义黯然失色。只有劳动是不屈的，温热滚烫的，它的情愫像黄金和夕阳一样，直逼人的眼窝。

歌唱苦难，这不是一句过时的废话，让所有所谓的新观念，从人家的书本上抄来的似是而非的理论走开，让语言走开。只有劳动才是这个地球的生机，是命运挣扎中最动人的部分。

失语

我们的立场只是自己站立的姿态，我们的语言常常会引发深深的自责与后悔。失语是因为某种不良政治的笼罩，某种不良环境的恣肆妄为。在无法表达的时候，或者说无须表达的情况下，失语并不带来混乱与压抑。倒是那种无法沟通的绝对性，会产生畸变的风景。失语导致我们人格的流失，对是非的恍惚，对时代保持警惕与隔膜，与现实拉开一段距离。接下来的是——失语使我们丧失了一次打击对方的机会，申辩真理的机会，将我们熟悉的所有词汇都视为仇敌与叫卖者。

一个人很难与他人对话，而与自我的对话简直更不可能。

那个真正的自我掩藏在口舌之下，从唾沫里站出的人，是一个醉鬼，一个阿谀奉承之徒，一个两面三刀的机关办事员，一个政客或与天下人做朋友的推销商。

我们的语言已经失去了表现力，一旦出口，除了恼怒就是咒骂（暗地里的咒骂），没有风度，毫无诚意，话出口的时候，灵魂却打着哈欠，无聊地吹嘘，绕弯子地表白，假谦虚，真狂妄；有时候硬着头皮狂妄；贬损自己，用语言抽自己耳光。我们心中想说的话，到酒冷盘空时，还一个字都未吐出。

大声吆喝着自己牲口的那些人，他们的声音在我们的时代是软弱的，他们双手粗大，长着深深的喉咙，可是，他们的喉咙像雅鲁藏布大峡谷，遥远，陌生，缄默，充满无法预知的危险——只要你走近它。

白纸黑字的表达是喋喋不休的，你要知道，来自民间的表达也是雄浑的，它莽里莽撞，一不小心，会刺伤我们社会的根基。"驷不及舌"。但那只是民间的表达而已，它散乱，没有头绪，它只是我们大群大群的失语者中的几个调皮分子。无处诉说的人们只能用劳动代替向往，用劳动安抚自己惊悸的心，被凌辱的微薄希望。他们和着泪种下粮食，在收成中简短地欢笑——那就是他们的语言。

是谁让他们变得结结巴巴，嗫嗫嚅嚅？最灵巧的舌头正在台上，用牵肝扯肺的声音代替了失语者们的声音。语言已经变成了身份的象征。

喂养

在凡·高和米勒的作品中,喂养的光环始终笼罩在母亲和儿子的头上。在浑然不觉的啜饮中有人长大了,一碗米糊、一块土豆、一棵麦穗和母亲的眼光,使我们如获醇醪。

土地喂养着一切人。有人却是靠罪恶养肥的。一条故乡的小河喂养了一个诗人,一个曲折的小巷喂养了一个作家。天空喂养了鹰鹫,许多无辜者的血喂养了一顶王冠。

诗人也能够喂养一条无名的小河,使她世界扬名,这种反哺与怀旧的梦境合流,依依淌向童年的记忆,和母亲曾有过的阵痛。

书

"书就是活生生的人。"(梅列日科夫斯基)这只是指一两本书,指《红楼梦》,指《战争与和平》,指《巴黎圣母院》,指那些永恒的生活,美与丑的终极咏叹,代表着人类的人,用繁华控诉繁华的人。

从第一页到第一百页,没有疲倦的感觉,它的叙述是人本身,从一个烟囱,到一棵夜晚的树,从院落到钟声,都是书所发出的。书用文字组成了一个人们大脑中的世界,既是印象又是现实。人们喜欢这种组合,因此,书是永恒的,比电脑更美妙。

自由与不朽

圣严法师认为,人们追求的自由,就是精神的不朽。它基于肉体的生存欲

（饮食），进展到生命的延续欲（性），再发展到精神的安定欲（祈求神明的保护），最后升华为精神的不朽欲。于是基督徒走向了天国享受永生的快乐，佛教徒终结了善恶生死的轮回，进入幸福永在的西方极乐世界。

为追求精神而虐待肉体是大有人在的，佛教徒刺舌以写经，谓之《血经》，数十年如一日，为了完成那部蘸着自己鲜血的书，在一生的痛苦中走向了不朽。修着苦行，鹑衣百结，餐风饮露，或到遥远的异国传教，与贫困为伍。其实最完美最伟大的自由就是痛苦的精神，而不是纵欲。真正的自由在人们的目力所不及的地方，像兀鹫的翅膀。当这扇翅膀与强劲的寒风相遇后，才有可能表现出不朽的姿势。

不朽

穿过生命的河流，他希望他是一个顺利爬上岸的人，没有被世俗的激流淘汰掉。他捧着一本书，一个他的名字，走向历史的碑石，把自己的名字刻深些，再深些。

用什么唤起历史的注意，并要求尚未出生的人也来注意你呢？用什么魔法使那些不管以后用什么观念生活的人都对你一如既往地肃然起敬？海明威歌颂过不朽的人，那个永远不会被海打败的老人，他因那个老人而不朽；瞎子阿炳创造了一个泉水中的月夜，他因那个明澈如青天的夜晚而使自己的双眸亿万斯年地发亮。还有什么不朽呢？一杯酒可以使一个诗人不朽，一个女人可以使一个皇帝不朽，不过那些名声各异。

要使自己的艺术不朽，凡·高不会是一个特例：他的向日葵上的那团火焰，是用他的整个灵魂，乃至整个生命点燃的，熊熊的火焰这样烧毁了一个天才，也留住了一个名字，一幅生命奇异的景色。

不朽的人来不及喊叫就被掐断了喉管，扼杀他（她）的人完全没有想到这个被杀者会流芳百世。他不知道残暴的施予后，他带血的手会把一个人嵌入历史的天空，成为不朽的星座。

我常常想这许许多多伏案劳作的人，究竟有多少是无谓的生命祭品，他们的文字究竟想表达什么，揭开了谁的老底？

在笔力遒劲的时候也许只剩下最后一颗子弹了，你只是感到它的枯涩，上气不接下气，命若悬丝；而另一类丰腴、溜滑的文字源源不断地从某人的手里吐出，浩浩荡荡的水，其实什么都不蕴含，它只是水，没有对冰和污浊的体验，没有忍耐和阻隔，没有跌宕与复活，没有神灵的气息和新世纪的预兆，没有皈依感，没有搜肠刮肚的冥想，没有沉下去的慎独。

不朽就是在唾骂甚至迫害中的表达。不朽就是抽出你的刀来，一头是刀，一头是笔，力透纸背，入木三分。

书与书

需要有书，来消磨我们的日子。坐看别人的命运，是书的功劳。

许多书反复印刷，而且不可遏制，无可争议地将被印刷一千次、一万次、一百万次。那些获此尊荣的书，是人类生命的一部分。

等着瞧吧，书成潮水般涌来，又消失了。在书的大海里，有几本书成了岛屿。其他的书是浪沫。

书是人类的宠物，总会有人喜爱它。有的人被它咬伤了，流着泪，但还是抱着它。

书是有生命的，它不怕冤屈和焚烧。失传一本，就留下一个故事。

立场

尼日利亚获得诺贝尔奖的作家渥雷·索因卡本来可以比有些中国作家活得更尊贵、更滋润一些,可是,令人无法理解的是,他脱下了那身贵族的服装,用他的作品作为立场,站在了街头抱怨怒骂的贫民一边。

写他们和以他们的方式呼吸是两种完全不同的写法。一个是在施舍中怜悯,一个却是在内心中爆发。

你曾像他们那样啐过吗?啐那些腐败,啐那些虚伪,啐那些憋闷的日子。倘使生活中没有窘态,我们能怀有他们那样微薄的希望与活下去的信念?当我们站在他们中间的时候,我们会发现我们的手里正端着一个发黑的老碗,还散发着土灶升起的温热。

一代人

我读到了一句触目惊心的诗:"一代人已经撤离了现场。"我为诗人的绝望和大度而叹息。

诗人显然是不能省略的目击者,他和他的同代人留下了什么呢?因何事而撤离?那个现场曾是他们光耀的舞台吧,而现在他们暗藏在许多地方,打量着那个依然风雨如磐的场地,后来者……是一些什么样的后来者呢?诗人的绝望中暗含着旷世的傲气,只有那一代人才能算作斗士,为真理的群像,其他原因踏入其间的人,只不过象征为时间的延续,而没有精神的联系。最辉煌的日子过去了,如果说有重返的一天,那也是暗夜里零星的枪声。

空白

历史好像是无所不在的，到处都有它忙碌的身影。十大科学疑问中有这么一个疑问："是谁使地球的每个角落都布满了人？"是历史吗？然而历史却留下了一个又一个空白。

语言的空白使我们的思维形成了数千年的空洞；而行动的空白使我们对道德产生了置疑，甚至表面尊崇，而暗地里反叛和亵渎，使得道德成了一个空壳，节制却成了人们追求的目标和理想。这一切将导致政治上的空白。在某一段距离里，我们欢呼时，脸是变形的，心也是变形的。一个人想要走进这片空白里，他要么是双手沾满了别人的血，要么是心中淌着自己的血。

排斥

显然，我们不能指望文坛能给我们提供那种让人废寝忘食的好作品了。将一本书带着，是因为旅途的寂寞和临睡前对情绪的调适。作家肯定是可有可无的"东西"并且让人能细心地挑选，跟目前过剩的商品一样。可是冗长的作品依然在排斥读者的耐心，那些丧失了阅读功能的作品，被社会思潮的记忆所摈弃了。人们宁愿记一首民谣，因为它切到了社会的疼处。

作家

作家就是抢在别人之前，说出了别人要说的那句话的人。

贫乏

我们的生命在一大堆文字表白之后，却现出它前所未有的贫乏来。我们发现我们在顽强地遭遇生活，而我们的人格与身体的耐力却捉襟见肘；豪言壮语下面掩盖着肾虚；对所谓真理的强硬支撑是在自己的书斋里的以静制动，看水流舟；对忠义的解释还依赖于前人的几个故事与格言，而实际上随时都有可能背信弃义。促狭、偏见、小心眼，工于算计，其实我们会猛然发现我们既不属于自己，也不属于这个社会与时代。我们所追求的东西并不是内心真正的需要，是一些没有营养的、污染了的果实，面孔陌生，硌牙，难以对付。

最大的问题是，在追求情趣的路上，我们千辛万苦地把自己弄得越来越没有情趣，我们的言行变得技术化了，远离了心灵的肥沃和与自然的亲和。我们差不多快成为一种理念的机械了，被理念深处潜藏的虚荣牵着鼻子走，却还在那儿煞有介事地表白。大家都清楚，我们的心里只会卷起阵阵黄沙，而不是海上的潮骚。生命的破坏力和赞美诗已经荡然无存。

论简洁

我越来越喜欢简洁。

就像站在荒原上，我、大地、夕阳，简单地对峙和统一。简洁是一种有力的摆脱，有冲天而起的那种感觉。你的语言变得那么亮堂、肯定、干脆，完全不是在思维的大海里苦熬挣扎，而是敢想敢干，决不琐屑，没有那种纠缠不清的念头，一意直指表达的目标。

简洁就是表达，而不是叙说、解释。他要表达自己，他要使自己没有阴影，站着说话，不要在喉咙里酝酿态度；他想支配读者的思维，让他们认识智慧瞬间凝结的方式。敢于表达自己的思维与才华，便于他人理解和记忆。

简洁就是暗示。而且简洁所显示的布局也就是萨特所说的"极端的布局"，快捷地诉诸读者的感觉，使叙述充满危机感。

其实简洁是一种处世之道，它省略了许多无用的关系，毫不顾忌他人的看法。小说的贵族气质需要用粗野来亵渎一下，而粗野有简洁的风度。当然，简洁同样是文明的，这表现在它的优雅上，简洁显得优雅、干净，而且是雪洗石头那样的干净。简洁就是干净。干干净净的良知与生存。

简洁就是安静，它与神灵相通。

罪孽

我想起一句俗话叫"墙倒众人推"，又想起了一个成语叫"嫁祸于人"。关于"文革"的罪孽或其他别的罪孽，归结到某一个人或几个人头上是不公平的。有人企图将这种罪孽孤立起来，将耻辱还给某个人、某个时代。殊不知，这样的罪孽是由一个民族共同完成的。许多人都把自己打扮成灾难的受害者，其实他也是制造者。想洗刷自己，孤立某一种罪恶，不仅徒劳无功，而且只会使灾难的基因再一次潜伏下来，像病毒一样某一天死灰复燃。

亲近

对自然的亲近感和对权力及喧嚣的疏离感甚至厌恶感，于艺术家来说似乎是天生的。亲近自然，亲近那些安静的、无序的、神秘的、空旷而没有侵略意图的大自然中的山川、草木和禽兽,是"彻底的放任中的幸福",(奥茨)也是克劳格尔所言的"并非微不足道的无邪"。这种幸福"将延伸为不可避免的心理上的结局"。所谓结局,也就是作家艺术家精神(心理)的归宿。

亲君子以远小人。但我们在很多时候并不是这样。我们所亲近的东西我们把它忘记了,而我们厌恶的东西却时常要把它拉拢在身边。亲者远而恶者近。我们的老祖宗(是谁呢?)警告我们:"唯德必危","不敬小人等于玩虎"。我们处在这样一种尴尬中:为了生存,我们伺候着虎狼,并且利用他们凶残的爪子,达到自己放任中的幸福。

谎话与伪造

谁会相信作家的作品是谎话,是对生活的伪造?事实上作品的确是一种谎话,一种伪造。就像帕赛所说的,是为了创造偏见,向真实的交往提供替换物。于是说起了"关于别人的谎话"。而C. S. 约翰逊说:"讲故事,实际上就是说谎话。"

作家在讲述着真理,他用说谎能证明真理的存在吗?能。他讲着一个道理,他编造了一个说明此道理的故事,这是一个假托,却比真实的故事更有力量。真理在宇宙的每个角落,虚构的故事只是真理的外壳,而有时候,真实的事件却并不代表真理。真理是一种精粹,而芜杂的生活(事件)必须压缩和集中才能与真理相配。真理是振聋发聩的,它会伤害人(下至小民,上至皇帝),而恰如其分的谎言使作家(特别是中国的作家)逃避掉了性命攸关的迫害,化险为夷。因此,小说这种形式更适合在中国生存。

回来的路

我希望在人生和艺术的孤旅上有一条回来的路。走得多远,回来就有多么困难。但总有一条路会唤醒过去的记忆。除非你是疯子和不知天高地厚的狂徒,那样,等待你的将是一条不归路。弗洛伊德说,艺术家和精神病患者的本质区别,就是他能找得到从幻想世界的回来之路,并"重新在现实中获得牢固的立足点"。其实,有些艺术家比疯子还不如,他已经不能控制自己设置的那个蛊惑别人的艺术圈套,置身其中,最终把自己掳获了。

冲动

我的冲动可能来自于天上没有边际的一队雁行,来自于陌生的海和云端深处朝下看的原野(冲动夹杂着恐惧)。而对城市的冲动不复存在。对人的欲望也许有一些冲动,但那不能叫冲动,只是一点本能罢了。

这个世界耗尽了人们的精力,无论是行善还是作恶的精力。(弗洛伊德)

而另一种冲动在城市出现了,这就是叔本华所说的死亡的冲动,"把死亡当作渴望达到的最终目标。"有孤身探险者,有在峡谷走钢丝的人,有赛车的人,有自杀者。魔鬼撒旦就是这样附住了人体,将种种冲动冠之以悲壮美妙的名词来大行其道。人的莫名其妙的冲动是被光怪陆离的文化所惯坏了的,社会对人的要求无限制地扩张,社会的暗示作用唆使人为了获得心灵与肉体的满足不惜铤而走险,折磨自己,最终与他所处的环境产生严重的冲突。

抛弃

当我觉得太需要自己的时候，当我太看重自己的时候，那就是抛弃自我的时候到了。自我在作品中只是揳入的点，它由此打通通往人类与社会心灵的暗道，撷取那儿光怪陆离的丑态与美姿。

引爆

面对乔治·桑批评他写"伤人心的东西"，福楼拜回答说：我不是有意写些伤人心的东西，相信我吧，不过我不能换掉我的眼睛！……我郁结了满腔的愤怒，就欠爆炸。

时间过去了一百年，百年前的福楼拜揭露的社会丑恶和小市民的庸俗，如今谁也不会指责他的虚假和不留情，相反，我们看见了这种揭露对十九世纪的历史是多么负责。唯其如此，福楼拜才称得上是福楼拜。这个用作品来引爆满腔愤怒的人，他不仅化解了自己，也向他身处的世纪讨回了一点儿实情与公道。

相信自己的眼睛，毫不退缩，将你的感情倾泻出来。除非是你目力所不及的地方，相信你眼睛和心灵相互间的感应，直率地告诉笔，让你成为一个时代的良心和见证。

诗人

"你一边书写一边 / 欣赏自己被删去 /……在字里行间一夜衰老 / 你的诗隐身穿过世界"（杨炼）

诗诚如杨炼所言，是"死者思想里的花园"。它开着灿烂而危险的花吗？诗人早已被这个世界算计了，当他在一个时代的潮水中找不到一个恰当的形象来展示他的诗歌，他便茫然了；那个形象就是时代精神与审美情绪的结合体，是精神梦幻般飞翔的翅影，它优雅、准确，美到极致。不是一个诗人茫然，而是一代诗人茫然。在精神的混乱与互相攻击、倾轧中，诗人只配成为怀念的歌手，歌唱着往昔的辉煌和爱情。他与死去的年代难舍难分。

诗人是这个社会最清醒的监视者。诗人的笔不只展示他心灵的隐秘，他的灵魂应是真理的刻度。

诗人如果继续用含混来表达神秘的意象，他就远离了他身处的"当下"世界。诗人应当用他敏感的触角来探索社会的思潮；诗人应当总结现实的是非，而不应沉溺于技巧的操作。千千万万的诗和诗论只代表过去，应当把它们暂时搁置在书架上为好，你应该盯着窗外哪怕每一件微不足道然而生机勃勃的事情，看它的发展与消亡。你应该盯住树叶、风、走动的脚步和晾晒在衣架与篱笆上的衣服，盯住每一个响声，组成你的诗歌。这就是崭新的诗，是诗的鲜活的内容。

不要相信这样的话："诗在世界存在之前就已写好了。"（爱默生）你永远是第一首诗的作者，而且是前无古人、后无来者的作者。

也不要相信这样的话："诗的目的不是真理而只是它自己。"（波德莱尔）许多伟大的前辈诗人出于机智与诡诈，将诗的定义歪曲了，许多诗人对诗的定义绝对是断章取义的。他们写出了一首好诗，但并不清楚这好诗从何而来，而且他们的定义是一种超前的理论；另一种作用是掩盖他们诗歌的缺陷。

秘密

企求隐蔽的东西有可能使某些人得逞，但真相大白之后却定会引起公愤。

隐蔽的结果是使结果更糟，秘密在虚弱的当权者手里其实已经所剩无几。因为许多的秘密已经不成其为秘密。使我们感到骇人听闻的事情就发生在我们周遭，难道谁能将阳光藏在他的口袋里和保险柜里，藏在隔板里和一个灯盒里吗——像藏他们的贿赂一样？

泄密者其实就是那个一心想制造秘密的人，因为他活在公愤中。

聆听者

"在诗歌中，像在其他的对话方式中一样，讲述者多半也就是聆听者。"（布罗茨基）

不要欺骗自己。如果你愿意聆听另一个你的灵魂杜撰的故事和情绪经历，相信别人也愿意聆听。我时常会泛起一种古怪的念头：我的作品是写给某一个人的，而这个人还没有出现；在我写作时，我看见一双眼睛在盯着我的笔的移动，每一个字句的良苦用心，这一双眼睛都看透了。

其实这个隐形遁迹的人，就是我自己，另一个我，我的灵魂。我的文字的严正的审判官。

B篇 创作谈

关于《猎人峰》

《猎人峰》是我对这个世界的基本判断。我来到这个世界，明白了这个世界的真相。至于我在来这世界之前是一种什么物质，永远无从知道了。生活在这个世界就几十年吧，生活本身会告诉你许多。我喜欢这句话："世界是一个屠场。"大约是爱尔兰诗人谢·希尼说的。我认为，人就是野兽，比野兽更凶残。文明越发展，人越凶残。我对这个世界是否定的。我不应该来到这个世界。以后我会成为一粒微尘安静下去，不再发言。人类的所谓几千年文明，就是想要把人的兽性打掉，但现在看，是徒劳的。可能隐蔽了，理由动听一些了，收敛一点了，但骨子里是一样的，人就是兽，人比兽更坏。我在《猎人峰》中有大量的议论和故事说明此问题。

弱肉强食也许与仇恨无关。人与兽都是这样。一只狼猎杀一只羊，一头豹子猎杀一头羚羚，没有仇恨，只有与生俱来的行动，世界的秩序被上帝安排好了。有穷有富，有善良有凶残，仇恨只是现象与外壳。对立无处不在。世界的秩序就是猎杀与被猎杀。

关于《豹子最后的舞蹈》

我写了《豹子最后的舞蹈》，说的是最后一只豹子被猎杀的故事。湖北最后一只老虎也是在神农架被猎杀的——这当然只是林业部门的记录，我还是认为神农架有老虎，或者说老虎又回来了。豹子在近几年出现却是不争的事实，林业部门也不否定，豹子咬死家畜的事时有发生。它们是从空降临的？有人会这么问。还有人会说：没有一定数量的种群，物种就退化了，因为是近亲繁殖，根本不可能生存下去。但老鼠是典型的近亲繁殖，还聪明透顶哩。有支持我观点的给我发了一个专门研究猪近亲繁殖的资料，这些近亲繁殖的后代，一代一代繁殖下来，抗病力很强。有些很小的种群慢慢大了，近年在湖北落户的麋鹿不是这样吗？过去神农架引进了一些梅花鹿，后来也就是那么几只繁殖，现在种群也大了，不也是近亲繁殖的？我再次重申我的观点：大自然是神秘的。

我采访过陈传香，也到过她打豹的现场，那个地方不在保护区，依然森林森森，恐怖吓人。陈传香的命运很可怜，她成为英雄后更传奇的故事我没有写，怕伤害了她。这个英雄后来在林业局打扫厕所。环保意识是现在才出现的，二十世纪七八十年代我们都写过歌颂伐木工人的诗，认为伐树是天经地义的，动物野兽是应该打死的。那个时代没有环保意识，现在人们觉醒了，可已经晚了。神农架如今的环保绝对是出色的，自然植被恢复得很好，他们感到搞旅游赚的钱比伐树更肥，树就不会被伐了，账还是会算的。树多了，人们的保护意识强了，动物也多了起来，每年都会有农民救护动物的事。我当然也被称为环保作家，我是中国环境文化促进会的委员，中国野生动物保护协会资深会员。我的小说《豹子最后的舞蹈》是写动物被人类猎杀的悲愤心理，孤独感的极致，当然还有另一种寓意，比如持枪者和手无寸铁者之间的关系，这才是我要表达的。

关于《太平狗》

我不会在一篇小说中专门写狗（或其他动物），写狗实际是为了写人。我的这条狗因一个偶然而误入城市。我写的是一条神农架灵犬，一条伟大的狗，具有超越死神的神力，可我也真实地写了它在城市遭受的一次次劫难。这个小说发表后，很多读者和不少刊物都给了我鼓励。甚至称其为"底层叙事"和

"打工文学"的代表作品。我的责编宁小龄先生说我这个完全形而下的作品，却完全上升到了形而上。我知道，我只要很细致地写了它的生存，一般是会达到形而上的。因为我是从形而下到形而上，不是故意地为形而上而形而上。我把它往死里写，又把它往高处抬，抬到充满神性的高度，这种高度就是我所追求的，也是每个作家应该追求的。这就是：用你的生存表现生命的伟大卓绝和无所不能。生命是神奇的，是不可战胜的。越是卑微的生命越是如此。最后，人没有回到故乡，而狗回去了。其实，我是将狗作为人来写的。

谈《猎人峰》

一

在神农架，感受最深的还是这座大山的神奇、神秘、深邃难测，还有它曾经有过的亢奋、人与兽之间的那种悲壮博弈。森林是一个谜面，它里面的生活与这个世界完全不同，好像也不相干，当他们与野兽厮杀的时候，我们也在进行人与人的厮杀。我们的厮杀一点儿也没有他们的好看。那是一个远去的神话，像一只灵兽，正在那个遥远的地方，在森林里探头探脑，幽幽闪光。对我而言，它太有吸引力了，作为一个走近过它的人，我应该满怀激情地把它们复述出来。

二

猎人是森林中最为独特的一种生命现象，狩猎也是一种奇特的生存方式，他们演绎着森林中最惨烈、最传奇、最暴戾、最浑蛋也最英雄的故事。狩猎是生存的第一需要，也是人精神的第一需要，尤其是在大山里，没有第二需要。因此，狩猎一往无前。老早就想写一本关于猎人的书，现在终于实现了。我必须有一次这样的情感游历,山呼海啸。现在我满足了。

三

对白秀和他一家,我下笔时没有太多的分析和犹豫,尽情地去写就是了。我把我所知道的猎人生活都写出来,呈现出来,他们自有寓意,他们究竟是我歌颂的对象还是诅咒的对象,是好人还是坏人,我究竟是要同情他们还是要唾弃他们,都不重要了,只要他们真实,只要他们吓唬了大家一下,我的目的就达到了。他们遭到报应,那是罪有应得;他们得到幸福,那是老天所赐。一切都是正常的,一切的存在都有它的道理,我们应该宽容这个千奇百怪的世界。在神农架这个严酷的生存环境中,你不能手软,你也最终得不到多少好报。野蛮、疯狂、狡诈、迷信、愚昧,还不是被逼的!美德也是被逼出来的。环境是什么,人就是什么。你让他坐在写字楼里,他一样循规蹈矩、慈眉善目。虽然我的小说带有极重的浪漫主义气息,可我的故事一点儿也不浪漫。这也许就是我们生存的现实。

四

白大年的故事是很有意味的,这个家伙干过许多残忍的事,智力有时候奇高(如与豹子斗智),可他疯了。他的疯狂代表了森林疯狂的极端。他疯,当地人说是山混子给他脑袋里装了根山混子筋,那是根鬼筋;而那个长成巨人的四岁小儿,拿着木刀乱砍乱杀,还是个惯盗,可他死于白秀二儿子白中秋制造的巨型猎具"阎王塌子千斤榨"下。我认为他代表了"虚假的高度"。恰好他是镇长的儿子。他还是一只老虎,身上有虎腥味哩。

五

野猪是真正的森林之王,神农架有一猪二虎三熊之说。熊与虎都怕人类,可野猪不怕，它是游弋在人与兽之间的一种生灵。它真正具有一种莽气，而且野猪比虎和熊都聪明，说人蠢得像猪，那是家猪。我要利用这个小说告诉人们，野猪是非常非常聪明的动物。但它是恶兽，是恶世界，人世界是善世界。神农架人告诉我说如今野猪这么多，是"贤人隐而恶兽出"，这真是很有意思的思维，并不是如科学解释的是因为野猪没有了天敌。也许说法可疑，但对小说家来说，宁可信其有，不可信其无。人是无法战胜野猪的，野猪也许代表了自然吧。人与野猪的大战的确写得我有时热血沸腾，我希望能达到一种让读者战栗的效果，但愿如此。

六

我这部小说的最初构想源自神农架人的一个说法："人一天中有两个时辰是牲口。"这是神农架人最神奇、最不可思议的生命观和世界观。可仔细琢磨，人与兽相处在一个森林里，人沾染了兽性，兽沾染了人性，本属常理。人见多了兽，见人时眼光也变了，互相恍惚一下也属情理之中。我沉醉于此当然有它另外的目的。何况，兽性如今有膨胀的迹象，人性如今有流失的远忧。我写到白中秋到了城里，看那城中人，都是有出处的，都是神农架的禽兽托生来的。我在这部小说中，就是要探讨人与兽的关系。人究竟是个什么玩意儿，兽究竟是个什么东西。

七

关于那个令人毛骨悚然的猎具房，那个威力无比的阎王塌子千斤榨，这个猎具体积非常之大，在小说中存在的体积也非常之大，很令人振奋，它与小说的体积是相称的。这个阎王塌子千斤榨砸扁了镇长的巨人儿子，砸死了他的仇人——哥哥白大年，也算是完成了它在我小说中的使命。我还借文寇所长的话为它进行了一番荡气回肠的赞颂。那些"颂词"就是我想告诉读者的。

八

　　山，森林，猎人，当然只有诗性的构思和诗性的叙述才能解决问题，才有可能写出这部小说。我总是要求自己的内心非常优美，沉醉到描写中去，对残忍的现实做童话般的描写。把人带进去，带到深深的山林中去，相信自己的本事。我假托这座山，这片森林，这些猎人，来展示我那点诗歌才华。我的这种叙述方式受益的是读者，他们会得到阅读的满足。我祝福他们。

九

　　在神农架，接触得最多的就是猎人。我还从神农架背回了一大堆猎具，其中有一杆百年老铳，有芒筒，有火药囊、香签筒、子弹袋、猎刀、脚码子等。这些全放在我书房里，因此我的书房弥漫着一股猎杀的气息，山野的气息。真是太好了！可是当你看到那古老的枪口，那缺头凹脑的刃口（砍兽骨兽头砍的），有时候（一个人的时候）又会泛上来一种恐惧，仿佛许多野兽的冤魂也来到了这里，萦绕在这些猎具边，发出怪笑，使着魔法，让你不得安宁。那种复杂的感情就这么糅进了那篇《论狩猎》和整部小说中去了。这些猎具上各种各样的小细节，与猎人和那个地方的生活有某种紧密联系，只有去过那里与他们熟识的才能知道。这些猎具是他们处境的一部分。这些猎具如此丑陋，他们的生活也是一样，他们的命运已经注定。

关于《狂犬事件》

　　在这篇《狂犬事件》中，我学会了刻画多个人物，特别刻画了一个真实的复杂的村长这么个人物。我过去的作品静态描写的较多，而这篇作品是因一次事件而节奏紧密的描写和推进。快速推进情节，把一个"事件"写得风云激荡又圆满结束，这对我是头一遭。所以，在上海得奖时陈思和先生的评语称"显示了作者刻画非常事件的能力很强，非常有张力"云云，其实对我是一次巨大考验，好在我完成了。

将荒诞的东西糅入一个现实主义的小说中，还没有被人指责，也是令我高兴的——我尽量做到"水乳交融"，看来我的"试验"初步成功了，并有一些心得。上海一位评论家杨扬因此表扬称"这是一个很有冲击力的作家，奇异、惨烈、生冷，在现代作家中很少看到。作品荒诞中见深刻，奇异中见生动，与众不同。有很强的技巧性"。

任何小说的故事之外都有——都应该有——几句隐语，我当然必须在小说之外表现出我想说而一句也不明说的话，看来也被人注意到了，比如王蒙先生就说我这个小说"耐琢磨，故事背后尚有未说出的意蕴"。因此，这篇小说的写作真的是我的一次实验，是一次超越，是一次真正意义上的写作，是花了一番心血的——它一共写了三遍，而我过去的小说全是一遍完事。我感觉我自写神农架系列小说以来，我的创作态度出现了巨大转变，非常严肃认真地对待我所写的东西，因为这些小说可以说是用生命换来的。在神农架期间，我常常会冒着风险进入森林和村庄，一趟又一趟地采访。我在心里一遍又一遍地鼓励自己，你必须付出才能够得到，写大路货你自己就成了大路货，写珍稀的你就成了珍稀的。不理会任何干扰，精心守住内心的激情，一切都会水到渠成。

《滚钩》或题外话

一

虚构、象征、隐喻、现实性、真实、经验、永恒。作家在这几个词汇中滚来滚去。

读者在被作家收拾得干干净净芳香扑鼻的文字中寻找真实，猜度作家的东西来自哪个粪坑。批评家是唯一不被名词弄晕的"小彩旗"。他们转的时候，作家偷跑很远了。躲到一边玩耍去了。

二

作家只喜欢颠簸、动荡。喜欢文字描写环境的痉挛。喜欢神经质的氛围。长江不可能写得像平地和阳台。即使是新闻与虚构的双重咬合，作家也要寻找一个江上幽灵，来满足自己取材的得意和惊乍。同时也恐吓读者。如果他不早晨清爽出门，晚上回来把自己弄得满身泥水衣冠不振，他不是高手。

三

虚构，是有分量的东西。真实，就是跟真理一样有硬度的东西。

在真实和虚构中重建的，就是文学的理想，就是小说。什么是小说？就是精神的建筑，像庙宇。必须有这样的仪式。

四

必须自尊，在自己的领地歌唱和笑骂。保持绝对的尊严。不要被人拖入他的生活里。在自己的领地，他打不败你，你使用自己的话语霸权。如果被诱入别人的生活，你会一无是处，成为小丑和贱人。

作家之所以不会成为小丑，是因为他有自己说话的方式和地方。

在自己应该待的地方好好待着，偶尔说一句话。

五

在千万种言说中，有一种言说是属于作家的。只有一种。离谎言和眼泪都很远。

所有的不幸才是小说的真实。小说是真话的范本。

确如苏珊·桑塔格所言，作家要具有一种英雄的秉性，如长江上的骑手。

在煽情中他的心是硬的，掀起波涛他的心是静的。的确像钩一样，像密集的滚钩，钩得你心疼。要像钩，让小说像铁钩一样挂着你的心滚动。

关于《还魂手记》

歌颂故土，被怀旧所伤。我不至于如此悱恻，注视死亡。我能否在一个湖沼的清晨写出大气弥漫的村庄？能否在一座长满荒草的坟墓里找到已逝的温情？在一堵断墙上找到熟悉的欢笑和秋收？这不确定的炊烟般的答案在黄昏浮起时，我的归乡意念布满了痛感和苍茫。

最踏实的故乡里，房子和亲人是可以凋谢的。时光可以埋存所有的喧哗。找到也许是因为恐惧的童年中过久的记忆，也许是新的写作刺激，让我体验在过去平凡荒寂的岁月里，那些成长的温暖，这尘世永无答案的关于死亡的奥秘。这部小说在想象中获得了意义，并艰难完成。当下生活所蕴含的悲伤感、漂泊感，在摇晃的生活中故乡和虚幻的魂灵究竟意味着什么？一个人的成就更大，对外面世界知道得更多，内心会更加保有对艺术深久的挚爱和赤诚。年龄会让我们审视过去对艺术的付出。真诚和艺术如何解决我们对生死的看法？写作是对悲伤的遗忘吗？是为了对抗失忆吗？如果我们为之终生付出的东西无法回答我们的根本问题，艺术就会出现虚幻，伪装的崇高和声嘶力竭就会大行其道。

谈论鬼魂是我们楚人对故乡某种记忆的寻根，并对故乡保持长久兴趣的一种方式。无论是当下还是过去，让我们在许多沉重影子下生活下去的动力还是来自大地的力量。当大地神秘的生命在搏动的时候，我们会有文字和声音应和。不论高亢或者低沉，耀眼或者晦暗，人间或者鬼魂，它与艺术所展示的博大宏伟、崇高清洁没有关系。

靠什么抗御恐惧，只有正常的社会秩序和明亮平等健康的生活、人与人的相亲相爱。生命固然有无可抵挡的苦难，让我们在黑暗中活着——譬如这个村里因假酒而遭受伤害的那些村民，但是眼泪不能解决问题，唯有活下去，才能让村庄薪火相传，让黑暗转化为心中小溪一样的光明。是什么使我这样纠缠于对死亡和生命的思考？这也许是文学到了一定的时候，是要说真话的。是小说写到一定的时候，它的蜕变所产生的。它要推翻自己，重建新的健康的免疫系统。在坟墓前你会像一个哲人那样发声。不是因为悲痛，而是赞美好好活着的人和百花盛开的人世。所有文字的光芒都是为了慰抚生命极易遭到的伤害。

内心真诚的提醒在催督我，必须写出你最为深刻的记忆，不管它对一个成熟写作者是否意味着伤害还是荣耀。一个人自由表达的时候，技术性的操弄会退向一边，那些过去被奉若神明的技巧退避三舍，写作策略一钱不值。摆脱对自己羽毛的过分爱护，转而向更为诱人的荒芜世界开拓和拥抱。而这对我来说，却是灵魂的解脱与自由。世界在阴阳两边来回奔跑，就像春风中没有定处追逐的顽童。我一直忐忑不安地踏着我自己的脚印写作，让我的内心最为踏实的却是这一部完全没有规则的小说。它使我获得了心灵的安宁，并且明白了所有的文字都应该叫文章，是没有文体之分的。

生命是否有来世，人死是否会还魂？我永远不会知道。但我乐意表达我生命中出现的文字、语言和想象的激情，并且尊重和袒露我的疑惑、缺陷、短板。这些，对于我这个年纪的写作者是不可多得的。我必须诚实地写作和说话，不要违背内心的意志与召唤，不要回避那些越来越稀薄的探险念头，不要掐断那些躲闪在深处的生命奥秘的线索，不要拒绝远方。用虚构的网逮住它们，纵然身败名裂也要奋力一试。

故乡是渐渐消逝在离开途中的颠簸和记忆。不太相信灵魂的人，在慢慢的离弃中却让灵魂变成了真实的飞翔。一个不想为故乡的颓败和荒凉唱歌的人，他的心里一定有春天。

作家就是像魂一样说话的人。他的声音是大地所赐，必须模仿大地的厚度和诡异，模仿它的野性和荒寂。也许技术操作小说的时代已经结束了，如果我们的内心还有僭越企图的话，不要太安分守己。但我仍然会尊重某种强大的艺术裹挟力，贯彻我的意图，我会让读者知道另一种可能，这就是：作家要不停地挑战自己的极限，挑战文字的摧残力。我之所以这样坚持的理由不是一时癫狂，而是基于我对生命可能会因文字延续的想法。

写作甚至不可对父母献媚，文学是为天地立心。生命的生生不息给我的暗示恰恰是茫然，我会在无从表达的肤浅中感叹生命的短暂和无奈，我内心的苍凉支持着我的写作理想，但孤独的思想是悲伤的。我的交流可能想躲过读者，向上苍求教和倾诉。但最终我只有轻薄的表述，并没有抓到终极的真理。或者，这种真理是没有的。活着是一切，死了也是一切。生命在某一阶段的过程中，被我记下，这就是写作的意义。我坚信，这些散发着浓郁野草气味的文字终究会传播。因为我的文字中有晶晶闪动的河流和湖泊，这些自然流动的声响，不会让我们对死亡屈服。那些热爱生活的念头是可以裂变的。苦难不能阻止我们向家乡回归。灵魂只有形成在归乡的途中才值得纪念。